# ひぐらしふる

彩坂美月

幻冬舎

# ひぐらしふる

カバー・本文イラスト　今日マチ子
ブックデザイン　赤治絵里（幻冬舎デザイン室）

# 目次

# プロローグ

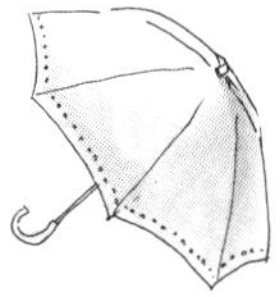

――アスファルトに引かれた真っ直ぐな白線が、ゆらゆらと揺れる。

とっさに目をこらしかけ、すぐに陽炎《かげろう》という単語が浮かんだ。

青い空がとても高い。頭上に広がる巨大な積乱雲は、水蒸気で構成されているというのが信じられないくらいの存在感を誇示していた。

ひどく暑い日だ。背中を汗が伝う不快な感触。べたついた手のひらを、無意識にスカートで拭《ぬぐ》う。

先ほどから車はほとんど通らない。強烈な陽光の下、こんな人気《ひとけ》のない道を女一人で無心に歩いている光景は、傍目《はため》にはさぞかし物好きに映るだろう。

強すぎる日差しに耐えかねて下を向くと、干からびたカエルの死骸《しがい》が目に入った。

急速に喉《のど》の渇きと疲労感が増す。早く、目的地に着いてしまいたい。

そんなことを思いながら歩くと、ふと数メートル先の道路に何かが落ちているのに気がついた。

緑と黒の縞模様をした丸いもの。それがこちらを見て、にやにやと笑っている。

ぎょっとして足を止め、あらためて見返し、その正体に気がつく。

スイカだ。

中身をくりぬいて作った、カボチャのオランタンならぬスイカのオランタンというところだろうか。近づいてみると、目と口に見立てた皮の部分が笑みの形に切り取られ、なかなかよくできている。まるで本当に自分に向かって笑いかけているようだ。

しかし何故《なぜ》、こんなものがここにあるのだろう。子供のイタズラだろうか？

怪訝《けげん》に思ってもう一度眺めると、スイカが置かれたあたりの地面が黒っぽく濡《ぬ》れているのに気がついた。――スイカの、汁？

こんな暑い日にまだ地面が濡れているということは、ここに置かれてからあまり時間が経《た》っていないのかもしれない。

スイカの下から染み出した液体が、履いているサンダルにじんわりと朱色の汚れをつけた。奇妙な形に広がるその染みに、不審な思いに駆られて、眉《まゆ》をひそめる。

……スイカの汁とは、こんなに赤みを帯びていただろうか？

そのとき初めて、空気中に漂う匂いに気がついた。生臭い臭《にお》い。植物ではありえない、生き物の臭い。どくんと心臓が跳ねた。

何か、おかしい。

スイカの笑みが、急に悪意ある嘲笑《ちょうしょう》に見えた。おそるおそる手を伸ばす。スイカの表面に触れると、日差しの下、どこかひんやりとした感触が返ってきた。緊張に息を詰めてそろそろと持ち上げてみる。

その隙間《すきま》から、微《かす》かに何かがのぞいた。

どうやら何かの物体の上に、スイカのオランタンを覆い被《かぶ》せているらしい。

中に何があるのだろう。

好奇心に突き動かされるように、中身をくりぬかれたスイカを持ち上げた途端、現れたそれを目にして凍りついた。

道路に置かれていたのは、少女の首だった。

閉じた両目の代わりに、青ざめた唇が物言いたげに半開きになっている。色を失った肌。地面に染みを作っているのは、まぎれもなくその断面――。

ひっ、と喉の奥からひきつった声が漏れた。スイカが手からアスファルトに転がり落ちる。視線が縫い止められたように、そこから目が離せなくなる。陽光に透ける産毛《うぶげ》。鼻の形と、左目の下の泣きぼくろに見覚えがあった。あれは――。

自分の顔だ。

心臓が激しく鼓動し、こめかみを汗が伝った。尋常ではない光景に、足がすくんだまま動けなくなる。肌の表面にびっしりと鳥肌が立っていた。そんな、莫迦《ばか》な。

混乱に襲われて呆然《ぼうぜん》と首を凝視していると、そのまつ毛がほんの少し動いた気がした。

得体の知れない恐怖が急激に胸の内をせり上がる。

もし今、この首が目を開けてこちらを見たら？　そんな不気味な想像が頭に浮かび、慌てて打ち消す。そんなことあるはずない。自分の首が落ちているだなんて、そんなことはありえない。

――だってこれが自分の首だとしたら、今ここにいる自分は何だというのだ？

そのときようやく、バッグの中の携帯電話に思い当たった。そうだ警察、警察に知らせなくては。

後ずさりながら、動揺に震える手をバッグに突っ込んだ。取り出したパールピンクの携帯電話が、力の入らない指から転がり落ちる。

焦って拾おうと屈《かが》んだとき、思いがけず至近距離で首と向かい合う形になった。瞬時に凍りつき、息を呑《の》む。

見間違いではない。閉じられたその両まぶたがけいれんするように微かに震え、自分の目の前で今にも開かれようとしている。

叫ぼうとしたが声が出なかった。喉の奥が何かに塞《ふさ》がれたように、声を発することができない。怖くて目をそらすことができなかった。嫌だ、見たくない。
誰か助けて――。

はっと目を開けた。

自分の部屋の、見知った天井が視界に映る。

汗で髪の毛が首筋に張りつき、ひどく喉が渇いていた。ゆっくり視線を動かすと、クローゼットから慌てて引っ張り出した黒いワンピースが目に入る。

荷造りの準備をしているうちに、床でうたた寝してしまったようだった。

赤みを帯びた夕方の日差しがベランダから室内に浸み込んでくる。

近くの公園からひっきりなしに響いてくる蟬《せみ》の鳴き声を耳にしていると、さっきの夢がまだ続いているような、云いようのない不安に駆られた。

手近にあった携帯電話に手を伸ばす。夢の中で摑《つか》み損ねたパールピンクの機器は、今度はあっけなく手の中におさまった。

無性に自分以外の人間の声が聞きたかった。慣れ親しんだアパートの自分の部屋なのに、こうして一人でいるのが妙に落ち着かなく感じられる。

三回目のコールで、彼が出た。過度な愛想を含まない、どこか淡白な口調。

「もしもし」

その声を聞いた途端、無意識にこわばっていた体の一部がほどけていくのを感じた。

今しがた見た不快な夢について、巻き添えにするように他人に語りたい衝動に襲われたものの、そこでようやく気持ちを立て直す。

短く息を吸った。

「本当に思いもよらない出来事なんて、実はないと思わない？」

受話器の向こうで彼――高村午後《たかむらごご》のあっけに取られる気配。

ややして、困惑気味の声が返ってきた。

「――は？」

不安定な胸の内をごまかすように、幾分早めの口調で云う。

「ほら、ニュースのインタビューなんかで、よく事故や事件に巻き込まれた人が『こんなことが起こるなんて夢にも思いませんでした』とか『こんな目に遭うなんて信じられません』とか云ってるじゃない。でもたとえば自動車を運転する人が交通事故に遭うことを想像もしなかったとしたらその方が不自然だし、タバコ吸う人が肺ガンになる可能性をちらっとでも考えたことなかったら、むしろ変よね」

「……なるほど」

なぜそんなことを口にするのか訝《いぶか》しがりつつも、こちらの云わんとすることは理解したらしい。

平日の夕食時を電話のベル——もとい、「シャアが来る」の着信音で妨害されつつも即座にリアクションを立て直してくるあたり、さすが文化人類学専攻の研究院生。

「でも、予想不可能な出来事って、やっぱりあるだろ」

「たとえば？」

「道を歩いていたら突然隕石《いんせき》が落ちてきたとか」

「重力があれば隕石が落下したって不思議じゃないでしょ。そんなの、何の意外性があるの？　カラスが黒いのと同じくらい、サスペンスドラマのクライマックスに崖《がけ》っぷちで自供する犯人と同じくらい自然よ、自然」

「……そうかよ」

「そうなの。だから無意識にせよそうでないにせよ、大抵のことは心の中である程度準備してるものなの。本当に全く思いもよらないことなんてないのよ、きっと」

フローリングの上でゆらゆら揺れるオレンジの陽光を目で追う。

唇が、乾く。

「ところで、今日からしばらく田舎に帰省するんだ。数日間アパートを留守にするの。高村に借りてた本、返すのもう少し先でいいかな」

「それはいいけど、なんで急に」

「うん、お祖母《ばあ》ちゃんが死んだの」

受話器の向こうで、一瞬、彼が息を呑む気配がした。

クローゼットから取り出した喪服を眺めながら、早口になって続ける。

「高齢だし、心臓悪くして去年手術したりしてたから、一応予想っていうか、家族で覚悟はしてたんだけど。職場で聞いたら、慶弔休暇って祖父母の場合は三日間だけ貰えるんだって。丁度来週からお盆休みに入るし、有給休暇全然使ってないから、ついでって云ったら変なんだけど、しばらく地元で過ごそうかなって思って」

「――そうか」

しばし沈黙が落ちる。

ご愁傷様でした、というお決まりの台詞《せりふ》をきっと彼は云わない。元気を出せとも。

「有馬《ありま》」

自分の名前を呼んだ高村が、電話の向こうで一呼吸するのが分かった。

ややして、真摯《しんし》な声が呟《つぶや》いた。

「……気をつけて行ってこいよ」

「うん、ありがと」

小さく笑う。

通話を終えると、蟬の鳴き声が室内にひときわ大きく響いた。ひぐらしだ。

開きっ放しの旅行バッグを見やる。手早く荷物を詰めて、新幹線に乗って。やらなければいけないことの手順を頭の中で反芻《はんすう》する。

しばらく留守にするのを大家さんにも連絡しておいた方がいいだろうか。舐《な》めかけのストロベリードロップみたいな爪の色は、落とした方がいいかもしれない。

とりとめなく思考を巡らせたその隙間を抜けて、喉のあたりが微かに熱を孕《はら》んだ。

床に仰向けに寝転がる。亡骸《なきがら》みたいに横たわる。

レースのカーテンを透過して、ベランダから入る日差しが眩《まぶ》しい。夕暮れとはいえ、夏の気配はこんなにも強い。

両腕で顔を覆った。

カナカナカナカナ
カナカナカナカナ
どこか懐かしい音色で、ひぐらしが降る。

＊

天堂の駅ビルの外観を見る度に、落下した飛行船みたいだと思う。

腹の部分が地面に埋まったような丸みを帯びたフォルム。

駅前ロータリーの中心に佇立《ちょりつ》するのはU字形の銅像——ではなく、それを台座にした、さくらんぼを象《かたど》る銀色のオブジェだ。

アスファルトに照りつける陽光に目を細める。

「ちぃちゃーん、こっちこっち」

駅の階段を降りると、止まった一台の車から明るい声が飛んできた。後部席の窓から、ひらひらと手を振る女性の姿が見える。

それが幼なじみの相葉《あいば》成瀬《なるせ》であることを確認し、こちらも手を振り返した。

「ひゃあ、ひっさしぶり」

車に歩み寄った自分を見て嬉《うれ》しげに成瀬が笑う。

無防備な表情の動きは、少女めいてやたら愛らしい。

どちらかといえば童顔で、二十四歳にして十代のようだとからかわれる自分だが、同い年のこの友人が去年出産して、れっきとした一児の母であるという事実を思う度、未だに不思議な気持ちになる。

どこか竹久夢二の少女絵を連想させる、成瀬の微笑を見つめる。

「よう、ちぃ」

運転席から、別のハスキーな声が飛んだ。

きりりとした眉と、意志の強い面立ちの女性は、もう一人の幼なじみである芥川利緒《あくたがわりお》だ。

「ごめん。結構待った？」

「そうでもないさ」

にっ、と口の端を持ち上げるようにして笑う癖は相変わらずだ。

真っ直ぐに伸ばした髪の毛の先が、気まぐれな猫の尻尾みたいに揺れる。

助手席に乗ってドアを閉めると、濃密な外気が遮断され、顔に微かなエアコンの風を感じた。

息を吐き出して、無意識にまぶたを閉じる。

「おかえり。――大変だったな」

ぼそりとした利緒の言葉に目を開けると、既に彼女は前を向いていた。

逢ったこともない二人だが、利緒と高村はどこか似ている気がした。

饒舌《じょうぜつ》で誰に対してもはっきりした物言いをするくせに、身近な人間の痛みに触れるときだけはひどく慎重になるところ。

シートの背もたれに手をかけた成瀬が、後ろから気遣わしげに声をかける。

「お葬式、行けなくてごめんね。お祖母ちゃん残念だったね。ちぃちゃん、大丈夫？」

その表情を見て、成瀬のさっきのはしゃぎようが、純粋に逢えたのを喜ぶ気持ちが半分と、そしてそれと同じくらいの割合で自分を元気づけようとしたものだということに気づく。

だとしたら、自分が口にする言葉は一つだ。

「うん、平気。お葬式が終わるまでは本当バタバタしてたけどさ」

大げさにため息をついてみせる。

「いやすごいね、人間が一人死ぬって、こんなに大変なことだったんだなーって今さらながら思い知った。もうやることとあり過ぎて、故人との思い出に耽《ふけ》ってる暇もないんだもん」

「悪かったな、無理に時間作らせたみたいで」

「ううん、そんなことない。なんかこうして三人で顔合わせるの、すごい久しぶりな気がする」

「お前がなかなか帰ってこないからだ」

利緒が呆《あき》れたように云い、それに合わせて苦笑する。

何気なく窓の外に目を向けたとき、ふと道路に何かが横たわっているのが見えた。視界に入ってきたその存在に、思わずぎくっとする。

地面に伏せられた顔は長い髪に覆われてはっきりとは見えないが、どうやら少女のようだ。この暑さで、熱中病にでもなってしまったのかもしれない。

とっさに声を上げようとし、あることに気がついて動きを止めた。

胎児のように身を丸めて倒れている少女が身につけているものに、見覚えがあった。黒のカットソーにクリーム色のスカート。無防備に投げ出された両足の、そのむき出しの膝《ひざ》の形も知っている気がした。

あれは、自分が今している格好と全く同じ――。

「――ちぃ？　どうした？」

利緒の声にはっと我に返る。再び見やると、道路に倒れている人の姿はどこにもなかった。困惑し、まばたきをする。今のは、錯覚だったのだろうか。どうやら思っている以上に祖母の葬式で疲労したか、暑さにやられてしまっているらしい。

「ごめん、ちょっとぼーっとしてた」

胸の内が、微かにこわばった。

誰にも見せてはいけない。気づかれてはいけない。

この場所に、おそらく自分は大きな課題を持って帰ってきてしまった。

バスターミナルから、乗客のほとんど乗っていない、えんじと薄桃色に塗られたバスがゆるゆると発車する。

それを横目にちらっと見て、利緒がハンドルを握った。

「さて、行くとするか」

# 第一章　ミツメル

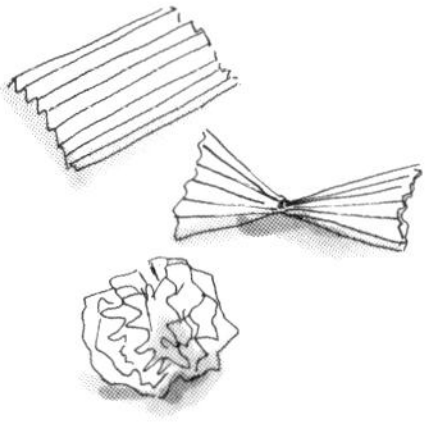

お盆を過ぎた観光ドライブイン・チェリーワールドは、それでも帰省客らでそれなりの賑《にぎ》わいを見せていた。

東北のＹ県天堂市は、将棋の駒《こま》とさくらんぼで全国有数の生産量を誇るゆえんから、街の至る所がその二つによって埋め尽くされている。

街なかで当たり前のように見かける巨大な「王将」のオブジェは、住民にとっては見慣れた日常風景だが、傍目にはかなりシュールな代物かもしれない。

有馬千夏《ちなつ》も十代の頃は、これがチェスか何かだったらよほどお洒落《しゃれ》なのに、などと勝手に夢想してみたものだ。黄昏《たそがれ》に、街のあちこちに散らばるナイトやクイーン。

不思議の国のアリスみたいで、ずっとファンタジックだ。

チェリーワールドも例に漏れず、それに関連した土産物《みやげもの》が広い売り場にひしめいていた。駐車場に面した正面通路に、所狭しと食べ物屋のカラフルな屋根が立ち並ぶ。

強い日差しの中、自然な流れでイタリアンジェラートの店に足が向いた。

『『シェル』のお米ジェラート、久しぶりに食べたかったんだ」

地元産の米を使ったジェラートは絶品で、千夏のお気に入りだ。この店の看板メニューでもある。

「そういえば私も陽希《はるき》産んでから全然食べてないなあ、ここの」

「お前ら学生の頃、しょっちゅうアイスばっか食ってたよな」

硝子《ガラス》ケースをのぞき込んで真剣に物色する千夏と成瀬を見やり、利緒が肩をすくめた。意地悪く云う。

「太るぞ」

「グラマラスと云って。子供産んだらほんとに胸のサイズが大きくなってね、前のブラつけられなくなっちゃったの。ふふん、羨《うらや》ましい？」

「いや、全然」

軽口を叩き合っていると、順番が回ってきた。

迷った挙句に米とさくらんぼのダブルをオーダーし、白と淡いピンクのジェラートが盛り付けられたコーンを受け取る。

成瀬はバラとラ・フランスを選んだらしい。洋梨の果肉がのぞく薄黄色のクリームを、赤ちゃんみたいな健康的なピンクの舌が舐め取る。空が広い。

売店のパラソルの日陰にいても、地面の照り返しでみるまにジェラートが溶けていく。誰かが落としたソフトクリームが、コンクリートの上で無残に溶け広がり、早くも蟻《あり》がたかり始めている。

千夏はハンカチを取り出して、こめかみの汗を拭った。

いつもなら空調の効いたビルで仕事をしている時間だと思うと、少し不思議だ。どこか後ろめたいような、その一方ですがすがしいような奇妙な心持ちになる。

フィクションの世界が好きで、十代の頃から小説家になることを夢見ていた千夏が東京の名瀬大学の文学部を志望したのは、「日本で最も物書きの卵たちが集う場所」と揶揄《やゆ》されるほど多くの文化人を輩出している個性的な校風によるところが大きかった。

しかし卒業してすぐに夢を叶《かな》え、生活を営んでいけるわけではない。

そこで大学時代に取得した図書館司書の資格を活かせれば、というシンプルな動機から就職したのが、新宿区にある法人会員制のライブラリーだ。

まるで関心のないマーケティング資料に囲まれ、レファレンス業務に追われる日常が、なんだか今の自分とは遠く切り離されたものに感じられた。

帰省とは偉大だ。

「職場へのお土産、何にしよう」

呟くと、利緒が怪訝な目を向ける。

「なんだよ。まだしばらくいるんだろ？　会社の方、大変なのか？」

「ううん、そんなことない。ほら、うちのライブラリーって企業相手だからさ、世間一般で企業が動いてる時期は忙しいし、盆正月あたりはわりと落ち着いてるんだよね。じゃなくて、帰省する度にさくらんぼパイだのなんだの買って帰ってたから、そろそろネタ切れなの」

「よし、選んでやろう」

建物の中に入ると、幾分暑さが和らいだ。

さくらんぼのジャムやドレッシング、紅花《べにばな》染めやラ・フランスパイ、スイカの漬物だのといった色とりどりの土産品の間を眺めて歩く。

「全国どこにでもあるんだよねえ、これ」

ファンシーグッズのコーナーで、千夏が片耳にリボンを結んだ白ネコのストラップをつまみ上げる。Y県限定、さくらんぼ娘バージョン。

「うわっ、何これ。だだちゃ豆バージョン？　てか、この見た目は既にネコじゃなくなっている気が」

「北海道行ったとき、まりもの着ぐるみバージョン見たよ」

「それかなりシュールなんですけどー」

もういっそ無理やりとしか思えない発想の品々を横目に見ながら、連なってぶら下がるさくらんぼのぬいぐるみを指でつつく。

結局日持ちするという理由で、紅花の花びらを散らしたミルクでアーモンドをコーティングした甘い菓子や、果実をまるごと使ったゼリーなどを購入した。

成瀬はなぜかさくらんぼの飾りが付いた黒塗りの耳かきなどを買っている。

「……何買ってるかな、地元民」

「だってこういう黒い耳かき、使いやすいって誠《まこと》が欲しがってたんだもん。こないだ普通の木製の耳かきの先端部分、マジックで塗っちゃったんだよ。莫迦でしょー」

成瀬がにこにこ笑う。

誠、というのは成瀬の夫だ。結婚して二年目の今も、相変わらず仲睦《むつ》まじいらしい。

女性は多分、大きく二種類に分けられる。

異性に愛情を注ぎ注がれることに最大の価値を置く者と、そうでない者。

成瀬は前者で、残念ながらおそらく自分は後者だ。成瀬の横顔を見ながら、千夏はそんなことを思った。

お土産コーナーのすぐ隣にある、広々とした吹き抜けホールのレストランに移動した。昼食には少し遅い時間帯のせいか、客はまばらだ。

迷わず冷やし中華を頼む二人を尻目に、利緒が短くオーダーする。

「冷やしラーメン」

成瀬は悪びれた様子もなく首を傾《かし》げた。

「冷やしラーメンって私はちょっと苦手だな。なんかゴム食べてるみたいで」

「るさい。お前さんに食えとは云っとらん」

利緒が、がり、とレモン水の氷をかじる。千夏は頬杖《ほおづえ》をついた。ねえ、と呟く。

「天ぷらアイスってすごい不思議だよね。感覚的に未だに納得できないんだけど。だってアイスだよ？　天ぷらだよ？　なんで冷たいものが冷たいまま天ぷらになるわけ。何事って思わない？」

「あれはだな、空気を多く含む素材を短時間で揚げるからだ。空気で熱伝導が妨げられるからだろ」

「んんー」

「そういえばお前は、昔から変なことを一人で延々と考え込む癖があったよな」

呆れた口調で利緒は云った。

「わらび餅《もち》はなぜわらび餅なのか、とか、シェイクスピアみたいなことほざいてたのは高校の頃だっけ」

「薬ってどうして二錠飲むものが多いんだろうとか、一時期真剣に悩んでたよねえ」

二人にしみじみと呟かれて、ややいたたまれない気持ちになる。

古い付き合いの友人というのは時として厄介な代物だ。

互いが殻を脱ぎ捨てていく過程を知り尽くしている。

ちぃちゃんは昔から雨が好きだったよね、などと他愛ない世間話の途中でふっと云われたりすると、この子は雨が好きな自分のどんなエピソードを思い起こしているのだろう、と妙に落ち着かない気分にさせられることがある。

「ちぃちゃん、今も何か小説書いてるの？」

屈託なく尋ねた成瀬の言葉に、一瞬詰まって、曖昧な笑みを浮かべた。

「書いてるような、書いてないような」

「なんだそりゃ。要するに書いてないってことだろ」

利緒が容赦なく云い放つ。ムッとして何か云い返そうと思ったが、結局上手《うま》い言葉が見つからなくて口を閉じた。

パソコンを起動させ、何も書かれていない画面をしばらく眺めては電源を落とす。それが日課。

書きたい言葉と、書かれるべき言葉が、ディスプレイに落ちる前に千夏の中であやふやに溶けて消えていく。日々のめまぐるしいライブラリー業務を思い起こす。

『すみません、利用者からの問い合わせなんですけど。この調査資料、一つ前の版と最新版で市場規模の内訳の数字が結構大きく違いませんか？　何か定義が違うんでしょうか』

問い合わせた担当部署で、ええーという露骨に面倒そうな制作者の声。

『そんな昔のこと、忘れちゃった』

たぶん書いたものに情熱がない。誇りも責任も。

けれどそういう自分も、一生この仕事をまっとうしようと思っているわけではなくて。

新宿駅の地下通路で、段ボール箱を頭にかぶって壁に寄りかかるホームレスの男性を見た。箱男。ふっとそんな単語が浮かんだ。彼はその閉じた小さな箱によって、自ら社会と隔絶する。

今ここにいる自分は、おそらくあの箱男よりとても中途半端な存在だ。

「まあ、推理小説なぞ書いてる時点でお前さんは立派な変わり者だ。せいぜい頑張って人気作家を目指してくれ」

にい、と冗談めかして利緒が笑う。千夏が強気に反論してくることを予想しての軽い口調。千夏は、とっさに目をしばたたかせる。

「……利緒に変わり者なんて云われたくないんですけど」

利緒は一瞬だけ、おや、という意外そうな顔つきをしたが、何も云わなかった。

グラスの中で氷が音を立てる。成瀬が怪訝そうに尋ねた。

「ちぃちゃん、少し痩せた？」

「嬉しいけど、そんなに体重変わってない。お通夜とかお葬式とかでここ数日寝不足だったから、そう見えるだけじゃないかな」

成瀬が少し眉をひそめた。

「元気出してね、ちぃちゃん。ちぃちゃんが落ち込んでたら、きっと天国のお祖母ちゃんも心配するよ。ご飯はきちんと食べる。ちゃんと眠る。これ絶対大事、だからね」

「うん。ありがと」

てらいもなく正論を口にできる成瀬を眩しく思う。それが本心からの言葉であることも。

水を一口含んで、千夏は続けた。

「でも若い子のお葬式って悲愴感あるけど、お年寄りが寿命で亡くなったときって、変な言い方だけど、ある意味すがすがしいよね。なんというか、きちんと天寿をまっとうした、って感じで。皆お葬式のときは泣いてるんだけど、夜はお酒飲んで故人との思い出を語りながらやたら盛り上がったりしててさ。うん、身内が云うのもなんだけど、いいお葬式だったなーって思ったよ」

料理が運ばれてきた。いただきます、と成瀬が小さく手を合わせる仕草をする。箸《はし》を取りながら、嬉しげに呟く。

「ゆっくり自分のご飯が食べられるのって、ちょっと幸せかもしれない」

「今日は陽希君は？　実家に預けてきたの？」

「ううん、お姑《しゅうとめ》さんが見てくれてる。初孫だからどっちの親もメロメロなの。こないだなんか陽希連れて実家に寄ったら、帰り際『お前はいいから陽希君を置いていけ』って家族が本気で云うのよ！　お前はいいから、って何なのよもう」

成瀬が大げさに拗《す》ねた表情をしてみせる。

「気が引けるくらい月並みな質問だけど、育児って大変？」

「一日中熱い視線で見つめられて、とろけそうよ」

笑って成瀬はトマトを口に運んだ。

ゆるやかなウェーブを描く髪が花の形のバレッタでまとめられ、清潔な感じのする成瀬の白い項《うなじ》が見えた。後れ毛が陽光に透ける。

「洗濯物を畳んだりしてて、視線を感じて振り向くとね、ベビーベッドの中からじぃっとこっちを見てるの。も、すっごい熱視線。赤ちゃんて、なんであんなに見るのかなー」

もともと柔和な雰囲気の持ち主だったが、母親になって以来、成瀬の身にまとう空気がしなやかさを増した印象を受けるのは、おそらく千夏の錯覚ではないと思う。

昔からマイペースでおっとりした成瀬は、他人と競争することを極端に嫌った。

「勉強は嫌いだし、運動は苦手」悪びれた様子もなくそう云ってのけ、「利緒ちゃんと千夏ちゃんは努力家でえらいね、すごい」と屈託なく評する。

大学時代に千夏の書いた小説が新人コンクールで佳作入選したとき、出版につながるものではなかったものの、それを一番喜んでくれたのも成瀬だった。

成瀬の知らない一面を見た。あれは確か、中学の調理実習の時間だ。

いつもは前に出たがらない彼女の握る包丁がリズミカルに動き、率先して手際よく作業を行うのを、クラスメイトたちは純粋に驚きの眼差《まなざ》しで見つめた。慣れた手つきでかきたま汁のだしを取り、刃物で手を切って動揺する友人をてきぱきと処置する。

『ほら、こうするの』

楽しげな表情の成瀬が、顔の前に掲げた穴あきおたまの中に卵液を流し込むと、幾筋もの黄金色の細い糸がきらきらと輝きながら鍋に吸い込まれていった。

わあっ、と感心したような声がクラスメイトの間から上がる。

はにかみながらもやや誇らしげな成瀬の表情を見たとき、千夏は不思議な確信を覚えた。

ああ、この子はいつかそう遠くない未来に自分の家庭を持つだろう。そうして得た伴侶と、自分の子供に惜しみなく愛情を注いで、全力で守ってゆくことをきっと少しもためらわないに違いない。

成瀬から妊娠の報告を受けたとき、千夏はなんだか昔からこうなることを知っていたような、パズルのピースが収まるべき所に収まったような、奇妙な感慨を覚えたものだ。

「そういえば、今年も全国ニュースで見たよ。さくらんぼ泥棒の事件。一晩で百キロとか、大量に盗まれていっちゃうんだってね。ひどい話」

「あれって、どうやって持っていくんだろう。一人二人じゃ無理だよね。やっぱり集団で来て、わーっと盗っていくのかな」

錦糸卵を麵とからめながら、眉をひそめて成瀬が呟いた。

去年のゴールデンウィークに帰省したとき、千夏は郊外に広がるさくらんぼ畑の様変わりした光景に思わず度肝を抜かれてしまった。

さくらんぼの木々全体がすっぽりと緑色のネットで覆われ、あちこちに設置された監視カメラや人感センサーといった物々しいアイテムが睨《にら》みをきかせていたのだ。

　しかしそれでも広大な畑の盗難を防ぐのは困難だそうで、ついには地元の農家の人たちによって「さくらんぼ自警隊」なるものが発足したらしい。

　卑劣な犯行だし、被害に遭った当事者にとっては極めて切実な問題なのだろうが、農家のお年寄りたちがお揃いのハチマキを巻いて懐中電灯を手にし、夜のさくらんぼ畑をパトロールしている光景を思い浮かべると、なんだか少し微笑《ほほえ》ましい。

「さくらんぼ畑のネットって、あれ元々鳥に食べられないようにするためだと思ってた。対人間が目的になっちゃうとは」

「ああ、天堂市は全国でもカラスが多い町ベスト3に入るらしいからな」

「ベストっていうかなあ？　それ」

　千夏は嫌そうに顔をしかめた。

「あたし、鳥の群れってだめ。テレビの深夜映画で観たヒッチコックの『鳥』でトラウマ」

「お前さん、鶏肉は好きだろうが」

「死んでるのは平気なの」

「阿呆《あほ》。食欲がうせる表現するな」

　利緒は大げさに嘆息してみせた。

「あたしは鳥なんぞ別に怖いとは思わんがな。むしろ、それを避けるための媒体の方が気味悪い」

「何それ」

「リアルなカカシはまだ許せる。だけど、さくらんぼ畑のあちこちに傘だの黒いてるてる坊主だの、マネキンの頭部だのカラスの死骸を模した物体だの。子供の頃に東京から引っ越してきたときは本気でおののいたぞ。あんなん知らん奴が見たら、町全体で何らかの呪術をとり行ってんのかと思うわ」

「きゃっはっは」

小学三年生の頃、千夏と成瀬のいた学校に転校してきたときの利緒を思い出す。

きゅっと唇を引き結び、まるでそこに自分の見えない敵が存在するとでもいうように正面を見据えていた少女。

当時の彼女は誰かと必要以上に関わることも、周りの環境に自分が染まっていくことも、全身で頑《かたく》なに拒んでいるかのように見えた。

利緒が転校してきてから数日後。担任の教師が黒板の端から端までチョークで一本の長い線を描いてみせた。

「これは時間の流れ」

イタズラめかした様子でクラスの中を見回し、生徒たちに向かって話しかける。

「左端が、地球の誕生。右端が現在。さて、人類が誕生したのはどのあたりだと思う？」

教師に指名された児童が、一人ずつ前に出てここと思う箇所にチョークで線を引く。

教師は正解とも不正解とも云わず、穏やかな笑顔でただ見守っている。

「じゃあ最後に、芥川」

指名された利緒はにこりともせず立ち上がると、指示された通り黒板の前に立ち、迷う素振りも見せず一本の線を引いた。それは面倒そうな、いたって無造作な手の動きだった。

利緒が印をつけた場所は、他の児童たちと違って「現在」にごく近いところだ。クラスメイトの間から、えー、というざわめきが上がる。そんなわけないじゃん、地球の誕生があそこだぜ？　アイツ先生の話聞いてないんじゃないの。

莫迦にするような女子のクスクス笑い。今にして思えば、周囲に全く打ち解ける気配を見せない利緒に対して、クラスの中で徐々に反感めいた空気が生まれ始めていたのかもしれなかった。しかし当の利緒はつまらなそうな表情のまま、周囲の反応に顔色一つ変える気配も見せず席に戻っただけだった。

そんな空気を知ってか知らずか、教師が頷《うなず》いてチョークを手に持ち、黒板に近寄る。

「正解は、ここ」

そう云って印をつけた場所は、利緒が線を引いた場所よりもさらに少しだけ「現在」に近い箇所。

再びクラスで起こったどよめきは、先ほどとは明らかに違う種類のものだった。

その日の授業が終わった後、千夏は真っ直ぐ利緒の元へに駆け寄った。

「芥川さんて、すごいね！」

満面の笑顔で千夏に話しかけられ、面食らったように見つめ返す利緒の表情を今でも覚えている。

何が彼女をそうさせたのかは知らないが、あれから年月を経て、利緒は随分変わったと思う。

あの頃の自分たちが、今も変わらず談笑している三人を見たら意外な顔をするだろうか。

「どうした？　成瀬」

ふと黙ってしまった成瀬に気がついて、利緒が尋ねた。

「あ、ううん。なんでもないの」

何か考え込む表情だった成瀬が、慌てて笑顔を見せた。

どことなく歯切れの悪い口ぶりで呟く。

「……ただ、さくらんぼ畑の話で、ちょっと思い出したことがあって」

二人に怪訝そうな視線を向けられ少しためらう素振りを見せた後、成瀬は云った。

「ねえ、二人とも覚えてる？　高校二年の、夏のこと」

「ああ！　例の騒ぎがあった年か」

成瀬の言葉に、利緒が反応した。記憶をたぐり寄せ、千夏もゆっくりと頷く。

「うん、覚えてるよ。あの夏は、本当におかしなことばかり起きた夏だったから」

奇妙な出来事があった夏。千夏たちの通う学校で不穏な騒ぎが起こり、生徒たちの間で不安と好奇の入り交じった様々な噂が飛び交った夏があった。

成瀬はちらりと二人を見、思いきったように口を開いた。

「私ね」

か細い指が、コップをぎゅっと握りしめる。

「今も、どうしても分からないことがある」

*

その日の朝、学校へ向けて自転車を発進させようとした成瀬に、背後から冷静な声がかけられた。

「成瀬、お弁当忘れてる」

「うわっごめん、ありがとう」

行儀悪く自転車に跨《また》がったまま、声の主である宵子《よいこ》から慌ててランチボックスを受け取る。宵子が、仕様が無いなあ、というふうに小さく苦笑した。

成瀬の目をもう少し切れ長にして、頬の輪郭をシャープにすれば宵子になる。要するに、彼女は成瀬の双子の姉なのだ。

外見は瓜二つだが、中身がこれほど異なる双子も珍しいかもしれない。

宵子は昔から人に頼らない子で、年頃の少女が抱える揺らぎのようなものを周囲にまるで見せなかった。相談を持ちかけるのはいつも決まって成瀬の方で、宵子はといえば、好きな男の子に関する恋愛相談といった類《たぐい》の悩みすら一度も口にしたことが無かった。努力や向上心の要素が母親の胎内で分配されたのだとしたら、それは大方宵子の方にいってしまったのに違いない。

宵子が呆れた口調で云った。

「まだ裏門通学してるの？　同じ家から通ってて、どうしてこんなに急いで出る必要があるのよ。わざわざ遠回りすることないでしょ」

「うん、そうなんだけど、でもね……」

口の中でもごもごと言い訳をする。

期間限定で、成瀬がいつもより十分ほど早く家を出る季節がある。

初夏だ。

成瀬の通う天堂高校は、正門に続く道なりに沿ってさくらんぼ畑が続く。この季節になると、さくらんぼ畑から次々と道路に毛虫が這《は》い出してくるのだ。

必然的に通学路を行く生徒らは、「ぎゃー」と叫びながら自転車でぶちぶちとそれらを踏み潰して登校する羽目になる。ついた呼び名が、虐殺の小道。

虫嫌いの成瀬はどうしてもその光景が苦手だった。正門に続く通学路のあちこちに、体液を流して潰れた毛虫の死骸が落ちているのを見ると、気分が悪くなってしまうのである。

そのため、毛虫が発生する季節になると、さくらんぼ畑沿いの道を通らなくて済むよう、その時期だけはあえて遠回りをして裏門から登校するのだ。

これがなかなか手間で、特に雨の降る日などは、傘差し運転ができない成瀬にとっては一苦労だった。成瀬はやや上目遣いに尋ねた。

「今日も剣道部の練習で遅くなるの？」

「多分。試合近いしね。成瀬も何か部活動やればいいのに」

「うーん、私、そういうの苦手だから」

へらりと笑って答える。幼い頃から剣道をやっているせいか真っ直ぐに伸びた宵子の背筋を見る度に、頼もしいような、少し気後れするような気分になる。

「部活の帰り、遅くなると危ないから気をつけてね」

「莫迦ね、気をつけないといけないのは成瀬でしょ。アンタって時々ぼうっとしてるから心配なのよ。——最近、学校の近くで変質者が出るらしいって噂があるの、知ってるでしょ」

成瀬に云い聞かせながら、宵子の表情が微かに曇った。

「もし痴漢にでも遭ったら、大声で助けを呼ぶんだからね」

宵子の口ぶりは双子の姉というよりもまるで母親みたいだ。そんな呑気なことを考えながら、成瀬は素直に頷いて自転車をこぎ出した。

朝からうんざりするほど空が青い。駐輪場に自転車を止め、校舎に向かって歩き出した成瀬は、ふいに視線を感じて顔を上げた。

正面玄関の下駄箱の前、見知った制服姿の少女が視界に入る。

肩のあたりで切り揃えられた髪の毛に、鼻筋の通った利発そうな面立ち。クラスメイトの犬飼美《いぬかいみ》帆《ほ》だ。その小柄な立ち姿を目にした途端、自然と体に力が入るのを自覚した。

美帆は剣道部で宵子と競う実力の持ち主として周囲に期待されていたが、「受験勉強に集中したいから」という理由でこの夏に部活をやめたばかりだった。

これまでは同じクラスという以外とりたてて関わりがなかった成瀬だが、ここ最近は美帆の姿を見る度につい存在を意識してしまう。

――理由は、成瀬に対する美帆の態度だ。

成瀬はぎこちなく笑顔を作り、自然に聞こえるよう明るい声を出した。

「おはよう」

美帆が輪郭のはっきりした黒目を成瀬に向ける。やがて「おはよう」とそっけない声で挨拶を返した。そのままふいと成瀬から視線を外す。ややきつい印象を与える美帆の眼差しが離れ、無意識に緊張していた体の力を抜いた。自分の下駄箱に手をかける。

と、美帆が履き替えた上履きのつま先でトン、と床を叩いた。

成瀬の方を見ないまま、ぼそりと発せられる呟き。

「――死ねばいいのに」

成瀬の動きが止まった。何事もなかったかのように、ぴんと背筋を伸ばして美帆が教室に歩いていく。周囲で登校してきた生徒たちの賑やかな声が飛び交った。おはよー。昨日の特番、あれ観た？　アハハ、寝グセひどいんですけど。

こわばった表情で軽く一呼吸し、成瀬は下駄箱の扉を開けた。次の瞬間、今度こその場に立ちすくむ。

下駄箱の中、成瀬の上履きがぐっしょりと水に濡れていた。


昼休み。食堂で飲み物を買って教室に戻る途中、突如何かがぶつかるように足にしがみついてきて、成瀬は奇声を発した。

「ひゃあ」

思わず手にした麦芽コーヒーのパックを取り落としそうになったところで、後ろから慌てた様子の女性の声が追いかけてきた。

「どうもすみません。こらっ、ナオくん、だめでしょう」

視線を落とすと、黄色いスモックを着た男の子が、まるで子犬みたいなやんちゃな目つきで成瀬を見上げている。

すっかり見慣れたその姿を確認し、成瀬は小さく口元をほころばせた。

成瀬たちの通う高校と同じ敷地内にあるのが、「ナオくん」のいる天堂べにばな幼稚園だ。古典教師が六条御息所《ろくじょうのみやすどころ》を取り上げて女の情念について熱く語っているとき、外のグラウンドから「赤さんがんばれ、白さんがんばれ、わーいわーい」というなんとも力の抜ける幼稚園の運動会のアナウンスが聞こえてくることもあったし、高校に乱入して廊下を屈託なく走り回る園児を若い保育士が慌てて追い回す微笑ましい光景も、さほど珍しいものではなかった。

自分の腰くらいまでしか背丈のない彼に目線を合わせるべく屈み込み、成瀬はにっこりと笑いかけた。

「廊下は走っちゃだめ。ケガしたら危ないでしょう？」

「平気だよ。オレ、ケガなんか全然怖くねえもん」

成瀬の言葉にむきになったような色合いで、どこか誇らしげに主張する。と、保育士の女性の後ろから、ふいに同じ黄色いスモックを着た女の子が顔を出した。

イチゴの飾りのついたヘアゴムでうさぎみたいに髪を二つに結んだ女の子は、ナオに向かって、可愛い顔に似合わない気の強い笑みを浮かべながら云い放った。

「ナオくん強いふりしちゃって、バッカみたい。足ケガしたときにいっぱい泣いたの、ハルカ、知ってるんだからね」

「泣いてない！　ハルカこそ先生にすぐ捕まっちゃったじゃん。やっぱりオレの方がすごい」

すかさずナオが云い返すと、ハルカが口をねじ曲げて彼を見た。やめなさい二人とも、となだめられ、ハルカはチェックのスカートを揺らして悔しそうに保育士のお腹のあたりに顔を埋めてしまう。

園児が校舎に入り込むのは例年よくある光景だったが、今年は特に騒がしい日々が続いている。その主たる原因が、ここにいるハルカとナオだった。

負けず嫌いの二人は何かにつけて張り合い、『どちらがよりすごいことができるか』を証明することに日々全力を捧げているらしかった。

当初は、絵本でも何でもすぐに投げ出してしまう飽きっぽい性格のナオが、おませなハルカにやり込められるという図式が成立していたようだったが、ここ最近はその関係にも微妙な変化が生じているようだ。遡《さかのぼ》ること一ヶ月前、木登りが得意なことを自慢するナオに対し、敷地内にある桜の木を指差してハルカが挑むように云った。

「でも、あそこの一番高い枝からジャンプすることはできないでしょ」

……数分後、ナオは木の上から見事なまでの跳躍を披露し、足を捻挫《ねんざ》してそのまま病院へ担ぎ込まれる騒ぎとなった。

以降、どうやら二人の勝負はナオが優勢のまま現在に至っているらしい。

察するに今日は、どちらが捕まらずにより高校の奥まで潜入できるかという戦いを繰り広げていたのだろう。

追いかけ疲れて途方に暮れたような表情のうら若き保育士を、成瀬はやや同情の念をこめて見つめた。苦笑して「大変ですね」と呟くと、大げさなため息が返ってきた。

「この子たちったら、予想もつかないことばかりしてくれるから振り回されっ放しで」

冗談めかして愚痴った後、保育士の女性は眉をひそめ、声のトーンを落として囁《ささや》いた。

「この間なんか、お遊戯の時間にこっそり抜け出して、さくらんぼ畑の物置小屋に探検に行っちゃったのよ」

「それは……」

成瀬はぎょっとして顔をひきつらせた。

通学路沿いのさくらんぼ畑の中には、農作業や鳥よけに使う道具などがしまわれている物置小屋がある。見慣れぬ物体がひしめく薄暗い物置小屋は、子供たちにとっては格好の冒険スポットであろうが、大人が眉をひそめるのに十分な理由があった。

――普段あまり人の立ち入らないその場所が、恋人同士の逢瀬に使われているという噂があるのだ。

「ほら、二人とも行きますよー。午後は紅笠祭りの準備をするから、いい子でちゃんとお手伝いしてね？」

保育士の言葉に、「はあい」と園児二人がしおらしい声を出す。

毎年夏に行われる紅笠祭りで使う飾りは、市内の学校で作られる。

咲き始めの紅花を表す黄色い花と赤い紅花を各校で作るのが風習なのだ。

「二人とも、またね」

小さく片手を振ると、ばいばーい、と重なって可愛らしい声が返ってきた。黄色い二つのスモック姿を見送りながら、自分と宵子もあんなふうに並んで天堂幼稚園に通っていたんだな、と思う。

けれど自分たちの姿に当てはめると、それは少しだけ形を変えた。

あんなふうに対等で、相手の存在に負けまいと全力で闘ったことなんて、一度としてあったろうか。

——記憶の中で成瀬の手を引いていたのは、いつも宵子だ。

ぼんやりとそんなことを思っていると、ふいに正面から誰かが勢いよく肩に突き当たってきた。思わずよろめいた成瀬の視界の端で、ぶつかった相手の手から紙コップが落ちるのが見えた。あ、と思った瞬間、紙コップの中身が盛大に床にぶちまけられる。

空の紙コップが軽い音を立てて足元に転がった。甘ったるい香りが鼻腔《びこう》に届き、中身がオレンジジュースだったことを知る。とっさの出来事に頭がついていかず、成瀬はこぼれた液体が床の上に広がるのを呆然と眺めた。

我に返り慌てて視線を向けると、目の前に立っていたのは美帆だった。驚いたような表情で成瀬を見ている。成瀬は反射的に身を硬くした。自分がぼうっとしていたから、向こうがうっかりぶつかってしまったのかもしれない。そう思って謝ろうとしたとき、思いがけず硬い声がかけられた。

「……なんでわざとぶつかったの？」

「え？」

美帆の発した言葉に、一瞬訳が分からずきょとんとする。美帆が小さく息を呑み、傷ついたような、はっきりと非難する上目遣いで成瀬を見た。

「今、わざとぶつかったでしょう？」

美帆の台詞にぎょっとして言葉を失う。一体、何を云い出すのだろう。ただならぬ空気に、廊下を歩いていた生徒たちが何事かと怪訝そうに成瀬たちを見ていく。周囲の注目を集めていることに気がついて、成瀬は頬が赤らむのを感じた。動揺して上手く言葉が出てこない。

美帆が小首を傾げ、傍目には一片の曇りもないような毅然とした口調で成瀬に云った。

「私、あなたに何かした？　だったら、ちゃんと云って欲しいんだけど」

「違……っ」

こちらを見据える美帆の強い視線に気圧《けお》され、成瀬が口ごもったそのときだった。

「どうかしたの？」

聞き覚えのある声がした。遠巻きにこちらを窺《うかが》う生徒たちの間から、真っ直ぐ歩いてくる宵子の姿が目に入る。無意識に成瀬の肩から力が抜けた。

「――宵子」

途端、美帆の表情が目に見えて落ち着きを失った。宵子は立ちすくむ二人の足元の惨状を見て、軽く眉根を寄せた。

「どうしたの、これ？」

美帆が眉を吊り上げ、自分を立て直すように懸命に云い募った。

「彼女がわざとぶつかってきて、それで」

「成瀬が？　わざと？」

思いがけない台詞を聞いたというふうに繰り返すと、宵子は拍子抜けするほどあっさりと首を横に振ってみせた。

「悪いけど、ありえない。大方ボーッとしててぶつかったんでしょ。この子、ぼんやりだから。――ねえ、ちょっと雑巾貸してくれる？」

近くにいた女子生徒たちが、乾いた雑巾を手に「大丈夫ー？」と屈託なく駆けてくる。なんということもなく、あっけなく事態は収拾してしまった。

うろたえながら成瀬が、こぼれたジュースを拭《ふ》くのを手伝おうとすると、美帆が顔を伏せたまま引きつった声で「いいわよ」と断った。「行っていいから」と低い声でそれだけ呟くと、もう成瀬の方を見ずに、黙って濡れた床を拭く。

戸惑う成瀬の横で、宵子がひょいと肩をすくめた。行こう、と目で成瀬を促す。その場を離れ際、ついでのように美帆に軽い口調で言葉を投げかけた。

「たまには、気晴らしに道場に顔出しなよ」

歩き出しながら成瀬が振り返ると、肩越しに見えた美帆の白い指が微かに震えたような気がした。

廊下を歩きながら、宵子が鞄を持ち直してわざとらしくため息をつく。

「教室に行ったら、成瀬が飲み物買いに行ったきり戻ってこないっていうから探しに来たの。全く、アンタは目が離せないんだから」

「……ごめん。鞄なんか持って、どうしたの？」

「なんか夏風邪ひいちゃったみたい。調子悪いから早退するわ。悪いけど、代わりにクリーニング屋に寄って帰ってくれる？」

そう告げる宵子の横顔は、確かにあまり顔色がすぐれないようだ。

だるそうに告げる背中を見送って宵子と別れた途端、先ほど自分に向けられた美帆の穏やかではない眼差しを思い出した。胃が重くなるのを感じる。この後教室に戻って彼女と顔を合わせることを考えると、なんだかいたたまれなかった。

「──ちょっと、いいか」

と、誰かに呼び止められて成瀬はハッとした。顔を上げる。

一学年上の、羽鳥賢悟《はとりけんご》だ。

剣道部の主将を務める引き締まった体軀の持ち主の彼は、宵子の恋人だ。

鋭い印象を与える一重の目が成瀬を見た。ややぞんざいな口調で尋ねる。

「お姉さんを見なかったか。部活の連絡事項があって、探してるんだが」

自らに厳しい印象と、自分を偽って見せるのがあまり上手くない感じ。

他人との距離のとり方が、宵子と彼は多分よく似ている。

気を取り直し、成瀬は小さく微笑んでみせた。

「宵子なら、ついさっき早退しました。なんか珍しく夏風邪ひいちゃったみたいで。すみません」

「そうか、ありがとう」

羽鳥の喉仏が動いて、低い声が発せられた。

そのざらりとした声を聞く度に、成瀬はどこかで聞いた話を思い出す。

赤ん坊や子供の発する甲高い声は、身に危険が迫った際に遠くまで届いて助けを呼ぶためのもの。成長するにつれて声が低くなるのは、身を守る術《すべ》を覚えていくから。他者に助けを求める必要性がなくなるから。

鬱陶しいくらいに幼い自分の声が告げる。

「どういたしまして」

普段あまり表情を動かさない彼の目元が微かに笑みを含んだ。

乾いた大きな手が、ポンと一瞬だけ成瀬の頭に触れて離れていく。


そういえば、高校時代、千夏と利緒に羽鳥のことを話したことがあった。彼が卒業する直前に宵子とは別れたはずだから、多分それよりも前だったのだろう。

「宵子の彼氏、背中に傷痕《きずあと》があるの。子供の頃に滑り台から落ちて、空き瓶か何かで切ったんですって。背中に傷があるのは敵に背を向けて逃亡しようとした証《あかし》だなんていう話を大真面目に気にしてて、部活で着替えるときも人に背中を見せないんだって」

成瀬からその話を聞いた二人は身をよじって爆笑した。

「一体いつの時代ですか」

「それじゃ賢悟じゃなくて、剣豪だよ！」

以降、三人の間だけの羽鳥の呼び名が決まった。ケンゴー。

千夏と利緒は、それぞれ東京の大学に進学する用意を進めているらしかった。

自分の行きたい場所を明確に見据える二人は、努力してきっとそれを叶えるのだろうと思った。

そう伝えると、利緒はいかにも心外そうな顔をして、莫迦云うな、と答えた。

「努力は嫌いだ」

利緒の唇が、いつもの人を食った笑みをのせる。

「あたしがしてるのは、やりたいことをやるための準備だ」


放課後、正門近くの駐輪場から自分の自転車を引っ張り出していると、千夏に肩を叩かれた。

「成瀬ー、大丈夫？」

苦笑を宿した瞳がのぞき込む。

「自転車を引っ張ってんのか、自転車に引っ張られてんのか分かんないよ。成瀬、うで華奢《きゃしゃ》だから」

「ほうっといて」

軽く頬をふくらませる。隣接する職員駐車場の端に自転車を止め、鞄からハンカチを取り出すと額を拭った。

正門隣の剣道部の練習場からは、気合のいい掛け声が立て続けに聞こえてくる。これから急激に暑さが増す季節に移りゆくのかと思うと、少しげんなりする。

「そういえば、聞いた？」

白い額を近づけるようにして千夏が尋ねた。

「何を？」

「変質者の話」

宵子と交わした朝の会話を思い出し、成瀬は頷いた。

「うん。最近うちの学校の近くで出るんだってね。変質者って、やっぱり全裸にコートとか着てるのかな。あれ、でも夏にコート姿って、あからさまにおかしくない？」

うーん、と悩む成瀬に、違う違う、と千夏が手を振った。

「露出とか体触ったりとか、そういうのじゃないらしいよ。成瀬、ほんとに知らないの？」

変質者という単語からはとりあえずその二種類しかバリエーションが思い浮かばなかったので、首を横に振る。

「スカートが切られるんだって」

「ええ？　何それ」

千夏が顔をしかめながら続けた。

「気がつくとスカートの裾《すそ》が切られてるんだって。ハサミだかカッターだか分からないけど、スパッと。ひどい場合だと、二十センチくらい切られてた子もいるらしいよ」

「なんでそんなこと、するんだろう」

「さあ。でも最近、変な噂が立ってて」

近くに人がいないのに、声をひそめる。

「今までは帰る途中で被害に遭ったんだろうって思われてたんだけど、学校の敷地を出る前に自分のスカートが切られてるのに気づいた子がいるんだって」

成瀬はゆっくりとまばたきをした。

「……それって」

「そう。もしかしたらスカート切り裂き犯は、うちの学校の人間じゃないかって話」

やや眉を寄せたまま、千夏は云った。

「――そういうのって、なんか得体が知れなくて怖いよね。なんていうか、体に触ってくるとかはなんとなく分かるじゃない。や、絶対許せないことには違いないんだけど、少なくとも相手の意図するところは分かるっていうか。でも本人の知らない一瞬の間にスカートだけ切るって、理解できなくて逆に気持ち悪い。体に傷をつけるわけでもなし、一体何が目的でそんなことするんだろう？って」

理解できないから怖い。千夏の言葉を反芻する。

「……怖いね」

「うん、ちょっと怖い」

云った後で、千夏ははっと気がついたように腕時計を見た。

「いっけない、歯医者の予約に遅れる」

慌ててサドルにまたがる。

「まだ裏口入学、じゃない裏門通学してんのー？　いい加減慣れれば」

「いいの、別に。じゃあまたね」

笑って手を振ると、千夏の姿がみるまに正門の向こうに遠ざかっていった。

少しずつ日が伸びていく。髪の毛が傷むなあ、とぼんやり思う。見上げると、校舎は遥か昔に眠りに落ちてしまった恐竜のようだ。スカートの汚れを手で払う。

のっそりと建つこの箱の中に、病的に意味のない行為をする人物がいる。

一瞬だけその人物と話がしてみたいという考えが頭をかすめた。

結局のところ、あなたは何がしたいんですか。

体に傷をつけるわけでもなし。

自転車を引きながら千夏と反対方向に歩き出した成瀬は、ふと誰かの視線を感じた気がしてそちらに顔を向けた。何気なく見やった先に佇《たたず》む人影を目にして、反射的にぎくりとする。

裏門の側、背の高い植え込みの下に美帆が立っていた。その場に立ち止まったまま、無言でじっと成瀬を見つめている。怒りに似た色を含んだその暗い目つきに、成瀬は小さく息を呑んだ。午後、教室で美帆が自分の席についたきり、誰とも口を利かず黙りこくっていたことを思い出す。

済んだこととはいえ、昼休みのことを一言詫《わ》びておいた方がいいだろうか。

同じクラスで誰かとぎくしゃくするのは嫌だった。成瀬は自転車を引いたまま、方向を変え、思いきって美帆の元へと歩き出した。

「犬飼さん」

近づいて声をかけたとき、美帆の上唇が水分を失ってカサカサに乾いているのに気がついた。クラスでも目立つ部類に入る容姿の、隙のない美帆がそんな状態を見せるのは珍しい。何か違和感めいたものを覚え、成瀬の足が止まった。

美帆の呼吸が不規則に乱れていた。成瀬に向けられた美帆の硬い表情は、彼女自身が緊張しているからだということにようやく気がつく。

「犬飼さん？　具合でも、悪いの……？」

云いかけて、成瀬は顔色を変えた。小刻みに震える、美帆の白い右手に視線が引きつけられる。その手に固く握りしめられているのは、鋭利なハサミだった。

目を見開き、まじまじと美帆を注視する。

「犬飼さ……」

切れてしまうのではないかと心配になるほどきつく、苛立った表情の美帆が自分の唇を噛んだ。唇が白っぽくなり血の気を失う。

追いつめられたような眼差しが、憎々しげに成瀬を見た。成瀬はびくっと身をすくめた。そんなふうに他人からむき出しの憎悪を向けられたのは、初めてだった。

嫌い、と吐き出すようにかすれた声が美帆の喉から漏れた。

「あんたなんか、いなくなればいい」

ハサミを持った美帆が、成瀬に近づく。逃げなきゃ。そう思ったけれど、とっさに体が動かなかった。

足がすくみ、自転車のハンドルを強く握りしめたままその場に凍りつく。

刺される。そう思って反射的に目をつむると、顔のすぐ前で空気を切り裂く気配があった。ぱらぱらとまぶたの周りを何かがかすめる感触。

恐る恐る、目を開ける。

地面に不揃いな髪の毛が落ちていた。一瞬遅れて、前髪を切られたのだということに気がつく。

美帆は自分のしたことに呆然とした様子で立っていた。

睨むような美帆の目の縁が、興奮のためか不自然な赤みを帯びていた。美帆の苦しげな声が、ぐしゃりと歪む。

「死ねばいいのに。最初から、いなきゃいいのに」

行き場のない負の感情が、彼女の中でぐるぐると駆け巡っているのが分かった。

成瀬はあっけに取られたような、どこか息苦しい気持ちでその姿を見ていた。美帆の行為に対する怒りや恐怖といった感情は、そのときなぜかひどく遠い場所にあった。

——知っていた。美帆が剣道部で宵子と比較されることをいつもプレッシャーに感じていたこと。受験勉強のためと称して逃げるように部活をやめ、けれど期末試験の成績で宵子の方が上をいくことに密かに傷ついていたこと。

それでも美帆が宵子にその感情をぶつけることは、決してない。なぜならそれは、宵子に抱いている敗北感を認めることになるからだ。そしてその瞬間、美帆は決定的に宵子に負けてしまう。

さらに気がつく。ストイックな宵子は、美帆をライバル視などまるでしていない。おそらく、自分の存在がこれほど美帆に影響を及ぼしているなどとは夢にも思っていないだろう。互いを意識し対等に競い合う間柄ですらないそれは、一方的な『嫉妬』であり、『逆恨み』になってしまう。口にしたら惨めで、とても格好悪いことになる。

——美帆の中に渦巻く感情は抑えきれずに出口を求め、宵子以外のものに向かった。

成瀬は片手でそっと自分の前髪に触れた。斜めに乱雑に切られた髪の毛は、指先に乾いた感触を伝えた。美帆の放った台詞を思い起こす。『嫌い』『死ねばいいのに』。

誰が、とは云わない。殺す、と自らが加害する言葉も口にしない。あくまで卑屈に願うだけ。本人に正面切って向き合うことすらできず、消えない傷一つつけられない。

それは、中途半端な悪意だ。

成瀬はそっと呟いた。

「……あきらめたら」

哀《かな》しみのような、痛みのような、自分でも説明できない不思議な感情が胸の底にあった。美帆が怪訝そうに顔を上げ、そのとき初めて宵子ではなく、成瀬自身を見た。

成瀬は痛ましげに眉を寄せた。まるで自らに云い聞かせるように、静かな口調で成瀬は告げた。

「あなたは、宵子には勝てないから」

——その瞬間だった。

ガシャンと耳障りな金属音を立て、美帆の手からハサミが落ちた。

美帆の表情が凍りつく。いっぱいに開かれた大きな目が、底のない真っ黒な穴のように見えた。

美帆はいやいやをするように弱々しくかぶりを振ると、よろめきながら成瀬から二、三歩後ずさった。何かから身を庇《かば》うように、両手で顔を覆う。

次の瞬間、美帆の口から明確な意味をなさない叫び声がほとばしった。それはまるで、傷ついた獣のような声だった。

立ちすくむ成瀬に背を向け、美帆がその場から走り去る。裏門から入ってきたランニング中の生徒たちがぎょっとした顔で、すごい勢いで遠ざかる美帆の後ろ姿を見ていた。

成瀬は放心したようにしばらくその場に立っていた。

足元に視線を落とす。

地面の上で、投げ捨てられたハサミの刃が日差しを受けて鋭く反射していた。

翌日、登校した成瀬はホームルームで美帆の欠席を知らされた。法事で両親と仙台に行っているのだという。昨日の出来事があっただけに、顔を合わせずに済んだことに成瀬は内心少なからずほっとした。

美帆にハサミを向けられたときの生々しい緊張がよみがえる。あのことは、なぜか宵子にも誰にも云ってはいけない気がした。耳の奥に、美帆の悲痛な声がこびりついている。

結局その日の授業はずっと上の空で、気がつくと成瀬は幾度も不在の美帆の席に視線を向けてしまっていた。ため息をつく。

――早く家に帰らなくちゃ。

周囲が徐々に薄闇に沈んでいく中、成瀬は自転車のハンドルをぎゅっと握った。

日が暮れると、地方都市の夜は深く閉じる。家路へとひたすらペダルをこぐ。

手のひらが生温かく汗ばんで、全身に疲労感があった。腰から下がやたらだるくて、ペダルをこぐ足にまるで力が入らない気がした。

鬱蒼《うっそう》としたさくらんぼの木々が、視界の両端で次々と後方に流れていく。無性に気が急《せ》いた。早く、早く帰らなきゃ。そのとき生ぬるい風が吹き、木々が一斉にざわめいた。

ふいに、成瀬の背筋がぎくりとこわばった。

自転車を止める。

強い視線を感じた。成瀬は落ち着きなく周囲に視線をさまよわせた。――気配。誰かが、自分を見ている。息を呑む。

「犬飼さん、なの……?」

返事はない。背中を冷たい汗が伝った。逆に口の中は急速に乾いていく。

薄闇の中、木々の隙間から誰かがじっとこちらを見つめている。

強い風が吹いた。

「きゃ……!」

髪が乱れ、紺地のスカートが一瞬浮き上がった。

震える手でスカートの裾を押さえ、再びあたりを見回す。胸の内に恐怖がせり上がった。誰かがいる、誰かがそこに。

膝が崩れ落ちそうになるのを懸命に奮い立たせ、ペダルを踏む。早くここから立ち去らなければいけないと、本能的に何かが告げていた。

周囲でざわざわと揺れる枝葉の動きは、まるで人が怒りと苦悶《くもん》に身をよじるさまに見えた。成瀬を捕まえようとしているふうにも。

暗闇からにゅうと手が伸びてきて、自転車から引きずりおろされるような錯覚に襲われた。誰かが目をこらして自分を見ている。呼吸が乱れ、ひどく苦しかった。

いつしか全身が、気持ち悪いほどに汗で濡れていた。

木々の切れ目から、執拗《しつよう》な視線が成瀬に絡みつく。追いかけてくる。喉の奥から喘《あえ》ぐように声が漏れた。いやだ、来ないで。

混乱した意識の中で、誰かが鋭利な刃物を振りかざす。成瀬を切り裂く。

「あっ！」

何かに乗り上げたのか、ふいにガクンと前輪が跳ねた。衝動で体が宙に投げ出される。頬をこする地面の感触と同時に、全身に熱い痛みが走った。

「う……っ」

呻《うめ》きながら、身を起こす。膝が痺《しび》れるような感じがした。倒れた自転車の前輪がカラカラと空回りしている。鼻の奥で、つんと血の臭いがした。

めまいを起こしそうになりながら頭を上げると、薄闇の中で真っ直ぐ自分に突き刺さる視線を感じた。唾を飲み込む。

そこにいる誰かが、自分の一挙一動を注視している。パニックに駆られ、弱々しくかぶりを振った。お願い、来ないで。こっちを見ないで。

ふくらはぎを生温かい血が伝い落ちる感覚。ふらつく足で必死に自転車を起こし、サドルにまたがる。こわばった指でハンドルを握りしめると、家に帰るまで一度も振り返ることなく、成瀬は無我夢中でペダルをこぎ続けた。

「成瀬、帰ったの？　ずいぶん遅かったじゃない。――やだ、あんた怪我《けが》してるの？　転んだの？」という取り乱した母親の声を耳にしたところで、成瀬の意識はふつりと途切れた。

——結局、転倒した怪我自体は大したことがなかったものの、成瀬はそのまま熱を出し、翌日は学校を休む羽目になってしまった。

丸一日寝込んでようやく起き上がれるくらいに回復し、幾分重い体で学校に向かった成瀬は、門をくぐった途端、明らかにいつもと違う空気に気がついて眉をひそめた。

校舎の前に、人だかりができていた。

一体何の騒ぎだろう。訝しく思いながら人垣に近づき、その光景に気づいた成瀬は、他の生徒と同じように唖然《あぜん》として校舎を見上げた。

校舎の窓やベランダ、ありとあらゆる場所が鮮やかな黄色い色彩であふれ返っていた。廊下や玄関など、校舎の中もあちこちが黄色い花で飾り立てられているらしい。

すっげえ、これマジ？　背後でひときわ賑やかに騒ぐ生徒たちの声が聞こえた。慌てたように制止する教師の声。立ち尽くした成瀬の肩がふいにポンと叩かれた。

「具合、もう平気なの？」

いつのまにか隣に立っていた千夏が声をかけてきた。成瀬は建物を仰いだまま、あっけに取られて尋ねた。

「ちぃちゃん、これって……」

「朝、学校に来たら校舎のあちこちにペーパーフラワーが飾ってあったらしいよ。ほら、紅笠祭り用に作ったやつが段ボールでまとめて置いてあったじゃない？　誰かが学校に忍び込んで、学校を花だらけにしちゃったんだって」

同じく頭上を仰ぎ見ながら、千夏が呆れたとも感心したともつかない口ぶりで云った。

「すごい騒ぎになってるよ。もしかしてローカルニュースとか来ちゃったりして」

いっそ小気味いいほど、人工の黄色い花に侵食された校舎。

成瀬は呆然としながら周囲の喧噪《けんそう》を耳にしていた。

やがて教師に促され、興奮冷めやらぬ生徒たちが追い立てられるように校内へと入っていく。これでは授業にならないとする担任の指示で、各クラスごとに手分けして花の撤去作業が始まった。

思いがけないイベントに浮き足立ったクラスメイトたちが、好き勝手な憶測を口にしてはしゃぎながら、楽しそうに飾り立てられた花を取り外していく。まるで文化祭の光景だ。

成瀬たちが校舎の外で作業をしていると、近くにいた女子生徒が頭上を指差し、ふいに怪訝そうな声を上げた。

「あそこ、誰かいる」

つられて何気なく成瀬も上方に顔を向けた。視界に飛び込んできた光景に、息を詰める。

校舎の屋上に人影があった。遠目にもすぐに分かった。

――フェンスの外、背をもたせかけて立っている制服姿の少女は、犬飼美帆だ。

青空を背景に屋上の縁に立つ美帆のスカートが風に揺れていた。それを彩るように、窓に飾られた偽物の黄色い花々が一斉にざわめく。

この非日常な空間は、今、彼女だけを現実から浮かび上がらせる舞台装置と化していた。

「あれって美帆だよね」「ねえ、ちょっと、ヤバくない?」異変に気がつき、周囲のクラスメイトたちがざわめき始める。危ない、落ちる。早くそこから降りて。取り乱した女子生徒の半泣きの声や、制止の声が次々と上がる。成瀬は全身から血の気が引くのを感じた。目をそらすことができなかった。

屋上は普段から施錠されていて、生徒が勝手に立ち入ることはできないはずだ。なのに何故と思ったとき、成瀬の脳裏にその答えが浮かんだ。

校内を埋め尽くす黄色い花。異常事態の対応に追われる教師たちは、おそらく職員室を不在にした。

美帆は騒ぎに紛れて職員室に忍び込み、そこで管理されている屋上の鍵を入手したのだ。

不安定な場所に立つ小柄な美帆の体は、地面から見上げるといっそう小さくか細いものに見えた。やがて美帆は足下の声など全く聞こえていないように、空を見上げた。

その体が、ぐらりと傾く。周囲で悲鳴が上がった。

落ちる、と思った次の瞬間。とっさに背後から誰かが飛びつき、間一髪、美帆の腕を摑んだ。屋上に駆けつけた教師たちが姿を現し、慌てて美帆をフェンス内に引き戻す。

美帆が崩れ落ちるようにしゃがみ込んだのが見えた。背中を丸め、子供のように泣きじゃくるその声が聞こえてくるようだった。

黄色い花が、強い風に吹かれてざわざわ揺れる。

――その出来事を最後に、おかしな夏は幕を閉じた。

*

「……ふぅん。そういやあったな、そんなこと」

成瀬の話を聞き終わった後、利緒は静かに呟いた。千夏は当時の記憶を反芻した。

あの騒ぎがあった日以降、スカートが切られる事件はぱったり起きなくなった。

校舎にあふれた花々や、屋上から飛び降りようとしたこと。その他諸々について、両親や教師の問いに美帆は何も語らず、結局、一連の騒動は『受験ノイローゼ』という言葉で全てが説明された。

「そういえば成瀬、いきなり前髪切ってきたときあったよね。犬飼さんから嫌がらせを受けてたなんて、全然知らなかった」

「――ん」

成瀬が微かに目を伏せた。

「あのとき、たぶん犬飼さんも、明確な意図があってやったわけじゃないと思う。それでどうしたいかなんて、もしかしたら自分でも分かってなかったんじゃないかな。ただ苦しくて苛立って、持て余した感情をどこかにぶつけずにはいられなかったんじゃないかなって思うの」

「犬飼さん、あの騒ぎの後すぐに仙台の親戚の所に引っ越ししたんだよね。確か浪人して語学系の大学に進学したって噂で聞いた。元気にしてるといいな」

うん、と成瀬が頷いた。グラスの中で氷が溶け、風鈴みたいな音を立てる。

「だけど、一つだけ分からないことがあるの。学校の帰り、さくらんぼ畑で感じたあの普通じゃない視線は何だったんだろう。——あの日、犬飼さんは学校を休んで法事で仙台に行ってた。つまり、あの出来事だけは彼女じゃない。何だか分からないけど、追いかけてくる執拗な視線がすごく怖かったの。しばらくの間、さくらんぼ畑の近くを通ると誰かに見られてるような気がして一人でびくびくしてた」

ふうむ、と利緒が難しい表情で眉間《みけん》にしわを寄せる。

「……農家のストーカーか？」

「あのね、利緒」

千夏が冷たい目を向ける。

「冗談だって」

利緒がひらりと手を振った。

「しかし、学校が花だらけになってたのには驚いたな。しばらくの間、あの話題で持ちきりだったっけ」

「……ああ、あれね」

利緒の言葉に、千夏は思い出すように目を細めて頷いた。薄い紙で作られた黄色い花が、まるで校舎から咲き出たように揺れる情景を脳裏に描く。

「朝練に来た運動部の子たちも、あれ見たときびっくりしたんじゃないかな。でも、綺麗だったね。ああいうイタズラなら、罪がないと思う」

「どれだけ呑気なんだお前は」

千夏の呟きに、利緒が呆れた声を出す。

「あっ！」

と、ふいにあることに思い当たり、千夏は思わず声を発した。

利緒がぎょっとした表情で千夏を見返す。

「おい、急にどうした」

「ちぃちゃん？　どうしたの？」

二人の顔を見つめて少しだけ考え、千夏は言葉を選びながら呟いた。

「……もしかして、分かった、かもしれない」

「えっ？」

利緒と成瀬が同時に小さな声を上げる。

「分かったって、何が」

千夏は云いにくい思いで言葉を発した。

「だから、成瀬が感じたっていう、視線の正体」

「何だって」

「ちぃちゃん、どういうこと？」

二人に問われて、千夏は困惑げに目をしばたたかせた。

「あの、そんなに勢い込んで聞かれると、意見を披露するのがすごいためらわれるんですけど。……つまり、さ」

気を取り直すように真面目な顔になって、千夏は続けた。

「幽霊の正体見たり、枯れ尾花」

「は？」

今度は利緒と成瀬が眉をひそめる番だった。

「さくらんぼ畑から毛虫が這い出てくる初夏って、つまりさくらんぼの実がなる時期だよね。その季節になると、さくらんぼ畑にはあるものが現れる。さっき利緒も云ってたじゃない」

千夏はややいたずらっぽく微笑してみせた。

「鳥なんかより、それを避けるための媒体の方が気味悪いって」

「――あ」

その言葉で、二人は何かに思い当たった表情になった。

赤い実のなる畑のあちこちに設置される、奇妙なオブジェのような物体。利緒が唸《うな》った。

「――目玉風船か」

塩化ビニールで作られた、大きな目玉を描いた風船。

鳥は大きな目を恐れるらしいという説から作られた、それはカカシと同様に古典的な鳥よけのアイテムだ。

「あれは天敵である蛇の目を怖がるからじゃないかとか、いろんな説があるみたい。まあそもそも鳥が大きな目玉を怖がるっていうこと自体が俗説で、特に科学的な根拠はないらしいけど」

鳥の被害を防ぐため、木々の間に一定の間隔で吊るされる目玉風船。

多数の目玉が延々と連なるさまは、利緒の云ったように、知らない人間が見たら一体何事かと不気味な印象を抱くかもしれない。

「あたしも思ったことあるもん。子供の頃、友達の家に遊びに行ってつい帰りが遅くなっちゃってね。夕方さくらんぼ畑の続く道を自転車で走ったら、目玉風船がずーっとぶら下がってたの。自転車をこぎながら、木と木の間からぱっ、ぱって目が消えたり見えたりするのが、まるで誰かがまばたきしながらこっちを見てるみたいだなあって思って、子供心に怖くなって慌てて帰ったっけ」

「……ああ、そういや通学路沿いのさくらんぼ畑、誰かがカカシにうちの学校のジャージ着せたりとか、そんなイタズラよくあったよな。鳥よけの道具なんかがしまってある物置小屋が恋人同士の密会に使われてるとかで教育委員会で問題になったことがあったっけ。目玉のバルーンも、確か収穫の時期が近づくとあのへんの木にぶら下がってたかもしれん。なんだ、そうか」

　利緒が脱力したように成瀬を見て苦笑した。

「全く人騒がせなヤツだな。ガキじゃあるまいし、んなもんで熱を出すな」

「嫌がらせされたり髪を切られたりっていうショックなこともあったんだもん。誰にも云えず一人で不安を抱え込んでた成瀬が神経過敏になって怯《おび》えたのも無理ないよ。きっと犬飼さんのことが、無意識にストレスになってたんじゃないかな」

「目玉風船、かあ……」

　利緒と千夏のやりとりが聞こえているのかいないのか、成瀬は遠くを見るような表情をして呟いた。ややして、明るく微笑む。

「――うん、納得した。ありがと。ちぃちゃんてば、やっぱりすごいね」

「なんだ、安楽椅子探偵気取りか？」

　にやにやと意味深に利緒が笑う。

　千夏は思いきり顔をしかめた。あのね、と軽く睨む。

「……安楽椅子探偵っていうのは、文字通りロッキングチェアーにもたれて紅茶をすすりながら、警察の身内が持ち込んできた殺人事件を優雅に解決してみせるって類のものなの。チェリーワールドで冷やし中華を食べながら目玉風船を語るものじゃないから」

　肩をすくめた利緒が、ふっと思い出すように云った。

「そういえば宵子ちゃん、京都の大学出てそのまま向こうにいるんだったな。相変わらずしっかりしてるんだろうな」

「うん、元気。すごい元気」

と、利緒の携帯電話が鳴った。『ピンクパンサー』の着信メロディと共に、赤い光が明滅する。ディスプレイを確認し、利緒は眉をひそめた。

軽く片手を上げて席を立つ。

「悪い。ちょっと」

携帯電話を耳に押し当てながら店を出ていく利緒の背中を見送って、成瀬は小さく苦笑した。

「利緒ちゃん、いつも忙しそうだよね。なんだかんだいって面倒見がいいから、あれは職場とかでもきっと頼りにされてるんだろうなあ」

窓の外では、日差しが激しく自己主張している。路上に色濃く影が落ちる。

千夏はそっとグラスをテーブルに戻した。呼吸をととのえる。

静かに顔を上げると、成瀬を見た。

「――相手は、羽鳥先輩だったの？」

成瀬が目を見開いた。ほんの一瞬、動きが凍りつく。口にしながら、千夏は宵子が当時付き合っていた恋人、羽鳥賢悟の精悍《せいかん》な横顔を思い返した。

成瀬には、その意味が伝わるはずだった。

こわばった表情で、成瀬がぎこちなく笑みのようなものを形作る。

「……何」

「成瀬が異様な視線を感じて怖い思いをしたっていう、その話」

成瀬を見つめたまま、千夏はゆっくりと口を開いた。

「成瀬は帰宅部でしょ。傘差し運転が苦手で、雨の日は徒歩で通学してた成瀬が自転車に乗ってたってことは、その日は晴れていたはず。季節は初夏。部活をやっていない成瀬が学校を出る頃には、まだあたりが暗くなる時期じゃなかったはずだよ。だけど成瀬が帰るとき、既に日は沈みかけていた。じゃあ、そんな時間まで成瀬は何をしていたのか？」

空調のせいか、唇の表面が少し乾く。グラスは既に空だ。

「学校の前のさくらんぼ畑は、正門に通じる道なりに続いてた。成瀬は毛虫だらけの道路を通るのを嫌がって、その時期はわざわざ遠回りして裏門から出入りしてたよね？　なのに、どうしてそのときはさくらんぼ畑の続くその道を通ったんだろう」

成瀬は答えなかった。黙ったまま、ただ千夏を見ている。

小さく息を吸い込んで、千夏は言葉を発した。

「道沿いのさくらんぼ畑の中には、人目につかない物置小屋があった」

幽霊の正体見たり、枯れ尾花。

さっき自分が口にした言葉を思い起こす。

そこにお化けを作り出すのは、いつだって人の心だ。

「部活が終わるのを待ち伏せたのか、それともあらかじめ二人で約束をしていたのかは分からない。でもそのときの成瀬には、たぶん道路の毛虫を気にしてわざわざ遠回りする余裕なんてなかったんだよね。成瀬の罪悪感が、後ろめたいと思う気持ちが、誰かに見られているんじゃないかって強迫観念を生んだことは想像できる」

同じ顔をし、同じ声をした宵子。揺るぎなく自分の目指す場所を持つ、宵子。

宵子と成瀬が違うのは当たり前だ。当たり前なのに。

「今にして思えば」

千夏は続けた。

「羽鳥先輩の背中の傷の話。宵子ちゃんは人に頼らない子で、好きな男の子の話なんかも一切したことがなかったんだよね。そういう彼女が、恋人の体の話とかあけすけに人に喋るのって、考えてみるとちょっと不自然だと思う。羽鳥先輩は背中の傷を見られるのを嫌って、部活の着替えのときも絶対にそれを他人に見せなかったんでしょう？　だとしたら、成瀬はどうして彼の背中の傷痕のことを知ったんだろう」

どこかいたましいような気持ちで、千夏は一瞬だけ目を伏せる。

「……背中の傷の話をしたのは、成瀬にとって、疼《うず》く虫歯をそっと舌で押してみるような行為だったんじゃないかな」

ふと、震える手にハサミを握りしめていたという美帆を思った。それで宵子に勝てるわけでもないのに。その行為には、きっと何の意味もない。暗い衝動だけが、彼女を突き動かした。

あの日、成瀬も刃を手にしたのだ。

見えない凶器を振りかざした相手は宵子だったのか、それとも成瀬自身だったのか。しかし帰宅した成瀬は、おそらくは姉の恋人と関係を持った罪悪感から熱を出して倒れてしまう。

「成瀬」

どこか頼りなげな声が千夏の喉から発せられた。かける言葉が見つからず、ひどくもどかしかった。いま自分は一体どんな表情で友人を見つめているのだろう。

そのとき、俯《うつむ》いた成瀬の唇が動いた。

「……最悪な気分だった」

それは多分、彼女の深く暗い場所から吐き出された言葉だった。

成瀬の顔が自嘲的に歪む。一瞬彼女が泣き出すのではないかと思った。

成瀬は再び口を開くと、よりはっきりとした口調で呟いた。

「世界中で一番、最低な人間になった気分だったわ」

こんなにも低く淀《よど》んだ成瀬の声を初めて聞いた気がした。

千夏は表情を曇らせ、成瀬の顔をのぞき込んだ。

「……成瀬」

戸惑いながらもう一度声をかけると、成瀬は静かに顔を上げた。

心配そうな千夏の表情を見て、ふっと微笑む。

瞬間、そこにあった昏《くら》い翳《かげ》りが払拭《ふっしょく》された。いつもの成瀬の柔らかな色がそこに浮かぶ。

迷いのない、真っ直ぐな声が千夏に告げる。

「もう、人のものを欲しがるのはやめたの」

成瀬はバッグの中から携帯電話を取り出すと、ゆっくりと開いたディスプレイを千夏に向けた。

ああ、と思った。

成瀬はもう間違えない。

待ち受け画面の中で、真っ赤な頬をした赤ん坊の笑顔。今の彼女を見つめるのは、幼い、

――――視線。

# 第二章　素敵な休日

「ねえ、賭けをしない？」
夜の空気の中、彼女が優雅に——そして不穏に、笑った。

階下で電話の呼び出し音が鳴る。

大仰《おおぎょう》な挨拶と話し声が聞こえ、しばらくしてから、慌ただしく動き始める気配。

階段を降りてリビングに行くと、せわしない様子でハンドバッグを手にした母親が千夏を見た。

「大阪の叔母さん、今日帰るって。空港まで見送りに行ってくるから、あんた留守番お願いね」

「お父さんは？」

「二日酔いで寝てる。全く、法要で喪主が潰れるなんて聞いたことない」

あちゃあ、と千夏は母親に気づかれないように肩をすくめた。

険のある口調からすると、まだかなりご立腹らしい。

千夏の父親はやや糖尿病の気があるのだが、周囲の心配をよそに、肝心の本人に高カロリー食品やアルコールの摂取を控える気配が見られない。

ついにしびれを切らした母親が、医師に相談して秘策を出した。

曰《いわ》く、『お酒が飲めない薬』。その薬を服用した状態でアルコールを摂取すると、動悸《どうき》が激しくなり、大変な苦しみに襲われるらしい。

その説明を聞いたとき千夏は内心おののいてしまったが、しぶしぶ薬を服用する父の姿を見守るときの母の表情は満足そうで、どこか誇らしげですらあった。

久しぶりに親戚が集まり、お酒も入ってほどよく場が盛り上がった頃、無事に葬儀を終えたという安堵《あんど》や感傷もあったであろう父がアルコールを口にしたところで、さほど責められはすまい。

問題は、父が例の薬を飲んだのを失念していたことだった。

医師の名誉のために云えば、薬は実によく効いた。

酒を口にしてそう時間が経たないうちに、父の両目が充血した。

まるで悪事を働いた孫悟空の頭ならぬ首につけられた金の輪っかで締めつけられてしまったかの

ように、首の周りが輪状に赤くなり、見ている方があっけに取られるほど急激に具合が悪くなってしまったのだ。

結果としてふらふらと中座し、父は頭から布団をかぶって唸る羽目になった。全くもって娘としては、同情すべきなのか、呆れるべきなのかよく分からない。

一つ断言できるとすれば、母の怒りはもうしばらくは収まりそうにないということだ。

「何かやっておくことある？」

「おひたしにするから菊の花ちぎっといて。あと、水槽の金魚に餌《えさ》やると面白いよ」

「……お母さん、あたしはやることがあるかどうか聞いたのであって、面白いとかって何」

「だって朝、餌やるとすごいのよ。ゾンビみたいに金魚が群がってきてね、水面に口がいっぱい」

……我が母親ながら、シュールな表現だ。

母親の車を玄関先で見送ってリビングに戻りかけ、ふと思い直す。

足が自然と、亡くなった祖母の部屋へと向いた。中に入ると、しんとした室内は整理されているものの、身の回りの物などはまだ大方そのままだ。

何気なく小さなタンスの引き出しを開けると、菓子が入っていたと思われる洒落たデザインの箱が出てきた。

祖母は綺麗な布のはぎれや千代紙、絵葉書などが好きで、そういった収集品と呼ぶにはあまりにも些細《ささい》な小物たちを大切にその箱に入れていた。

敬老の日に膝掛けをプレゼントしたとき、もったいないと云って、包み紙やラッピングのリボンも丁寧に折り畳んでしまい込んだ祖母の仕草を思い出す。

髪の毛が短い、少年みたいな中学生の千夏の写真。千夏がこの頃の写真を嫌がって捨てたのをこっそり取っておいたものらしい。箱には、そうした他愛のない品々がきちんと収められていた。その中に、見覚えのある物を見つけて手を止めた。

柔らかい針金の先に、安っぽい蛍の玩具《おもちゃ》がくっついている。

化学発光体《ルミカライト》を使用した、露店で売られる安物の玩具だ。

幼い頃に両親と「紅笠祭り」という地元の夏祭りに出かけ、夜店で光るそれを見た千夏は一目で気に入り、欲しいと必死にねだったが買ってもらえず、帰宅してからも泣きわめいてだだをこねた。わがままを云うんじゃないと叱る両親とそんな千夏を横で見ていた祖母が、いつのまにかふらりと居間から姿を消した。

しばらくして戻ってきた祖母の手には、なんとあの蛍の玩具が握られていた。

お義母《かあ》さん甘やかさないでくださいよ、と渋い顔をする母親に、「いいから、いいから」とにこにこと祖母が云う。足の悪かった祖母が夜中に人混みに出かけたのは、千夏の記憶にある限り、その一度だけだ。

電気を消して、真っ暗な部屋の中で揺れる蛍の光を見た幼い千夏は、思わず感嘆の声を上げた。

「綺麗だね」

祖母が笑う。これじゃあ千夏ちゃんが欲しくなるのも仕方がないねえ、と。

安物の蛍は徐々にその光が薄れてゆき、三日もすると部屋を暗くしてもちっとも光らなくなってしまった。

――けれどあのとき、暗い部屋の中で、千夏は確かに蛍が息づいてまたたくのを見たのだ。

知人が亡くなって悲しむのは、自分の一部を喪失するからだと何かで読んだ。

誰かの子供である自分、兄弟である自分、恋人である自分が失われるから、人は失《な》くした自分のために悲しむのだと。それを読んだとき、気持ちのどこかが楽になった気がした。

だから、これは自分のための感傷だ。名前の付いた引き出しを一つ失った自分のために、千夏は気が済むまで悲しんでもいいのだ。

箱の中から数枚の写真を取り出そうとしたとき、ひらりと何かが落下した。床に落ちたそれを指でつまみ上げる。

しおりだ。押し花にされた濃いピンクの花びらが一枚、貼りつけられている。ああ、と思った。

天堂市の中心部に、舞鳥山というこぢんまりとした山がある。

地元の小学生は誰しも一度はスケッチなどの課外授業でここを訪れ、春には山頂広場で「人間将棋大会」なるイベントが行われたりもする、市民の憩いのスポットだ。

ただし舞鳥山には、様々な噂が囁かれていた。

真偽の程は不明だが、当時の千夏たちの間でも舞鳥山は自殺の名所で、麓《ふもと》の沼で何人もの人間が入水《じゅすい》して未だ死体が見つかっていないらしいとか、そんな類の噂がまことしやかに流れていた。

あれはたぶん、中学校に上がったばかりの頃だ。

別々の中学になってしまった女友達が五人で集まったとき、どういうわけか舞鳥山に登ろうということになった。それは誰かの家で古いビデオを観たのがきっかけだったと思う。

親友の一人が原因不明の自殺をし、仲の良かったグループの少女たちはそれぞれが不安に揺れながらも、「その水を飲むと永遠に親友でいられる」という伝説の雫《しずく》を探すべく、修学旅行を抜け出して緑の中をさまよう。確かそんなストーリーだった。

それに影響されたのかもしれない。

だからといって、当時の自分たちがなにゆえ舞鳥山に登ることが友情の証になるという思考に至ったのかは、全くもって謎である。

誓いだとか儀式だとか、たぶん十代にはそういったものに脈絡なく惹《ひ》かれる時期がある。

夕暮れの中で見上げる舞鳥山は、鬱蒼としてやたら巨大に見えた。

登山口の駐車場に自転車を止め、アスファルトの舗道を歩く。

木々の隙間から見える沼の暗い水面がひたひたと不気味に揺れていた。

「ねえ知ってる？　沢口君のお母さん、舞鳥山に登っておかしくなっちゃったんだって」

お喋《しゃべ》り好きな美希《みき》が眉をひそめ、意味なく小声で云う。

沢口君というのは千夏たちの小学校時代の同級生で、彼の母親は市内の養護学校で教師を務めていた。

「なんか舞鳥山に登ってから、様子がおかしかったんだって。突然、裸で街中を走り回ったらしいよ」

「えー、嘘だあ」

子供の噂とはかくも無責任で、残酷だ。山頂近くの公園に到着したとき、千夏たちはわあっと歓声を上げた。

つつじが満開に咲きみだれ、周囲は鮮やかな色で満たされていた。

敷地の片隅には、句碑がまるで墓標のように建っている。

砂利の上に落ちた血痕みたいな花びらを拾い集め、互いに分け合う。これを持っていれば学校が違っても皆ずっと友達だね、と根拠のない言葉を口にして笑った。来てよかったね、と。

——帰りはみるまに暗くなった。

冷たい風が吹き、頭上の木々がざわざわと枝葉を揺らす。

舗道の脇の街灯が微かに震えてから灯《とも》り始め、薄暗い風景の中で頼りない明かりをこぼした。帰り道は、登ってきたときとはまるで違う表情を見せ始めていた。

薄闇の中で、道路の端を流れる排水口の水の音が異様に大きく聞こえた。自然と身を寄せ合うようにして横に広がって歩く。大分下の方まで降りてきたとき、暗がりの数メートル先に合掌して建つ大きな仏像の輪郭が見えた。

「ね、ねえ」

美希がぎこちなく震える声で云う。

「このあいだ自殺した人が首を吊ったのって、あの石像の手じゃなかったっけ」

そのとき、ごうっと低い唸り声を上げて風が吹いた。全員が一斉に悲鳴を上げた。

その後のことはよく覚えていないが、自転車で早々に自宅に逃げ帰った気がする。

これは多分、あのときのつつじの花びらで作ったしおりだ。

当時の友人たちとは、ほどなく疎遠になった。

それでいて誓いなどという仰々しいものを一番面倒がりそうな利緒や、あの場にいなかった成瀬とは未だに付き合いが続いているのだから、皮肉なものだ。

人間はいろんな引き出しを得たり失くしたりを繰り返しながら生きているのかもしれないな、などと柄にもなく感傷的なことを思ってみるのは、祖母の匂いがするこの部屋のせいだろう。

と、背後で声がした。

「何してんだ?」

振り返る。父親だ。

起きたばかりらしいスウェット姿の父は、ばつの悪そうな、どことなくしょんぼりしたふうな表情で千夏を見た。

顔色はくすんで、目がまだ少し赤いが、大分調子は回復したらしい。

「うん、引き出しがなくなったなあと思って」

「何だって？」

千夏の言葉に、怪訝そうな顔で目をしばたたかせる。

五人兄弟の末っ子として育ったせいか、父は少年っぽさ、悪く言えば子供じみた部分を大いに残したまま成人しており、有馬家で一番トラブルを起こす頻度の高い人物といえば、何を隠そう、一家の長にして大黒柱の父本人だったりする。

千夏が小学生の頃、人のいい父が職場の同僚に泣きつかれて断りきれず、うさぎの親子を貰い受けてきたことがあった。

鼻をひくひく動かす母うさぎと、ふわふわした毛の固《かた》まりみたいな赤ちゃんうさぎたちに千夏は大喜びしたが、『臭くて雑菌だらけ』の動物が大嫌いだった母は、当然のごとく家で飼うことに猛反対した。

数日間は粘った父だったが、母の剣幕に負け、泣く泣くうさぎの入った段ボールを自宅から運び出した。

公園で子供たちや道行く人に声をかけてみたが、貰い手が見つからない。

同僚に返すこともできず、かといって道端に捨てるなどという選択はなおのことできず、困った父はそこで突拍子もない行動に出た。

天堂市が運営し、市民に無料開放している動物園がある。

父は夜に無人の動物園に忍び込み、あろうことか園内の『うさぎの山』というコーナーに、こっそりそのうさぎたちを放したのだ。

しばらくして家族で行ってみると、問題の『うさぎの山』では見覚えのある色形をした、一回りも大きくなったうさぎたちが何匹も我が物顔に跳ね回っていた。

もっとも、コーナーを上から覆う防護ネットの縁は、不届きな侵入者が無断で何も入れられないようにしっかりと縫い留められていたが。

ある日、家族でテレビを観ていたとき、ローカルニュースに天堂動物園が映っていた。たくさんのうさぎを見て、女性レポーターがわざとらしいほど明るく陽気な声を出す。うわあ、いっぱいいいるんですねえ。

芝居がかった仕草で小首を傾げ、飼育員と思われる中年の男性に尋ねる。

「うさぎって、目が赤いと思ってたんですけど、よく見たら黒いのもいるんですねえ。これはなんていう種類なんですか？」

「……まあ赤いのも、いるんですけど。黒も、いるんですよ」

男性がもごもごと歯切れの悪い口調で答えにならない答えを口にする様子が映し出されたとき、有馬家全員の動きが停止した。

父のそんな困ったエピソードには昔から事欠かない。

離れて一人暮らしをするようになってからは盆正月しか実家に戻らないせいか、会う度に昔より若くないなあ、と当たり前のことを思う。

「具合、大丈夫なの？　お母さん、相当怒ってたよ」

ああ、と父親が苦笑して鼻の頭を掻《か》く。

「なんというか、ありゃあ、お母さんにとっては怒るのが一種の愛情表現なんだな。まあ、放っておけばそのうち機嫌も直るだろ」

疑り深げな目を向けた千夏に向かって、父親が「本当だって」とむきになったように云い募った。

「――愛情ってのはな、いろんな形があるもんなんだよ」

どこかの歌謡曲から流用したような台詞をうそぶく父に、千夏は気付かれないよう密かにため息をついた。この分では、母の怒りが解けるのはまだ当分先だろう。

ねえ、と父を見上げて尋ねる。

「一番思い出に残ってることって、何？」

「お祖母ちゃんのか？　お前は昔から変なことばっかり聞くな」

「なんで。全然変じゃないと思うけど」

千夏の問いに、うーん、と父は眉を寄せて少し考える素振りをした。

「特にこれってのはないなあ。なんせ兄弟が多かったから、ベタベタ構ってもらった記憶もないし。相当な悪ガキだったから手は焼いただろうけど」

「そんなにイタズラとかしたの？」

「した。ガキの頃は近くの交番の警官によく追いかけられた。親が謝りに行ってな」

「……何をしたの」

身内としてはあまり聞きたくない気もするが、一応聞いてみる。

「ジャンボサマーって祭りあるだろ」

ジャンボサマーは毎年八月に行われる商店街の夏祭りだ。近所の通りが歩行者天国になり、道路に露店が立ち並ぶ。

子供の頃、千夏は何故かジャンボサマーを「ジャンボ様」だと思い込んでいた。

もうすぐジャンボ様が来るから、などという会話を耳にすると、どこかに絶対正しい存在がいて、常に自分を見張っているような妙に後ろめたい気持ちになったものである。

「祭りで、道路が車両通行止めになるだろ。それで小学生の頃に近所の悪ガキ仲間をかき集めて、車道に白いペンキで横断歩道を描《か》いた」

「は？」

「だから、横断歩道だよ。知らないヤツは絶対に本物だと思って騙《だま》されるぜーって悪乗りして、ペンキであっちこっちに描いたんだ。まあ、実際子供がペンキで描いた不格好な落書きを横断歩道と見間違える人間は一人もいなかったわけだが」

「……でしょうね」

「その代わり、ペンキを持ち出したことが親にバレて大目玉を食った。あんときは警察が家に来てさんざん説教されたなあ。子供のやったことだから今回ばかりは大目に見るけど、本来なら公共なんとか罪に当たる行為ですよって叱られて、親が青くなってひたすら陳謝してた。後でお前のお祖《じ》父《い》ちゃんにぶっ飛ばされたぞ」

「そりゃ当たり前だよ」

云いながら、ふと祖母が昔から足が悪かったことを思い出す。

——道路の至る所に横断歩道を描く。

照れ屋な父は決して認めまいが、もしかしたらそれは祖母のためだったのかもしれないと頭の片隅でちらと思った。だらしなく欠伸《あくび》をして、父が背を向ける。

そのまま部屋を出ていこうとして、ふと思い出したような口調で父は云った。

「ああ、一つあった」

少しして、それが先ほど祖母との一番の思い出について尋ねたことへの返答だと気がつく。千夏の方を振り向かないまま、別段大したことではないような口ぶりで、父は小さく呟いた。

「お好み焼きを焼いてもらったことかな」

愛情にはいろんな形がある。先ほどの父の台詞を反芻する。

……単純に計算して、祖母と過ごした時間の長い分、その引き出しは父の方が千夏のものよりもきっと多い。

それがどんな思い出だったのかは、あえて聞かなかった。

テーブルのザルと、新聞紙の上に積まれた黄色い花。

柔らかい花弁を無造作に手でむしっていると、千夏の携帯電話が鳴った。高村だ。

指についた花びらを払い落とし、通話ボタンを押した。

「いま大丈夫か？　何してた？」

数日ぶりの高村の声だ。

「菊の花ちぎってた」

「ちぎってどうするんだ」

「食べるの。おひたしにするの。当たり前のこと聞かないで」

高村が静かに息を吐き出す気配。それは千夏の声が思ったより元気そうで安堵したようにも、単純に苦笑したふうにも思えた。

高村とは、大学に入ってすぐに名瀬大学のミステリ研究会で知り合った。

大学の十五号館の一階にあるラウンジで、ミステリ研究会という立て看板が置いてある一角が主にサークルの活動場所だ。

古風に整った面立ちで、皆が会話をするときにさりげなくリードを取るまとめ役の彼は、一年の頃から比較的まめにラウンジに顔を出していた。

国内の新本格推理小説が好きだと公言する新入生が多い中、高村は海外ミステリを中心に随分幅広く本を読んでいるようだった。

小学生の頃からずっとサッカーをやっていたため、文化系のクラブ活動に所属するのは初めてだという彼は、どことなく周囲との関わり方が健全な印象を受けた。

一言で云うと、バランス感覚のいい感じ。

千夏の中で同級生の一人である彼に対する認識は、せいぜいそんなものだったと思う。

それは多分、部員同士のお喋りの中の他愛ない一言だった。

「あたし、シャーロック・ホームズよりもアルセーヌ・ルパンの方が好きだな」

ラウンジで会話をしていたとき、何かの際に千夏がそう発言した。

「たぶん一番最初に『奇岩城』読んじゃったせいだと思うんだけど。ホームズに追い詰められるルパンが、愛する女性と無事に逃げてくれることを子供心に切実に祈りながら読んだの。最後のシーンでは泣いちゃった。そのせいか、ホームズものってなんか今いちハマれなくて、実はあんまり読んでないんだよね」

軽く肩をすくめる。

ミステリクラブ員失格じゃーん、ＮＨＫで放送してたシリーズは面白いからとりあえずレンタルしとけ、などと冗談まじりの声が上がる。

その中で、場にそぐわない真摯な呟きが響いた。

「――違うんだよ」

高村だった。

思わず口にしてしまった、というふうにちょっと困惑した顔をしてから、けれど生真面目な様子で高村は云った。

「あれは、ルブランのホームズだから。ドイルの書いた本家のホームズじゃないから」

他愛ない発言でむきになる素振りを格好悪いと自分で戸惑いながら、それでも真っ直ぐに千夏を見る。

誰でも知っている、有名過ぎる探偵を高村が懸命に語ろうとするのが意外だった。

彼の見せていた均等なバランスが傾く。

さほど親しくない相手に、敬愛する架空の人物についてためらいながらも口を開く個性。いいと思った。

それから気の合う友人としての交流が始まり、高村の方から告白をされ恋人と名前を変えた。

友達付き合いを経たせいか、付き合って随分時間が立つけれど、高村は千夏を名字で呼ぶ。千夏も彼を下の名前で呼ぶことはあまりない。

「葬儀、大変だったろ」

うーん、と呟く。

「何だかんだ云ってやっぱり一番大変だったのは親だよね。私なんてまだ気楽な立場だよ」

千夏は苦笑した。

「火葬場で、まだあったかいお祖母ちゃんのお骨を長箸で骨壺に入れたんだ」

窓の外で、はじかれたように蟬が鳴く。

「幼なじみの成瀬がね、長いこと病気で入院してたお祖父ちゃんが亡くなって火葬したとき、お骨が薬の副作用で薄いピンク色をしてたって云うの。そのとき、不謹慎だけど綺麗な色だと思ったって。子供の頃、お祖父ちゃんが毎年春に自転車の後ろに乗せて舞鳥山にお花見に連れていってくれたのを思い出したって云ってた。ああ、桜が大好きだったから、だからお祖父ちゃんの骨はピンク色になったんだなって思うことにしたんだって」

「それは優しい子なのか、変わってるのか」

「前者よ」

携帯電話を握ったまま、千夏はにっこりと笑った。

「ねえ、おしゃれさまって知ってる？」

電話の向こうで怪訝な声。

「何様だって？」

「おしゃれさま。多分うちの地方だけの俗称だと思うけど。遺体を火葬した後に残る喉仏のこと。きちんと残る人と残らない人がいてね、生前に善行を行った人は残るって云われてるみたいよ。お釈迦様が座禅を組んでるみたいな、綺麗な三角形の骨なんだって」

「ああ、成る程。だから喉の骨を喉仏っていうのか」

「かもしれない。高村が死んだら、おしゃれさま出るかな」

「子供の頃に手のこんだイタズラばっかりしたから出ないな、きっと」

「そっか、出ないかあ」

自分にはない喉のごつごつした突起に触れ、血の通った皮膚の下の冷たい骨を思う。

そうすると、千夏の胸の内で不思議ないとおしさがこみ上げる。

「高村が死んじゃったら、喉仏の骨、欲しいな」

「……あのなあ、死ぬとかどうとか簡単に云うな。そんなことを気軽に口にできる時点で既に気持ちが足りないと思うぞ。有馬が死んだらどうこうなんて、そんな縁起でもないことリアルに考えるだけでオレは嫌なんだけど」

ごめんごめん、と詫びながら、その言葉を本気で口にしているであろう高村にまっとうな日向《ひなた》の匂いを嗅《か》ぐ。

死ぬとか生きるとかそういった種類の事柄は、女にとって多分ずっと身近だ。

それは毎月自分の体に血を見たり、台所に立って生きているものを調理するからとかそういう理由だけではなくて、おそらくはもっと本能的な性差だ。

「まだしばらくそっちにいるのか」

「うん。もう少し、いようかなと思ってる」

しばし沈黙が落ちる。

その、、、言葉を、高村が待っているのを知っていた。

けれど自分はまだ、彼にそれを告げることができない。

やがて、高村が口を開いた。

「…じゃあ、またかけるから」

「うん。夏風邪ひかないでね」

愛想よく答え、通話をオフにする。

微かな安堵と共に、空間を切り離される心もとない感覚が襲った。

本当に云いたい言葉を隠すために必要以上に饒舌になってしまう自分と、逆に沈黙する高村。自分と彼の会話は、たぶん他人が聞いたらひどく不器用で、まどろっこしいものに違いない。

携帯電話の表面が体温で少しだけ生ぬるい。

冷蔵庫に麦茶を取りに行こうと立ち上がったとき、再び携帯電話が鳴り出した。

高村がまたかけてきたのかと、一瞬どきりとする。

ディスプレイを開くと、着信名は利緒だ。

通話ボタンを押すや否や、こちらの返答も待たずに愛想のカケラもない声が飛び込んできた。

「ヒマだろ」

曇天の分厚い雲を切れ味のよい刃物ですっぱり両断するような、そんな喋り方。思考回路が切り替わる。自然と憎まれ口がこぼれた。

「……あのね利緒。そういうときは、お暇ですか？　って尋ねるの。だろ、って何事よ、だろって」

「ヒマなんだな。そりゃよかった」

電話の向こうで、唇を横に広げてにやっと笑う気配。

「十八時半に迎えに行く。付き合え」

「付き合うって、どこに」

「紅笠祭りだよ、不届き者」

ぶっきらぼうな口調が楽しげにそう告げて、通話が切れた。

千夏はあっけに取られてその場に立ち尽くした。

しばらくして、あきらめたように通話終了のボタンを押す。

思い立ったが吉日、有限実行がモットーの利緒は、云ったが最後、何があろうと十八時半にここに来るに違いない。

彼女にとって会話とはかくもシンプルで、容易だ。

ふと視線を落とすと、足元に広げた新聞紙の上に黄色い花びらが散らばっていた。小さくため息をつく。

ばらばらになった生殖器の、その残骸。

＊

夕方ふらりと出かけた近所のドラッグストアから戻ると、玄関に自分のものよりひとまわり大きなサンダルが脱ぎ揃えてあった。母親がキッチンから顔を出す。

「おかえり、利緒ちゃん来てるよ。あんたの部屋で待ってもらってるから、麦茶一緒に持ってって」

千夏は腕時計を見た。迎えに行くと宣言した通りの時間だ。

「いいけど、人の部屋に勝手に入れないでくれるかなー」

「なに云ってんの。家族みたいなもんでしょ」

あっさりとした口調でいなされ、ぼやきながら自室に向かおうとして、人差し指の爪先が少し割れているのに気がついた。どこかにぶつけたのかもしれない。

ニッパーを探してリビングの引き出しを開けると、細々した日用品が収納されたその奥に、折りたたまれた便せんが目に入った。おや、と思う。

隠すようにしまい込んであるのがなんとなく気になって開いてみると、母のものと思《おぼ》しき丁寧な文字が、今しがた書いたばかりというふうな真新しいインクで紙の上に書き綴《つづ》られている。深く考えず、目で追う。

『千夏ちゃん。あなたが私たちの元を離れ、長い時間が経ちますね。私たちは一日だって、あなたのことを思わない日はありません。離れていて、ずっと会えなくても、気持ちは近くにあって、いつもあなたを思っています』

乾いた紙の表面をまじまじと見つめた。立ち尽くしたその姿勢のまま、吐いた息が微かに震える。

そのとき、キッチンから無造作な声が飛んだ。

「あんたたちスイカ食べるー？　切ったげるから、麦茶と一緒に二階に持っていきなさいよ」

驚いた拍子に背筋が伸びる。素早く便せんを戻しながら、千夏は慌てて返事をした。

「いらない、すぐ出かけるから。ありがと」

コップが二つ載ったお盆を受け取って二階へ上がる。自室のドアを開けた途端、机の前に座り我が物顔で千夏のノートパソコンを開いている利緒の姿が目に入った。

手にしたお盆を危うく落っことしそうになる。

「ちょっと、なに堂々とプライバシーを侵害しちゃってんの」

「目くじら立てるなって、どんなの使ってるか見てただけだろ。ノートパソコン買い換えようと思ってさ。そっちこそ、どこ出かけてたんだよ。迎えに行くって云ったろうが」

そんな千夏に向かって、パソコンを閉じながら悪びれた様子もなくしれっと答える。

「今日は仕事、早く上がれたの？」

「お盆はそれなりに忙しかったからな。たまには息抜きだ、息抜き」

云いながら千夏から麦茶を受け取り、口に運ぶ。

利緒は地元のオルゴール博物館に勤務している。

市で経営している瀟洒《しょうしゃ》な造りの建築物には、世界最古のオルゴールやオートマタ（音楽つきのからくり人形）、様々な自動演奏機といった品々が恭しく展示されている。

休日には県外からの観光客で、オルゴール手作り体験やミュージアムカフェ、オルゴールショップなどといったコーナーがそれなりに賑わいを見せているようだ。

家を後にし、利緒の運転する車が大通りに近づくと、ヤッショ、マカショ、という軽やかな掛け声と共に聞き慣れた音楽が流れてきた。お囃子《はやし》と人のざわめき。

祭りのパレードだ。

紅笠祭りでは、赤い花飾りをつけた笠を手にした女性たちが着物姿でリズミカルに舞いながら大通りを列になって進む。赤い花は、県内で盛んな紅花栽培に由来しているのだ。

その後ろを、目いっぱい飾りつけた山車《だし》を引いた青年たちが威勢よく闊歩《かっぽ》する。

黄色い紅花飾りをつけた小ぶりな笠を懸命にまわしているのは、市内の幼稚園の子供たちだ。

通りには出店がひしめき、ソースの焼ける美味《おい》しそうな匂いが漂ってきた。浴衣姿の人たちが、熱帯魚みたいにゆうらりと道をたゆたう。千夏は窓の外を指差した。

「駅前の大通り、通行止めでしょ。シマショーに車置いて歩く？」

シマショーとは、すぐ近くの舞鳥山登山口にある島田正食品スーパーのことだ。コック帽を被った可愛らしい豚のキャラクターが看板で笑い、「土曜は肉の日！」という丸い吹き出しがその下に描いてある。

「ん、いいや」

紅笠祭りに行こうと誘った利緒の車は、けれどなぜか大通りを過ぎてそのまま舞鳥山を登っていく。千夏は怪訝な表情で見つめた。

「利緒？　お祭り、見ないの？」

「見るよ。いいもの見せてやる」

利緒はすまし顔でハンドルを切った。

暗い道路の両脇に、赤い提灯《ちょうちん》がぶら下がっている。

目をこらすと、天堂市観光協会という白い文字が読み取れた。

道路を挟んで赤い灯が烏瓜《からすうり》みたいに揺れ、後方に流れていく。

赤い提灯が道なりに連なるさまは、どこか非日常的な気配のする眺めだった。

幼なじみの友人たちと夏を一緒に過ごさなくなったのはいつからだろうと、ふと思った。

大学の夏休みは、利緒の課題作成のためという名目で、暑い中随分あちこちの博物館だの美術館だのに付き合わされた気がする。

その度に、ヤマガタダイカイギュウ、テンサラバサラなどとまるでまじないのような名前を覚えて帰ってきたのを思い出す。

元々関東生まれの彼女は、大学を卒業してそのまま東京に残るものだと思っていた。利緒はどうしてこの町に戻ってきたのだろう。

「着いたぞ」

山頂広場の駐車場に車を停め、シートベルトを外しながら利緒が云った。

山頂にもいつもは見られない赤い提灯が灯り、露店が出ていた。

パレードの人混みを避けた恋人同士や親子連れが散歩する姿も見られる。歩きながら利緒がラムネを二本買って、片方を千夏に放るように渡した。

「炭酸投げないでよ」

慌ててビー玉の入った瓶を受け取り顔を上げたとき、ふと広場を横切る浴衣姿の少女が目に留まった。行きかう人の中、狐のお面を付けたその横顔に一瞬どきりとする。

やがて色とりどりの風車《かざぐるま》が並ぶ出店の前で、少女が立ち止まった。こちらを振り返り、白い指でゆっくりとお面を外す。その下から露《あら》わになった少女の顔を見た途端、千夏は息を呑んだ。黒目の大きい双眼。見慣れた位置にある、小さな泣きぼくろ。

風が吹き抜け、少女の背後で鮮やかな色彩の風車が一斉にカタカタと回り出した。店の軒先に吊られた風鈴が鳴る。

自分と同じ顔をした少女が、悠然と夜の中を歩いていく。千夏は驚きに立ちすくんだ。

得体の知れない不安と恐れが背中を駆け上がる。

とっさに後を追おうとした刹那《せつな》、少女の後ろ姿を人混みの中に見失った。

……今のは、何だったのだろう。ぼんやりと立ち尽くす千夏に向かって、利緒が怪訝そうに声をかける。

「何やってるんだよ？　こっちだ」

山頂の端の展望台に向かうと、そこから夜の市街地が一望できた。

眼前に広がった光景に、一瞬息を詰める。

遠くに見える暗い川の流れに、蜜柑《みかん》色をした幾百もの小さな灯《あか》りがゆらゆらと揺れてさざめいていた。

紅笠祭りのメインイベントの一つ、とうろう流しだ。

竹と和紙で作ったとうろうにロウソクを灯し、時には花や手紙を入れて指定の橋の下から流す。お盆の送り火としての意味合いは勿論《もちろん》、平和や豊作を願う例年の夏の行事だ。

真っ暗な夜の底に灯りが揺れる。風に乗って、微かに祭りの太鼓の音が聞こえる。

表面に赤錆《あかさび》の浮いた柵に手をかけた。夜風が心地いい。

「な、いいだろ」

利緒がやや自慢げに目を細める。

「特等席だ」

「うん、いいね。これで後ろにあるのが人間将棋をやる広場と巨大な王将じゃなかったら、恋人同士が愛を語らうには完璧《かんぺき》なロケーションじゃない？」

「表現が古い」

そっけなく評して、利緒は水滴のついたラムネの瓶を口に運んだ。

「あの、朝だか夜だかって名前の彼氏と、まだ付き合ってんのか」

「……午後でしょ。高村午後」

千夏もラムネを一口含んだ。鼻の奥で微かに炭酸がはぜた。

そのときその台詞を口にした理由は、自分でもよく分からなかった。

「……帰ってこようかなって、少し思ってる」

気がつくと、そんな言葉を発していた。

千夏の言葉に、利緒は少し驚いた様子でこちらを見た。

が、すぐに前を向き、いつも通りの飄々《ひょうひょう》とした口調で問う。

「へえ、そりゃなんで」

うーん、と呟いて千夏は片手で頬杖をついた。

「死に目に会えなかった」

利緒が怪訝な顔をする。千夏は微かに苦笑した。

「うちで飼ってたシーズー犬のゆめこ、覚えてる？」

ゆめこは父親が連れてきた犬だ。

母親は当初飼うことに反対していたが、犬の散歩は身体にいいから、家族の会話が増えるらしいから、とあらゆる理由を挙げて説得する父親に渋々折れ、ゆめこは有馬家の一員となった。

あまり賢くはないけれど、おっとりした性格のいい犬で、つぶらな瞳でいつもこちらを見上げる愛くるしいさまに、家族の人気を独占していたといっていい。

そうして気がつくと、いつのまにか家族で最もゆめこを溺愛しているのは、大の動物嫌いだったはずの母だった。

「子宮の病気で、病院に連れていったときはもう手遅れだった。特にうちの母親は、可愛がってたペットを亡くした経験とかなかったから、ゆめこが死んだときはものすごくショック受けてね。せめて灰になるまでは側《そば》にいるって泣いて、火葬場に連れていくまで、夏場でもう微かに死臭を放ち始めていただろうゆめこの遺体を箱に入れて、自分の部屋で一緒に寝てたんだって。信じられる？あの、動物は雑菌だらけで汚いって眉をひそめてた人が」

大切な存在を失う不安と動揺に揺らいだとき、その真っ只中に千夏はいなかった。

帰省したとき、ゆめこの不在に違和感を覚えただけ。

家族が揃って打ちひしがれる中、死んだという実感すら哀しいほどになかなか湧かなかった。

「お祖母ちゃんのときもそう。側にいられなかったし、何一つできなかったし、間に合わなかった」

嵐が過ぎたその後に帰り着き、不在を確認するだけ。

そこで何が起きたのかを、家族の口から知らされるだけ。

大事な人たちの決定的な事柄は千夏のいない場所で起こっていて、そして自分はいつもそこにはいないのだ。

「ずっと離れて一人で暮らして、そういう環境を親が心配してるのも分かってるつもり。地元で就職とかすれば周りも安心するだろうし、一番いいのかなって。今だって、別に大した仕事してる訳じゃない。わがまま云ってどうしても向こうにいなきゃいけない理由って、考えてみたら今の私にはないんだよね」

ふうん、と利緒は静かに呟く。

「オトコはどうする」

「分からない。好きだし、だけど」

高村は自分を選べとは決して云わないだろう。

寂しいから側にいてくれとか、身内や幼なじみよりも自分を一番に思って欲しいとか、そんな弱音を安易に吐く相手なら、いっそ気が楽だったかもしれない。

けれど研究者として身を立てることを目指す途中で、まだ学生という社会的な立場上、時折笑ってしまうほど頑固な高村は、その台詞を口にすることをきっと自分に許さない。

それは彼自身の矜持《きょうじ》で、生き方だ。

口に出さなくても千夏は知っている。

高村は、千夏が自分の意思で側にいることを選ぶのを待っている。

「――分からない」

そう云って、千夏は黙り込んだ。話題を変えるように、軽い口調で利緒に云う。

「今日、成瀬も来られたらよかったのにね」

「あいつにも一応声かけてみたんだが、今日は忙しいんだとさ。まあ旦那の家族と同居してて、かつ赤ん坊のいる状況で、そうそう夜中に出歩いてもいられないってことだろ」

「そっか、成瀬はえらいね」

利緒が何やら物云いたげに千夏を見たが、すぐに目の前の光景に視線を戻した。

軽く前髪を引っ張り、無意識のその癖に気づいて指を離す。夏の夜風が吹く。

東京で見る夜空がうっすらと紫がかっているのに対して、地方の夜の空はどこまでも闇の色をしている。

舞鳥山に登るのは久しぶりだな、とぼんやり思った。

子供の頃の自分にしたら、きっとこんなふうに夜の舞鳥山に登ることはとてつもない冒険だったに違いない。たとえば友人たちと、ありもしない友情の証を求めて夕闇の中を歩いたときのように。

そんなことを思ったとき、ふいに背後ですっとんきょうな声が上がった。

「うっそ、有馬と芥川じゃん？」

聞き覚えのある声に同時に振り向くと、たこ焼きのパックを片手にショートカットの女性が興奮した面持ちでこちらを見ている。

二人の顔を確認するや否や、快活そうな口元が親しげにほころんだ。

「やっぱりそうだ！　うわぁ、久しぶりじゃんか！　元気？」

「ハル先輩」

驚いて名前を呼ぶ。声をかけてきたのは、高校時代に一つ上の先輩だった遠藤《えんどう》ハルだ。

当時剣道部の副主将を務めていた活発な彼女のことを思い出す。

決して大柄とはいえないハルが颯爽《さっそう》と力強く竹刀《しない》を振るうさまは、校内で男女問わず人気があった。しばらくぶりに見る彼女の顔は薄化粧を施され、学生のときより幾分大人びているが、子供のように表情を崩して笑うところはまるで変わっていない。

ハルが唐突に振り返り、自分の後ろに向かってぶんぶんと手を振った。

「こっちこっちー！　懐かしいのがいたよお」

大声でハルに呼ばれ面食らった様子の女性の瞳が、こちらを認めると同時にゆっくりと細められるのが分かった。長い髪を揺らして、彼女が歩いてくる。

ハルの親友、塔野《とうの》みかげだ。

やること全てが派手なハルと、対照的に清楚《せいそ》な優等生のみかげ。

学内でも目立つ存在だった彼女たちと親しく口を利くようになったきっかけは、文芸部にいたみかげが意外にも大のミステリ好きで、千夏と意気投合したことだ。

騒々しく飛び回るハルに、みかげがしっかり者らしく「課題のレポートはきちんとやったの？」「ハル、廊下は走っちゃだめ」などと諭す光景を当時はよく見かけたものだ。

「大事な親友に妙な男が云い寄ったら、ぶっ飛ばす」気まぐれにひょっこり部室に現れてはそんなことを云って不敵に笑うハルを、仕様がないなあ、というふうな目でみかげが微笑みながら見つめていたのを思い出す。

あの頃と同じ柔らかな空気をまとって、みかげが笑う。

「お久しぶり、有馬さん。芥川さん」

懐かしさがこみ上げた。

「お久しぶりです、みかげ先輩。お元気でしたか？　ハル先輩は、うかがうまでもないみたいですけど」

冗談めかしてそう挨拶すると、すかさずハルが千夏の首を絞め上げる真似《まね》をした。

「人を野生動物かなんかみたいに云うなっ。相変わらず先輩を敬うということを知らないヤツだな、お前は。みかげー、口のへらない後輩になんか云って」

「というか、有馬さんの云う通りでしょう？　ちょっとそこで待っててって云ったのに、ちょっと目を離した隙にすぐどこか行っちゃうんだから」

ハルの手にしたたこ焼きを軽く睨み、芝居がかった口調でみかげが云うと、ハルがばつが悪そうに口の中でもそもそと何か呟いた。呆れた口調で利緒が声をかける。

「そろそろ放してやってくれませんか、ハル先輩。竹刀振り回す先輩の怪力で絞められたら、大事《おおごと》なんで」

「うわ、芥川、前より性格悪くなってるよ！　昔はあんなに慕って、尊敬の眼差しを向けてくれてたのに……」

「勝手に思い出を捏造《ねつぞう》しないでください」

わざとらしく遠い目をするハルに、利緒が苦笑する。数年ぶりに会ったにもかかわらず、学生時代のように軽口を叩き合う親密な空気に戻れることが心地いい。

こうして一緒にいるところを見ると、ハルとみかげは高校時代と同様に親しい付き合いを続けているようだ。そんなふうに思っていると、みかげがにこりと笑った。

「有馬さんと芥川さんは、今も仲がいいのね」

彼女たちに対していま自分が抱いたのと全く同じ感想を口にされ、面食らう。

利緒が軽く肩をすくめて答えた。

「まあ、幼なじみなんで。──お二人は、確か東京の大学に進学したんでしたよね？　就職はこっちに戻られてたんですか？」

「あ、ううん。違うの」

みかげがやんわりと訂正する。

「私もハルも、そのまま東京で就職したのよ。偶然にも職場が結構近くてね、仕事帰りによく一緒にご飯食べに行ったりしてるわ」

「そうなんですか。じゃあ、お盆で一緒に帰省を？」

「ええ。『娘がものぐさでなかなか実家に帰ってこないから引っ張ってきてくれ』って、ハルのお母さんに頼まれたの」

いたずらっぽく微笑むみかげの横で、ハルがイタズラを発見された子供のようにばつが悪い表情をしてたこ焼きを口に放り込む。

「っさいなー、元気にしてんだから別にいいじゃん。最近みかげがちょくちょく帰省するから、余計風当たりが強いんだよね。みかげちゃんはまめに実家に帰ってるみたいなのに、どうしてお前は顔見せないんだって」

「みかげ先輩、そんなに頻繁に帰ってきてるんですか」

やや意外そうに尋ねた利緒に、みかげは小さく苦笑してみせた。

シャツの胸元から、青い砂時計のモチーフが付いたペンダントがのぞく。時間を計るという本来の用途は果たさないであろう小さな砂時計の中で、硝子の色を映して青い粒が音もなく微かに揺れる。みかげによく似合う、透明な海を連想させる色。

「都会で仕事をしてると、いろいろ疲れちゃうこともあってね。田舎に帰ってきて、山に入って自然と触れ合ったりすると、気持ちが落ち着くの。不思議ね、上京する前は全然そんな趣味なかったのに」

確かに色白で細身なみかげに、山歩きなどするイメージはあまりない。当たり前だが、会っていない数年の間に、それなりに変化している部分もあるということなのだろう。

「その青いペンダント、ちょっと変わってて素敵ですね。みかげ先輩に似合ってる」

「そう？　ありがとう」

千夏の言葉に、みかげがペンダントに触れながら視線を落とした。一瞬だけ伏せられた長いまつ毛がそこに影を作って、清潔な色気みたいなものを感じさせる。

みかげの髪の毛が顔の輪郭に緩くかかるのをぼんやり眺め、昔よりも綺麗になったとあらためて思った。女性は変わる。そのときの気温や天候、周囲の状況や感情の持ちように至るまで、あらゆるものを如実に映す。

モチーフ部分をもっとよく見たいと思い何気なく胸元に手を伸ばすと、みかげがどきっとした顔になり、拒むようにペンダントの先をそっとシャツの中にしまい込んだ。千夏に向かって、取り繕うように微笑んでみせる。

「そんな大したものじゃないのよ、恥ずかしいわ」

——意外な反応だ。もしかしたら恋人にでも貰ったのだろうか、などと余計な想像を巡らせてしまう。ふと思い出したようにハルが尋ねた。

「そういやみかげ、帰りの新幹線の切符まだ貰ってないけど、明日の昼の時間帯でいいんだっけ？」

「ああ、ごめんねハル。ついうっかりしてて、帰りの指定席まだ買ってないの」

「えぇー？　紅笠祭りの翌日なんて、引き上げる観光客で席混むじゃん。なんだよう、田舎ボケしてんの？」

ごめんごめん、と苦笑して手を合わせるみかげの肩に、ハルが頬を膨らませ子供じみた仕草であごを載せる。千夏はどこか不思議な気持ちでじゃれあう二人を見た。

利緒が、呆れ顔でため息をつく。

「ていうか、切符の手配とか全部任せっ放しなんですね。ハル先輩、相変わらずみかげ先輩に甘え過ぎですよ」

「甘えてないってば！」

ハルが拗ねて唇を突き出す。どちらが年上か分からない。

賑やかなお囃子の音が聞こえた。ワッショイ、ワッショイ、という威勢のいい掛け声が近づいてくる。みこしを担いだ行列が、頂上広場に登ってきたのだ。

みこしの平べったい屋根の上に、お椀のような形をした紅笠が作りつけられているのが目に入る。赤い造花が施されたあでやかなそれは、祭りの名物・紅花みこしだ。

願いごとを書いた紙を折りたたんで紅笠に投げ入れれば叶うという伝承や、落ちた造花の花びらは縁起物だという謂《いわ》れがあるこのみこしのねり歩きは、紅笠祭り恒例の風景だ。

ピーッと笛が鳴り、みこしを担ぐ者たちの行進が近くで止まった。広場にアナウンスが流れる。

『紅花みこし行列の皆さんが、ただいま第一休憩ポイントに到着いたしました。再開は、十五分後となります』

祭り客のざわめき。気がつくと、さっきよりも周囲に人が増えているようだ。

「ちょっと人が多くなってきたね」

「――だな。ふれあい広場の方は、ここより空いてると思うけど」

ふれあい広場とは、ここから歩いて十五分ほど下った場所にある広場だ。

「あっちも出店とか出てるんだっけ」

「ああ、知らなかったか？ 去年の紅笠祭りのとき、向こうで食中毒が起きたんだよ。ニュースで結構騒がれたんだ。地元の名産を扱った出店で、郷土野菜のおみそ汁に入ってた干しニリンソウによく似た毒草が混じってたらしい」利緒が表情を曇らせた。

「たまたま職場の同僚がそのとき居合わせたんだけど、ひどい中毒症状を起こした祭り客が複数いて、大変な騒ぎだったらしいぞ。幸いにして亡くなった人はいなかったけど、食中毒騒ぎがあってから向こうはなんとなく祭り客が減ったみたいだな」

「ふうん。怖いね」

利緒の説明に顔をしかめてそう返しながら、自覚している以上に地元のニュースに疎くなっている自分に、どこか後ろめたいような一抹の寂しさを覚える。

空気を変えようとしてか、みかげが意味深な笑みを口に浮かべて云った。

「ニュースといえば、明るい話題もあるのよね。ハル」

隣に立つハルが明らかにぎくっとした表情になった。その目が、途端に落ち着きをなくす。怪訝な顔をする千夏たちに向かって、みかげがにこやかに告げた。

「ハル、来年結婚するのよ。付き合ってる彼にプロポーズされたの」

「ええっ！　本当ですか？」

「……ハル先輩が結婚、ですか……」

仰天して大声を上げた千夏と、にわかには信じ難い事実を突きつけられたという面持ちで呆然と呟く利緒に、ハルが赤くなってわめく。

「お前ら、その反応は失礼にもほどがあるだろ！　なんだ、あたしが結婚しちゃおかしいのか？」

怒鳴るハルの首筋までもが、うっすらと桜色に染まっていた。どうやら彼女の怒りは、半ば照れ隠しによるポーズらしい。

微笑ましいようなどこか感慨深い気分になりながら、千夏は祝福の言葉を口にした。

「うわあ、おめでとうございます、ハル先輩」

「お幸せに」

後輩たちに正面から祝われ、ハルがどんな顔をしていいのか分からないというように戸惑って視線を泳がす。

やがて普段の凜とした態度からは想像もつかないような小さな声で呟いた。

「いや、その、ありがとう」

はにかんで上気した頬が、心なしかいつもより女っぽい。満たされている女性の表情だ。

そんな視線を感じ取ったのか、照れたようにハルが、空っぽになったたこ焼きのパックを振った。

「ちょっとこれ捨ててくるわ。あー、ついでにそっちも持ってってやるよ」

ぶっきらぼうに云って千夏たちの手から乱暴にラムネの空き瓶を奪い取り、広場の片隅にあるゴミ箱に向かって逃げるように歩き出す。

その背中を見送り、みかげが苦笑した。

「それにしても、ハル先輩が結婚かあ。なんか時間の流れを感じちゃうな」

まるで少年のようだった高校時代のハルを思い出し、千夏はしみじみ呟いてしまう。

「ハル先輩の結婚相手って、どんな人ですか」

「優しい人よ」

利緒の問いに、迷いのない云い方でみかげが答える。

「何度か会ったことがあるけど、すごく優しい人。大らかっていうか、包容力があるっていうか。素敵な人よ。あの子にはもったいないくらい」

冗談めかして云いながら、離れていくハルの背中を見つめるみかげの横顔から、ふっと表情が消えた。黙っていても常に穏やかな笑みの気配をたたえた面立ちから、いつもの色が消え失せる。

その表情に見覚えがあった。

あれはハルたちが高校三年のときで、台風が接近して風の強い日だった。

午後の授業が急遽《きゅうきょ》中止になり、生徒たちが一様に帰宅しようとしていた。

昼間なのにひどく薄暗い廊下を歩いていると、千夏の前方に並んで歩くハルとみかげの姿が見えた。距離があったため、声を上げて二人を呼び止めようとすると、ひときわ激しい風が吹いて窓がガタガタと震えた。

気を取られた千夏が窓の外に目を向けたのとほぼ同時に、廊下でガシャーンというけたたましい破壊音が響いた。誰かの悲鳴が上がる。

はっと視線を元に戻し、千夏は目の前の光景に息を呑んだ。割れた窓ガラス。床に散乱した破片。廊下をざあっと風が吹き抜ける。

強風に飛ばされた看板が、廊下の窓を突き破ったのだ。驚いて立ち尽くす。

割れた窓ガラスの近くに、ハルが立っていた。苦痛に顔を歪め、右腕を押さえている。その指の間から、みるみるうちに鮮血があふれて制服を染めるのが見えた。

傍らに、みかげが座り込んでいた。吹き込む風に髪の毛をなぶられるまま、目を見開いて呆然とハルを見上げている。いつも穏やかで冷静なみかげの顔は蒼白《そうはく》で、唇が完全に色を失っていた。細い肩が、小刻みに震える。

ただならぬショックを受けているその様子に、血を流しているのはハルだというのに、千夏は思わずみかげの方に大丈夫ですか、と声をかけそうになった。ふと思う。

さっき窓際を歩いていたのは、確かみかげだったはずだ。それなのになぜ、ハルの方がこんな怪我をしているのだろう。そんな疑問がよぎった後で、瞬時に状況を理解した。ハルは――。

みかげを庇ったのだ。

生徒の間から動揺した悲鳴が上がる。パニックを起こした女子の泣き声とざわめき。

騒ぎが大きくなる中、ハルがぴしゃりと大声で一喝した。

「大丈夫！」

有無を云わせない、怪我をしている人間とは思えないほど凛とした声だった。その勢いに呑まれたように、周囲がしんと静まり返る。

自分の発した声が響いたのか、ハルは痛みに顔をしかめると、みかげに向かって困ったように笑ってみせた。

「……大丈夫だから、泣くな」

その瞬間、みかげの両目から透明な涙があふれ出した。声を上げることも、顔を歪めることもなく、無表情のような素顔のまま、ただ涙だけが静かに流れ続ける。まるで止めることそのものを忘れ去ってしまったかのように。

人がこんな泣き方をするところを、千夏はそのとき初めて見た。

怪我をしたハルの右腕から、ぽたりと血が滴った。

床の上に落ちたその鮮やかな色を目にしたとき、一瞬だけ、中学生の頃に友達と舞鳥山で拾ったつつじの花弁を連想した。永遠に友情が続く証とした、赤い花びら。

ハルがその数日後に引退試合を控えていたことを、後になって知った。

その怪我が原因で、彼女は高校生活最後の大会に出られなかった。

――近くで歓声が起こった。物思いから、はっと我に返る。模擬店でくじか何かが当たったらしい。楽しげに笑いさざめく祭り客の気配。広場にアナウンスが響き渡った。

『紅花みこし行列、まもなく第二会場のふれあい広場に向けて出発となります』

賑わいの中、一瞬だけどこか遠くを見るような目つきになり、みかげが白い指で胸元のペンダントを弄《いじ》った。

やがて戻ってきたハルに向かって、みかげが穏やかに笑いかけた。

「ハル。友宏さんから貰ったばかりの指輪、いま持ってるんでしょう？　もう一度見せて？」

「え。指輪って、もしかして」

みかげの言葉に思わずハルの方を見ると、顔を赤くしたハルが恨めしげにみかげを軽く睨んだ。

「余計なこと云うなって、みかげ」

「いいじゃない。素敵な婚約指輪を貰ったんだから。ハルったら、それ大切にずっと持ってるのよ」

「そんなんじゃないって」

ハルが口を尖《とが》らせて反論するが、紅潮した頬ではあまり迫力がない。

みかげに笑顔で促され、渋々という体《てい》でハルが肩にかけていたショルダーバッグを開けた。中から、小さな四角い指輪ケースを取り出す。

「わあ」

手のひらに載せられた光沢のあるブルーの箱を眺め、千夏は目を細めた。利緒も興味津々といった顔で横からそれをのぞき込む。

「中、見てもいいですか？」

「いいよ」

落ち着かなさそうにそっぽを向いたまま、ぞんざいにハルが答えた。そっとケースを開けると、なめらかなラインを描くプラチナのリングが鎮座している。リングの中央に輝くのは、繊細な六本の爪に支えられたダイヤだ。

ケースの中できらめくエンゲージリングに、千夏は感嘆の声を上げた。

「綺麗ですねー」

「好きな男にこんなん貰ったら、そりゃ持ち歩いちゃいますよねえ」

「るっさいな、そんなんじゃないよ」

ハルが赤くなった顔で、にやにや笑いをする利緒を睨む。

「——ねえ、ハル」

黙っていたみかげが、そのときふいに口を開いた。

「なに」

何気なく振り向いたハルに向かって、みかげがうっすらと目を細める。

次の瞬間、みかげが発した台詞に場の空気が凍りついた。

「この指輪、私にちょうだい？」

「――え」

ハルが言葉を失った。千夏はゆっくりと目をしばたたかせた。隣で、利緒が息を詰める気配。

おかしな冗談を耳にしたというふうに、ハルの口元が半笑いに似た形を作る。親友の言葉の真意を推し量ろうとするように、まじまじとみかげの顔を見つめる。

「なにそれ」

ふっとみかげが微笑んだ。いつも通りの、透き通った綺麗な笑み。しかしそれを目にした途端、なぜか千夏の胸の内がざわりと騒いだ。

不穏なことが起きようとしている気配。とっさに何か云わなければと思ったその瞬間、みかげがハルに向かって決定的な言葉を告げた。

「友宏さんが好きなの」

それは特に感情的になって声を荒らげるふうでもない、ごく自然な口調だった。みかげの言葉に、ハルが大きく目を見開く。

「なに、冗談云ってんの」

笑みを浮かべようとして失敗したぎこちない表情で、ハルが呟く。こわばった頬に、明らかな戸惑いが見て取れた。千夏は小さく息を飲み込んだ。

　みかげは急に何を云い出すのだろう。困惑した空気の中、みかげは捉えどころのない微笑みの表情をハルに向けた。

「冗談？　違うわ。——ずっと好きだったの」

　どこか夢見るような口調で云う。その瞳に、ふと強い光が宿った。

「——ねえ。賭けをしない？」

　優雅な微笑を口元に載せたまま、真っ直ぐにみかげの視線がハルを貫く。ハルが身を硬くするのが分かった。

「私が勝ったら、彼と別れて」

　その言葉に、ハルの肩がぴくりと跳ねた。驚きに満ちた目でみかげを眺める。

　千夏は呆然とその場に立ち尽くした。展開に頭が追いつかない。仲がいいはずのこの二人の間で、一体何が起きているというのだろう？

　さすがの利緒も困惑した顔つきでただ目の前の事態を見守っている。遠くで誰かの笑い声が上がった。新しい遊びを思いついた子供みたいに屈託なく、みかげが手にした指輪ケースを軽く振ってみせる。

「後ろを向いて十数えて。その間に、この指輪をケースごと、煙のように消してあげる。……そうね、私は半径三メートル以内しか動かない。見つけられたら、ハルの勝ち。何も云わず素直に二人の結婚を祝福するわ。でも、もしも探し出すことができなかったら。見つけられなかったそのときは――。

彼と結婚しないで、ハル」

千夏は言葉を失った。

記憶にある限り、いつもハルの突拍子もない行動をたしなめるのは良識あるみかげだったはずだ。それなのに、この誰が聞いても尋常ではない、唐突なみかげの提案は一体どうしたというのだろう？

場にただならぬ空気が流れる。

「みかげ先輩、それは」

さすがに見かねて利緒が口を出そうとした、そのときだった。

「――分かった、勝負するよ」

ハルが低く呟いた。利緒が驚愕《きょうがく》の眼差しでハルを振り返る。

「ハル先輩？」

千夏は信じられない思いで名を呼んだ。ハルの返答が理解できなかった。

どう考えても、ハルがそんな理不尽な賭けを受ける理由はどこにもない。

「なに云うんですか、みかげ先輩。おかしいですよ。ハル先輩もそんなこと」

「いいんだ、有馬」

ハルが真正面からみかげを見た。視線を外さないまま、慌てる千夏を制止する。

「……みかげが友宏を好きだなんて知らなかったし、全然気づけなかった。ごめん」

ハルがみかげに云う。何かを決意するように息を吸い込む気配。さっきより力強い声で、再びハルが話し出した。

「だからといって、友宏を譲るとかそんなことはできない。——みかげ。あたし頭悪いし、ごちゃごちゃ考えんの苦手だけど、一つだけ確実に分かってることがあるんだ」

ハルがにやっと笑った。唇の両端を上げ、迷いのない笑みをそこに浮かべる。

「親友のあんたには、誰よりも結婚を祝福して欲しい」

千夏は目を見張った。ハルの答えに言葉を失う。自分にとって大事な試合を目前に控えながら、ためらいなく飛び込んで親友を庇った。

この真っ直ぐな先輩は、あのときと同じままなのだ。

「だから、それであんたの気持ちにケリがつくのなら」

ハルが挑むように強い視線を投げかけた。

「その勝負、受けるよ」

対峙《たいじ》する二人を前に、千夏と利緒はただ立ち尽くした。なぜこんな状況になってしまったのかが理解できなかった。ついさっきまで、気楽に祭り見物を楽しんでいたというのに。

うろたえる千夏の横で、利緒が軽く片手を上げた。

「……可愛い後輩から、一つお節介な提案なんですが」

しれっとした口ぶりで話し出す利緒に、ふいをつかれる。

「――賭けに勝ったら婚約者と別れろって、常識的に考えて、みかげ先輩のおっしゃってることは無茶苦茶ですよね？　第一、相手の男性の気持ちはどうなるんです？」

芝居がかった仕草で、両手を広げる。

「それでも、他でもないハル先輩自身がその勝負を受けると云うんでしたら、部外者のあたしたちにそれを止める権利はありません。だけど、関与する権利くらいはあるんじゃないですか？」

利緒の言葉に、二人が怪訝な顔をする。利緒はそこで不敵な笑みを浮かべてみせた。

「てっとり早く云うと、あたしたちもその賭けに乗らせてくれませんかって話です。こんな莫迦げた賭けで、今まで男っ気のなかったハル先輩の縁談がふいになるのは後輩として忍びないですからね。あたしたちも、ハル先輩に協力してその勝負に参加してもいいですか？」

「ちょっと、利緒」

あまりにも大胆な申し出に、千夏はぎょっとして利緒を見た。

利緒が悪びれた様子もなく云ってのける。

「何だよ、ちぃ。ハル先輩の結婚話が壊れてもいいってのか？　薄情なヤツだな。考えてもみろよ。美人で女らしいみかげ先輩なら男がいくらでも釣り放題だろうけど、致命的に色恋沙汰《いろこいざた》に鈍いハル先輩じゃ、こんなチャンスはもう二度と巡ってこないかもしれないぞ」

「それは、そうだけど」

「芥川、さりげなく失礼なこと云うな。有馬もそこ同意すんな!」

ハルががなる。

「心配してくれるのはありがたいけど、これはあたしとみかげの問題で――」

「構わないわ」

ハルの言葉を遮って、みかげが静かな声を発した。ハルが驚きの表情で振り返るのをよそに、落ち着いた口調で云う。

「有馬さんたちがそうしたいのなら、ハルに協力してくれて構わない。何があっても私は、賭けに負けるつもりはないから」

目を奪われる、透き通った微笑。千夏は困惑した思いでそれを見つめた。みかげのこの揺るぎない自信は、どこからくるのだろう。

「――始めましょう」

みかげが勝負の開始を告げた。ためらいながら、ハルにならって千夏と利緒もみかげに背を向ける。握りしめた自分の手のひらが、汗で湿っていた。訳が分からないまま、何やら大変なことになってしまったようだ。

心臓が余裕のない鼓動を跳ね上げる。ハルが、準備が整ったことを確認するように皆の顔をあらためて見回し、そしてゆっくりと数を数え始めた。

「いーち、にーい……」

一定の速度でカウントが進む。さっきラムネを飲んだばかりなのに、口の中が渇いていた。数え上げるハルの声が、徐々に終わりに近づく。

「……九、十」

最後まで数え終えて、ハルはふうと短く息を吐き出した。やはり少なからず緊張していたのだろう。意を決したように顔を上げ、みかげの方を振り返る。

――みかげは、先ほどとほぼ同じ場所に立っていた。一見したところ、特に変わった様子は見当たらない。

たった今まで彼女が手にしていた、ブルーの指輪ケースが消えていること以外は。

ハルが不安に耐えるように一瞬だけ眉根を寄せた。夜の空気の中、みかげの髪の毛が何かの生き物みたいになびく。遠くでざわめく人の声と、夜の匂い。食べ物の焼ける甘い匂いと、みこしを担ぐ威勢のいい掛け声がした。

みかげが優雅に手を広げてみせた。

「さあ、見つけてみて」

千夏はきゅっと唇を嚙《か》んだ。襟元にレースをあしらった薄いシャツに、クリーム色のパンツ姿のみかげを見つめる。財布とハンカチをポケットに入れた彼女は手ぶらで、バッグすら持っていない身軽な格好だ。

薄着で手ぶらの彼女に、指輪ケースを隠せる場所などありそうもない。身につけているという可能性はなさそうだ、と判断する。

とすると、指輪ケースはこの広場のどこかにあるに違いなかった。目を離したのは、たったの十を数える間だけだ。そう遠くに隠せたはずはない。

「探すぞ」

千夏たちは落ち着きなくあたりを見回した。動き回り、外灯の陰やダストボックスの中など、周囲をくまなく探し始める。

しかし探し回るうち、次第に千夏たちの中に動揺が広がった。

——指輪が、見つからない。

あのほんのわずかな時間に隠せる場所など限られているはずなのに、どこにも指輪が見当たらないのだ。そもそも、この見晴らしのいい広場に物を隠せるような場所などほとんどありそうにない。

当初は余裕を見せていた利緒の表情が、明らかに戸惑いを含んだものに変わった。どうして指輪はどこにもないのだろう？　まるで忽然《こつぜん》と消えてしまったかのようだ。

「指輪は見つからないわ。私が魔法をかけたから。——足が生えて、勝手にどこかへ歩いていっちゃったのかもしれない」

千夏たちの困惑を読みとったかのように、みかげが本気とも冗談とも取れない口調でうそぶく。

胸の内に焦りが生じ始めた。足元を真剣に探し続けるハルの表情が、硬い。

そうして十分が経ち、二十分が経った。指輪が見つかる気配はない。ハルのこめかみから、玉の汗が流れ落ちた。

ハルの横顔が、今やはっきりとこわばっていた。対照的にそれを眺めるみかげの顔には、ただ静かな表情だけが浮かんでいる。

みかげの長い指が、頬にかかる髪の毛を柔らかく払った。薄闇に映える白い首筋。シャツの中、ネックレスがこすれる微かな金属音がした。

「ハル」

信じられないという面持ちで立ち尽くすハルに向かって、みかげが悠然と宣言した。

「私の勝ち、ね」

――ハルが大きく目を見開く。愕然《がくぜん》とした表情で、弱々しく首を横に振った。

千夏は混乱しながらその光景を眺めた。発すべき言葉が出てこない。そんな、まさか。こんな冗談みたいな賭けで、本当にハルは大切な人を失ってしまうというのだろうか。なぜ指輪ケースは出てこない。一体どこに消えた？

『後ろを向いて十数えて。その間に、この指輪をケースごと煙のように消してあげる』

みかげの宣言が脳裏をよぎる。輪郭を丁寧に縁どられた、綺麗な唇が動く。

『……そうね、私は半径三メートル以内しか動かない』

『足が生えて、勝手にどこかへ歩いていっちゃったのかもしれない』

はっと千夏は顔を上げた。とっさに声を上げる。

「——待ってください」

自分で思ったよりも強い響きで発せられた声に、三人が驚いたようにこちらを見た。

短く息を吸い込み、怯《ひる》まずに言葉を続ける。

「待ってください。ハル先輩は、まだ負けてません」

みかげが技巧がかった仕草で小首を傾げた。その表情には、余裕すら感じられる。

「どういうことかしら、有馬さん。指輪の入ったケースは見つからなかったんでしょう？　賭けは、ハルの負けだわ」

「いいえ、違います。ハル先輩はこれから指輪を見つけるんです。何も失ったりしません」

きっぱりとした口調でそう述べると、ハルが戸惑ったように千夏を見た。訳が分からないと云いたげな顔つきで利緒が何か云いかけるのを横目に、告げる。

「一緒に来てください」

祭り客を避けて頂上広場を突っ切り、駐車場を抜けてぐんぐん舗道を下っていく千夏を、慌てて他の三人が追った。利緒が混乱した様子で尋ねる。

「ちぃ！　おい、どこに行くつもりなんだ？」

「いいから、来て」

頭に思い浮かんだ可能性に、気持ちが逸《はや》るのを抑えられなかった。赤い提灯の揺れる下、足元もろくに見えない暗がりを早足に歩き続ける。

こんな危なっかしい夜道で転んで怪我でもしたら洒落にならない。そう思いながらも、懸命に足を動かすのを止められなかった。

ただならぬ状況に緊張していることもあってか、みるみるうちに息があがってくる。

背中や胸の谷間を汗が伝い落ちた。十五分ほど、歩いたろうか。

サンダルの裏が芝生を踏んだ。

目の前に現れた広場を見渡し、千夏は息を乱したままそこでようやく立ち止まった。

「ちょ、有馬」

千夏を追ってきたハルは幾分頬を上気させているものの、さほど息を切らした様子は見られない。

乱れた髪をかき上げた利緒が、忌々しげに唸った。

「ちぃ、分かるように説明しろ」

「利緒」

微かに乱れる呼吸を抑え、冷静な口調を保って千夏は云った。

「指輪があるのは、ここだよ」

「――何だって」

利緒が目を見張る。ゆっくりと、周囲を見回す。

ふれあい広場。芝生が広がる、先ほどより薄暗く小さな広場の隅に、出店が並んでいる。ビアガーデンにフリーマーケット、らくがきコーナーなど、明るい色調で様々なイベントスペースが設けられているが、頂上広場に比べると祭り客は少なく、全体的にどこか活気のない雰囲気が漂っていた。

食中毒事故が起きて以来、こちらの広場は客足が減ったという利緒の言葉を思い起こす。それでも広場のあちこちには、祭りを楽しむ人の姿が見て取れた。

広場の片隅には紅花みこしが無造作に地面に置かれ、休憩中と思しき担ぎ手の男性らが飲み物を手に大声で笑いながら話している。

「どういうことさ、有馬」

ハルが不可解極まりないといった表情で尋ねた。

「みかげは、半径三メートル以内に指輪を隠すって云ったんだよ？　こんな所にあるわけないじゃん」

「違いますよ、ハル先輩。みかげ先輩はそんなこと云ってません」

訝しげな顔をするハルに、千夏はゆっくりと続けた。

「思い出してください。あのとき、みかげ先輩はこう云ったんです。

『私は半径三メートル以内しか動かない』って。半径三メートル以内に指輪を隠すとは、一言も云ってないんです」

あ、と利緒が小さく声を上げた。ハルがいっそう混乱した様子で眉をひそめる。

「だけど、さっきいた所からここまで、歩いて十五分はかかっただろ？　たった十数える間に、みかげがこんな離れた場所に指輪を隠せるはずがないよ」

「いいえ。みかげ先輩には、それができたんです」

ハルが完全にあっけに取られた顔で千夏を見つめる。

「有馬、一体何云って」

「――分かったぞ」

利緒がにやりと笑いを浮かべた。

「あんたの云いたいことが分かったよ、ちぃ。そうか、そういうことだったんだな」

「何！　もう、何なのさ？」

焦れたようにハルが問う。千夏はゆっくりと広場の片隅を指差してみせた。地面に置かれた紅花みこしと、談笑する法被《はっぴ》姿の人々。

「ハル先輩、覚えてます？　さっきの頂上広場でも、私たちの近くでこんなふうに紅花みこしの行列が休憩してました。各広場が休憩地点になってるんでしょうね。――みかげ先輩は、私たちが目を離しているわずかな間に、紅花みこしの紅笠の中に指輪の入ったケースを投げ込んだんです」

「何だって？」

ハルが仰天した声を上げる。千夏は頷いてみせた。

「休憩中、みこしはあんな風に無造作に地面に置かれていたはずですから、指輪を入れるのはごく容易だったはずです。もともと名物の紅花みこしは、屋根の紅笠に願いを書いた紙を投げ入れれば成就するというような謂れがあるものだそうですから、何か入れている光景を見ても別に不審に思う人はいないでしょうしね。

みかげ先輩はみこし行列が休憩を終え、動き出す頃合いを見計らって賭けの話を持ち出し、皆が後ろを向いている間に紅笠の中に指輪を投げ入れた。……あとはみかげ先輩が何もしなくても、みこし行列が指輪を遠くまで運んでいってくれるというわけです。

ね、タネを明かせば、簡単でしょう？」

ハルが啞然とした様子で立ち尽くした。

「……じゃあ、あたしの指輪は」

「私の推測が正しければ、あの紅花みこしの紅笠の中に入ってるはずです。——そうですよね？みかげ先輩」

黙って立っているみかげに語りかける。みかげは答えない。感情の読みとれない静かな面持ちで、ただそこに佇んでいる。

千夏は地面に置かれたみこしに歩み寄った。平べったい黒い屋根に、赤い花飾りで彩られた派手な紅笠が載っている。ねり歩きの最中に祭り客から投げ込まれたと思われる菓子や鈴、便せんなどの中から、千夏の指がブルーの指輪ケースを摑み出した。

「——あった」

ハルが息を詰め、手で口元を覆う。千夏は振り返ると、ハルに向かって指輪ケースを差し出した。

手渡された小さな箱の表面を確かめるように指でなぞって、ハルがゆっくりとケースの蓋《ふた》を開ける。

次の瞬間、大きく目を見開いた。

――箱の中は、空っぽだった。千夏は息を呑んだ。

「……どういう、こと？」

一同が凍りつく中、みかげが深いため息を吐き出すのが聞こえた。

「……何かの拍子に地面に落ちてしまうかもしれないのに、大事な指輪をみこしの中に無造作に放り込むなんて、そんなことするわけないでしょう？」

そう呟いて、みかげが首から下げているネックレスをシャツの中からつまみ出した。

それを目にした途端、思わずあっと声を上げる。

ネックレスの先についていたのは、小さな青い砂時計と――ハルの婚約指輪だった。

指輪に付いたダイヤが、人工の明かりの下で繊細に輝く。

――絶句した。まじまじとそれを凝視し、そこでようやく気がつく。

『指輪をケースごと、煙のように消してあげる』

言葉によるミスディレクション。みかげの巧みな誘導により、千夏たちは指輪そのものではなく、ケースに入った状態の指輪をイメージさせられ、疑いなくそれを探していた。

しかし指輪は最初からずっと、千夏たちの目の前にあったのだ。

ゲームオーバー。

——言葉を失う千夏たちの前で、ふいにみかげがにっこりと笑った。その口から、信じられない台詞が発せられる。

「……友宏さんをずっと好きだったなんて、嘘よ」

「——はぁ!?」

一同の口から、思わずすっとんきょうな声が発せられた。あっけに取られ、みかげの顔を見る。

みかげは外したネックレスのチェーンから指輪を引き抜きながら、千夏たちの顔を見回した。口元に、ばつの悪そうな苦笑が滲《にじ》む。

「ハルがあんまり幸せそうにしてるから、ちょっとイタズラしただけなの。……まさかこんなに驚かせるとは。ごめんなさい」

千夏はどう反応していいか分からず、莫迦みたいに突っ立ったまままみかげの顔を眺めた。

ハルがぽかんと開けっ放しだった口を閉じた。状況を呑み込もうとするように二、三度まばたきする。それから、おもむろに絶叫した。

「なんだよ、もー!」

足踏みし、すごい勢いでぐしゃぐしゃと頭をかきむしる。

「ああもう、マジでありえない、今、すっごい真剣に悩んだんだからな！　責任とれ、みかげの莫迦」

「ごめんね」

ぎゃあぎゃあとわめくハルに向かって、みかげが手を合わせて困ったように笑った。

その表情が、ふいに真剣なものになる。

「……ハル」

どこかぎこちなく力のこもった声に、騒いでいたハルが怪訝そうに眉を寄せた。

「――なに」

真っ直ぐな視線でハルを見つめたまま、微かに緊張した面持ちのみかげが云う。

「思い込みは危険よ、ハル。一見そう見えるものが、その通りの姿をしているとは限らない」

決して強い口調ではないのに、なぜかそのときのみかげの言葉はとても真摯な響きを持って伝わった。

「あなたは大雑把で口が悪くて、細かいことには注意を払わないタイプに思われがちよね。でも本当はそうじゃない。他人の痛みに敏感で、真っ直ぐな、人一倍優しくて傷つきやすい性格だと思う。そして、友宏さんなら、そんなハルを理解して包んでくれると思うの」

みかげの瞳から張り詰めた色が消える。そこに残るのは、親しげな優しさだ。

「付き合いが長いから、なかなか面と向かって口に出せなかった。びっくりさせちゃってごめんなさい。ハル、婚約おめでとう。幸せになってね」

みかげの手から、ハルの手のひらにそっと指輪が載せられた。

戻ってきた指輪を見つめていたハルがゆっくりと目をしばたたかせる。何か云おうとして、上手く言葉が出てこなかったのか、微かに首を振った。

それから手のひらの指輪を固く握りしめ、そっと目をつむった。

「——サンキュ、みかげ」

見守っていた千夏たちは、ふう、と安堵の息を吐き出した。

利緒が人の悪い笑みを浮かべ、冗談めかした口調で云う。

「……やれやれ。とりあえず、一件落着ってわけですね」

その声に慌てた様子でハルが千夏たちを振り返った。どうやら完全に二人の存在を失念していたらしい。

「うわごめん、有馬、芥川！　えっとその、あー」

みかげが後輩に向かって心苦しそうに眉をひそめる。

「有馬さんも芥川さんも、せっかくお祭りを楽しんでたのに振り回しちゃって本当にごめんなさいね。迷惑をかけたお詫びに、何かご馳走するわ」

「ああ、いえ」

みかげの申し出に、利緒が軽く手を振った。千夏の肩に腕を回し、にやりと笑ってみせる。

「結構楽しかったですよ。——こいつのへっぽこ探偵ぶりも見られたし。あたしたちはこれで失礼しますから、後は二人で友情でも深め合ってください」

へっぽことは何だ、と反論したかったが、実際に指輪を見つけられなかったのだから仕方ない。それに、利緒がハルたちを気遣ってそんな物云いをしたことに気づかないほど鈍感ではなかった。むう、と心の中で唸る。

「じゃあ先輩、あたしたちはこれで」

にこやかに挨拶して歩き出すと、慌てたようにハルが叫んだ。

「有馬！　ありがとう」

肩越しに振り返り、能天気な後輩らしくひらりと手を振ってみせる。

まあいいか、と自然に顔がほころんだ。利緒の台詞ではないが、振り返ってみれば楽しい休日だった。何より親しかった先輩がハッピーなのだから、よしとしよう。

背後から、ハルが深々とため息をつく音が聞こえた。

「それにしたって、さっきの冗談は本気で焦ったじゃんか。みかげって、ホント昔っから人を驚かすのが好きだよね。勘弁してよ」

「ごめんごめん。動揺させちゃったお詫びに、何か冷たい物でも買ってくるわね。ベンチに座って待ってて」

みかげが笑顔で告げ、一人で出店の方へと歩いていく気配。

――ふと、何かが気にかかって千夏は足を止めた。

「ちぃ？」

先を歩いていた利緒が、広場の入り口近くで不思議そうに振り返る。嫌な予感がした。

——胸に残る、この落ち着かなさは何だろう？

薄闇の中、周囲の木々がざわざわと揺れた。ほのかに灯る赤い提灯。まばらな祭り客。

次の瞬間、千夏ははじかれたように顔を上げた。

目を見張ったまま、数秒の間まじまじと宙を見つめる。額を汗が伝うのを感じた。

利緒に気づかれないよう、小さく唾を飲み下す。

「……ごめん、利緒。ちょっと待ってて！」

短く云い残すと、千夏はきびすを返した。いま来た広場を足早に戻っていく。利緒があっけに取られたように立ち尽くすのが分かった。

軽く息を切らしながら走ると、やがて出店の並ぶ方へ歩くみかげの後ろ姿を見つけた。その背中に向かって、名前を呼ぶ。

「みかげ先輩！」

千夏の声に、驚いた顔をしてみかげが振り返った。

「有馬さん？　どうしたの？」

口元に優しげな笑みをたたえて千夏を見つめる。

視界の端で、紅花みこしを担いだ行列が再び行進を始めるのが見えた。小気味いい掛け声と、笛の音。

素敵な休日。なのにこれから自分が発する台詞は、それらを粉々に打ち砕くことになるかもしれない。

千夏はゆっくりと息を吸い込んだ。

「――だめですよ、みかげ先輩」

真正面から、みかげを見る。みかげは何を云われているのか分からないというふうに、当惑した面持ちで千夏を見返した。

千夏は再び、きっぱりとした口調で続けた。

「それは、犯罪です」

たちどころにみかげの表情が変わった。

「有馬さん、一体なに……」

千夏はいたたまれない思いで言葉を発した。

「奔放なハル先輩と、それをたしなめる思慮深いみかげ先輩。お二人は昔からいつもそんなふうでしたよね。――私が知る限り、みかげ先輩はただの気まぐれで理由もなく人の心をかき乱すような悪ふざけをする人じゃ、絶対にありません」

千夏の台詞に、みかげが弱々しい口ぶりでかぶりを振る。

「急にどうしたっていうの、有馬さん」

千夏は慎重に言葉を続けた。

「指輪が見つからなくて焦る私たちに、みかげ先輩はこんなことを云いましたよね。『指輪は見つからないわ。私が魔法をかけたから。――足が生えて、勝手にどこかへ歩いていっちゃったのかもしれない』って。……今にして思えば、みかげ先輩のこの意味深な台詞がきっかけで、私は指輪そのものが移動したかもしれないという可能性に思い当たったんです。

でも、先輩」

千夏はみかげを見つめ返した。

「なぜ自分から賭けを持ちかけておきながら、仕掛けたトリックに気づかせるようなことをわざわざ口にしたりしたんですか。

単純にハル先輩を驚かせたかっただけなら、そんな必要はなかったはずでしょう？」

「……面白い話ね」

みかげは硬い表情で、ぎこちなく微笑のようなものを口元に浮かべてみせた。

「興味があるわ。続けてくれる？」

「みかげ先輩は、初めから指輪が見つかるかどうかなんてどうでもよかった。本当に試したかったのは、みかげ先輩の想いに対してハル先輩がどんな反応をするか、だったんじゃないでしょうか」

みかげの目が、今度こそ大きく見開かれる。たどたどしく笑みを形作ろうとしたみかげの唇が、初めて歪んだ。低くかすれた声が、喉から発せられる。

「――私の、想い？」

千夏はこくりと頷いた。

「みかげ先輩は、ハル先輩の恋人のことが好きなんですよね？」

みかげが絶句する気配があった。まじまじと向けられる視線が痛かった。

口の中が、苦くなる。

「――一見そう見えるものが、その通りの姿をしているとは限らない。さっきみかげ先輩がハル先輩に云った言葉には、本当は別の意味も含まれていたんじゃないですか」

気がついて欲しい。自分の本心に気がついて欲しい。そんな、みかげの想いが。

「親友の恋人を好きになって、どうしようもなくて、そのうち二人の結婚話が出て――思い悩んだみかげ先輩は、自分の中で賭けをした。もし自分が彼を好きだと云ったら、ハル先輩はみかげ先輩と恋人と、どちらを選ぶのか」

みかげの瞳がほんの一瞬、暗く翳ったのを見たような気がした。

「だけどハル先輩は、揺るがなかった。誰よりも結婚を祝福して欲しいと迷いなく告げたハル先輩に、みかげ先輩は、彼らの間に自分が入り込む隙は全くないのだと知ってしまった」

辛《つら》そうに視線を伏せ、千夏は云った。

「みかげ先輩は、賭けに負けたんです」

首の後ろが緊張してくる。先輩、と呼びかけた。

「紅花みこしのトリックに気づくようにわざと誘導したのは、ハル先輩をこのふれあい広場に連れてくることが目的だったからなんですね」

みかげの眉がすっとひそめられた。

「……どうして、そう思うのかしら」

その問いに、千夏は乾いた唇を舐めた。

「ここが、食中毒騒ぎのあった場所だからです」

どこか物悲しいような気持ちになりながら、千夏はみかげを見つめた。

「昨年の紅笠祭りで、出店の食べ物にニリンソウとよく似た毒草が混じっていて、中毒症状を起こす騒ぎになったって利緒が話してましたよね。――また起こってもおかしくない。怖い。そんな心理が働いて、この会場から祭り客が減ってしまった。

頂上広場と違って、ここは出店も少なく人もまばらです。少なくとも、飲み物を買うために暗がりの中を離れた場所へ歩かなければならないくらいには」

みかげの整った顔が、千夏を見ている。

高校時代の「みかげ先輩」と、いま千夏の目の前にいる女性は本当に同一人物なんだろうか。一瞬、そんな莫迦げた不安が頭をよぎる。

「学生の頃からとても几帳面なみかげ先輩が、混雑する時期なのに帰りの指定席をまだ買っていないとハル先輩に話しているのを聞いたとき、何かが引っかかりました。お二人は本当に明日帰るのかなって、何気なくそう思って――気がついてしまったんです。

　みかげ先輩には、ハル先輩に勝つ方法が、たった一つだけ残されているってことに」

「悪いけど、私には話が見えないわ。有馬さん」

「――その、青い砂時計のペンダント」

　千夏は静かに、みかげが首につけているペンダントを指差した。

「文字通り青い砂粒が入っているように見えますけど、外から見ただけじゃ中身が本当に青い砂なのかどうかは分かりません。もしかしたら、色の付いたガラスを通して青く見えるだけなのかもしれない。

――本当は容器の中身は砂じゃなく、何か別の粉末なのかもしれない」

　みかげがはっと身をこわばらせた。

　長い指が、千夏の視線から隠すように青いガラスの砂時計を握りしめる。

「何が云いたいの」

「大切なものを隠すにはどうしたらいいか、という話です。堂々と目の前に晒《さら》す、というのも有効な方法ですよね。盗まれた手紙を探して大騒ぎしたら、実は誰の目にも触れるところにあったという有名なミステリ小説もありましたっけ。そう、まさにみかげ先輩が先ほどやってみせたように。

　さっき、そのペンダント素敵ですねって云って、何気なく胸元に手を伸ばしたら、みかげ先輩は私の手を避けるようにペンダントをシャツの中に隠しましたよね。まるでそれを触らせたくないみたいに。あのときの態度も、なんとなくみかげ先輩らしくないな、ってちょっと違和感を覚えたんです。だって人当たりのいいみかげ先輩なら、拒否する理由があったにせよ、もっとうまく相手にそれを伝えるでしょう？

——あのときみかげ先輩は、とっさに動揺したんじゃないでしょうか。それが、本当は人から注目して欲しくない物だったから」

みかげは答えない。ただ黙って、そこに立っている。笑いながら近くを楽しげに通り過ぎていく男女の姿。

「頻繁に帰省していて、山に入るのが趣味とおっしゃっていた先輩なら、きっと知ってるはずですよね。山菜と有毒植物を誤食する事故って、毎年起こっているんだそうです。

毒って、あたしたちが思っているよりずっと身近にあるんですよ。仮に誰かを毒殺しようと計画したとき、自然に植生する有毒植物を使えば、入手経路から身元がバレる可能性ってとても低いと思いませんか。たとえばニリンソウによく似た毒草——トリカブト」

千夏の言葉に、みかげが目を見張った。信じ難いものを見るように、千夏を凝視する。

「トリカブトは山野に広く分布していて、その花は観賞用に園芸店で販売されていることもあります。トリカブトの解毒剤は存在しません。一定量を口にしたら最後、助かる見込みはまずない」

そこまで云って、千夏はぎゅっと眉を寄せた。無性に心臓が苦しく、やりきれなかった。

強く信頼し合っていた、二人の少女。

千夏は息を吸い込んだ。

「先輩」

もう一度、より強い意思をこめてきっぱりと告げる。

「それは、犯罪です」

その途端、みかげの顔が歪んだ。

下を向いて両手で顔を覆う。肩が小刻みに震えていた。泣いているのだろうか。

千夏は戸惑いながら、みかげに言葉をかけようとした。

と、顔を覆ったみかげの手の間から、くふぅ、と息を漏らすような音が聞こえた。

次の瞬間、はじけるような笑い声が起きる。

みかげは身を折り、ひどくおかしそうに笑っている。一体どうしたというのだろう。

千夏はあっけに取られてみかげを見た。

「……みかげ先輩？」

「ご、ごめんなさいね」

みかげはなおもくつくつと抑えきれない笑い声を漏らしながら、目元の涙を拭った。

「有馬さんが云った通りよ。この砂時計の中身は、青い砂なんかじゃない。私、確かにそれをハルの飲み物に混入しようとした」

千夏の身体が硬直した。――やっぱり。

しかしみかげは、そんな千夏の前で手を振ってみせた。

「だけど違うの。ああ、おかしい」

いまだ止まらぬ笑いをこぼしながら、みかげはペンダントの先に付いた砂時計をつまみ上げた。

「私が入れようとしてたのはね」

青いガラスの砂時計を、千夏の目の前で軽く揺らしてみせる。

「塩よ」

千夏はぽかんと口を開けた。

みかげは気まずそうな顔つきで告白した。

「あの子が友宏さんとの婚約にあんまり幸せそうで憎たらしかったから、ちょっと意地悪してやろうと思ったの。勿論、本人には後でちゃんとネタバラシして謝るつもりでいたのよ？」

くしゃ、と泣き笑いのような表情。

「――そうね、莫迦なことをしたわ。初めから分かってた。こんなことをしたって、何にもならないのにね」

寂しげな口調で告げたみかげが、そっと視線を伏せる。

やがて胸に手を当て、再び感心したような顔になった。

「だけど、トリカブトなんてすごい飛躍ね。びっくりしちゃった。さすがミステリ作家志望の有馬さん」

「……すみません」

俯いて小さな声で呟く。急速に顔が熱くなるのを感じた。状況が状況だったとはいえ、あろうことか自分は、慕っていた先輩を毒殺犯呼ばわりしてしまったのだ。

穴があったら入りたい。

赤面して恐縮する千夏に、みかげが慌てて胸の前で片手を振った。

「やだ、そんな謝らないで。元はといえば、私が大人げない真似しちゃったのが原因なんだから。私ったら、本当に悪い先輩ね」

屈託なくそう云われ、ますます小さくなる。

くすっと笑って、みかげがペンダントから手を離した。

「でもね、有馬さん」

後輩の気分を変えようとしてか、冗談めかした口調で云う。

「そもそも、もし私がトリカブトなんて猛毒を隠し持ってて、誰かを毒殺しようとしているんだとしたら、数ミリグラムもあれば十分じゃない？

——さあ、もう行きましょう。ハルが待ちくたびれちゃうわ。あの子、せっかちだから。こんなに心配かけちゃったお詫びに、有馬さんと芥川さんにも何か買ってあげるね」

にこやかに告げられ、身を縮めて、はいと呟く。

出店で冷たい氷水の中に沈んだ色とりどりの缶の中から、千夏はウーロン茶を二本摑み出した。店主と一言二言気さくに会話を交わし、支払いを済ませたみかげが、自分たちの飲み物を手にしたまま振り返る。

「じゃあ、またね、有馬さん。よかったら今度、東京で一緒に食事でもしない？　ハルも、きっと喜ぶわ」

「はい、ぜひ」

みかげに向かって小さく頭を下げ、今度こそ別れを告げて歩き出す。広場の入り口で植え込みの木に寄りかかっていた利緒が身を起こし、じろりと千夏を見た。

「遅い。何、話してたんだ？」

「ごめんごめん。あ、これ、みかげ先輩から」

軽く詫び、冷たいウーロン茶の缶を利緒に向かって放る。それを受け取った利緒が、呆れたような表情で呟いた。

「なんだ、たかってきたのか」

「まあ、結果的にそうかも」

バツが悪い気分で苦笑してみせる。利緒が片手で開いていた携帯電話をパチンと閉じた。

「さて、ぼちぼち帰るとするか。行くぞ」

軽く伸びをして歩き出した利緒に、千夏もその場を離れようとして、ふと足を止めた。振り返る。

誰かが大きく手を広げているように広場の木々が、風にざわめく。

あの頃、お化けや秘密や誓いや儀式や、いろんなものが千夏を取り巻く世界の中で息づいていた。

空っぽの手のひらを広げてみる。

千夏の手の中で、あのときの蛍はもうまたたかない。

再び歩き出そうとしたとき、ふと地面に何か赤いものが落ちているのが目に入った。造花の花びらだ。ねり歩きのとき、紅花みこしの飾りからでも落ちたのだろう。

なんとはなしにそれを拾い上げようとして――。

息を、呑んだ。

「ちぃ？」

その場に立ちすくんだまま動かない千夏に、利緒が怪訝そうな顔をする。しかし、その言葉すら耳に入らなかった。

口の中が干上がる。頭の中で、先ほどのみかげの台詞が響く。

(もし私がトリカブトなんて猛毒を隠し持ってて、誰かを毒殺しようとしているんだとしたら、数ミリグラムもあれば十分じゃない？)

トリカブトの致死量を的確に答えてみせたみかげ。莫迦なことをしたわ、そう呟いて伏せられた自嘲的な目。

……もしかしたら。

千夏は、頬がこわばるのを感じた。思いついた可能性に動悸が速くなっていく。

もしかしたら、千夏の推測は当たっていたのではないか。千夏が何気なく触れようとしたときに動揺し、みかげがとっさに遠ざけた、あの砂時計の中身は本当は。

そこまで考え、さらに不吉な想像が浮かぶ。

思い出される光景。みかげを庇って怪我をしたハルの赤い血が床に滴る。深い絆で結ばれた親友の二人。――買われなかった、二枚の切符。

ひょっとするとみかげは、ハルだけに毒を盛ろうとしたのではなく、自らも一緒に心中するつもりだったのではないだろうか？

――だとしたら、みかげの想い人とはハルの恋人ではなく、本当は。

胸のあたりを押さえる。振り返っても、二人の姿はもう見えない。

青い砂時計の中身は塩だったのか、毒物だったのか。密やかな心の奥底の、殺意。

「ちぃ？　どうかしたのか。置いていくぞ？」

利緒の訝しげな問いに、はっと我に返った。

「……今、行く」

不穏な思考を無理やり頭から振り払い、千夏は歩き始めた。土の上に落ちた赤い花弁には、もう目を向けなかった。

汗ばんだ拳をぎゅっと握りしめる。

――たとえば毒が全身に回り、恋する人の呼吸を止めるところを想像する。

手に入れたい。たとえ自らの手を汚して息の根を止めてでも。

自分には、そんなふうに思えるだろうか。

胸の内の不穏な問いかけは、枝葉の眠たげなざわめきにかき消された。

夏の夜風が生ぬるく皮膚の表面を撫《な》でていく。赤い提灯の連なる薄暗がりを歩いていくと、やがて頂上広場の駐車場が見えてきた。

祭りの白っぽい明るさと、浮き足立った賑やかな空気があたりを包む。素敵な休日。

胸を疼かせるその答えは、きっとまだ知らなくていい。

――未だ優しい、夏の繭《まゆ》。

# 第三章　さかさま世界

「ミステリ小説で、解決編の前に読者への挑戦がはさみ込まれているのは」

携帯電話から聞こえる高村の声が少しくぐもっている。車の行きかう音が混じる。

「ミステリ小説が、作者と読者との知的な駆け引きを楽しむゲームだからだよ」

「ふうん」

瀕死《ひんし》の蟬が鳴き、夏の終わりの太陽がゆっくりと沈んでいく。周囲を赤い色で満たす。

夕暮れ時に散歩をしながら恋人と交わす会話がミステリ談義というのは、もしかしたら相当色気がないかもしれないと思いながら、千夏は携帯電話を耳に押し当てた。

風のない黄昏の空気は淀《よど》んで、身体が汗ばんでいるのが分かる。

「エアロバイクを買おうかなと思うんだけど」

事の起こりは、数日前に千夏の口にしたこの一言だった。

「室内で自転車こぐやつ？　なんで」

高村の不思議そうな声に、千夏は思いつく限りの理由を挙げてみせた。

座ってばかりで運動不足気味だから。足腰が弱ると椎間板ヘルニアになるし、太腿も太くなるらしいし、メタボリック症候群とか、はては老後に寝たきりとか。

電話の向こうでしばしの沈黙の後、高村は一言こう云った。

「……歩け」

かくて近所を散歩中の高村を話し相手に、千夏も実家の近くの舗道をウォーキングしているというわけだが。

「ゲームやスポーツでイカサマが非難されるように、ミステリにも公平なルールが必要だ。そのルールを作った作家もいるね。有名なところだと、ノックスの十戒《じっかい》とか」

頭上の木々からひぐらしの鳴き声が降る中、高村のミステリ話が続く。自分の足音と、それより少しずれた速度で高村の足音が聞こえた。歩きながら相槌《あいづち》を打つ。

「ヴァン・ダインの二十則とかね」

公園の入り口にある大時計を見上げた。

いつもなら、勤務しているライブラリーが閉館する時間だ。こうしていると、日常の隙間にするりとまぎれ込んでしまったような心もとない感覚を覚える。

この不安は、受話器を通して高村にも伝わっているのだろうか。

「でもさ、ノックスの十戒って、中には結構変わったのもあるよね。中国人を登場させてはいけないとかさ」

「まあ、確かに二十則にしても、今の視点で見るとちょっと首を傾げたくなるようなものも含まれているよな。作中の人物が仕掛けるトリック以外に、作者が読者をペテンにかけるような記述をしてはならない、とか。これって要するに叙述トリックのことだろ？　長編小説には死体が絶対に必要である、なんていうのもあるけど、最近ではいわゆる日常の謎をモチーフにしたミステリも珍しくないし、これらのルールに当てはまらなくても評価されてる魅力的な作品は数多くあると思うよ」

「余計な情景描写やわき道にそれた文学的饒舌は省くべきである、っていうのも確かあったね」

千夏はくすりと笑った。未朝《みあさ》公園の敷地内に足を踏み入れる。緑道の続く散歩コースがあり、かなり広い。楽しげに尻尾を振って散歩するラブラドールレトリバーとすれ違った。

噴水の側を通りかかったとき、電話の向こうで高村が呟いた。

「水の音がする」

噴水の中心で、かかげた壺から絶え間なく水をあふれさせ続ける半裸の女性像は、その名も

「精霊《ニンフ》　テティス」。

夕暮れ以降は噴水がライトアップされ、豊かな乳房を惜しげもなくさらけ出した麗しきテティスを望むベンチは、恋人同士の語らいの場になることもしばしばあるらしい。

項に張りついた髪の毛を指で払い、髪を結んでくればよかったな、と少し後悔する。

千夏は自動販売機に近づくと、ポケットの小銭入れから取り出した硬貨を投入した。取り出し口にごとん、と缶の落ちる音。冗談めかして尋ねる。

「さて、問題です。何の飲み物を買ったでしょう？」

「……分かるわけないだろ」

「愛が足りないなー」

茶化して云うと、呆れたような高村の声が返ってきた。

「そういう問題か？」

手にした缶をこつんと携帯電話にぶつける。一口飲んで、おもむろに正解を囁く。

「この夏最後のサイダーでした」

水滴のついた冷たいサイダーを飲みながら、体にまとわりつく夕日の中を歩く。

しばらくして、何やら電話の向こうでピッという電子音がした。自動販売機の缶の落ちるおなじみの音が聞こえる。

不思議に思って耳をすますと、携帯電話の向こうでプルタブを引き開ける音がした。

愉快そうな高村の声が続く。

「何を買ったか、当ててみろよ」

そうきたか、と千夏は思わず苦笑した。肩をすくめて口を開く。

「さあ、分かんないな」

「愛が足りないな」

にやりとした様子ですかさず云い放った高村に、千夏はのんびりした口調で言葉を返した。

「炭酸飲料だってことくらいしか、分かんない」

電話の向こうで高村が短く息を吸い込む気配。千夏は屈託なく答えた。

「あ、当たってた？　本当に当てずっぽうだったんだけど。いつも親の敵のように缶を振る高村がそうしないのは、もしかして炭酸飲料だからかなって思って」

高村はしみじみとため息をついた。

「この夏最後のコーラだよ」

コーラを飲み下す微かな喉の音が聞こえた。

別々の場所にいる二人が同じように炭酸飲料を飲みながら歩いているのが、なんだかおかしい。彼のいる空間とつながっている感じがして、少しだけ切ないような気持ちになる。

もしも意図的にやっていることなら、高村は策士だ。

女友達の結婚が決まったとき、皆で集まってお祝いの飲み会をした。なぜその人と結婚を決めたのか、という誰かの問いに、彼女は照れたふうに笑ってこう答えた。

「長く付き合ってたから。なんとなくね」

なんとなく、という答えに当時の千夏はどこか釈然としないものを感じたが、彼女の云いたかったことが今なら少し分かる気がした。

時間を共有するということの持つ意味合いは、おそらく当人が自覚しているよりもずっと大きい。

こんなふとした瞬間に思い出す。髪の毛の中にある小さなほくろ。深夜にコタツに入り、大気汚染でほぼ人類が死滅した近未来、生き延びた男女が謎の怪物と戦うB級SF映画を一緒にテレビで観たこと。夜明け前の薄暗い部屋で、水を飲みに台所へ向かう彼の素足のくるぶしを布団の中からぼんやり眺めていたこと。

そういう時間が自分の中に堆積していって、皮膚みたいに、自分を構成する一部になる。

けれど最近、彼が屈託なくミステリ談義を持ち出すとき、ざわりと何かが胸を揺らす。

快刀乱麻に全てを解き明かす名探偵を、今の自分は彼のようなニュアンスでは語れない。

不条理な現実に流されている自分に目をつむり、耳をとざす。魅力的な妄想を一文字も紡ぎ出せないまま、パソコンの電源を落とす。世界の理不尽さに磨耗する。

夢見る力って、一体いつまで持ち続けていられるものなんだろう。

「そういや有馬、紅笠祭りに行ってきたんだって」

「うん。あれ？　あたし高村にそんな話、したっけ」

ふいに携帯電話の向こうで、あっと慌てたような高村の声がした。驚いて尋ねる。

「どうしたの」

「……いや、カエルを踏んづけそうになった。このへんて都心部のわりに緑があるせいか、ランニングしてるとよく道路に這い出てきたカエルと遭遇するんだよな」

取り繕うように高村が苦笑いする気配。

ふと、ゆでガエルの話を思い出した。

最初から五十度のお湯にカエルを入れると飛び出すが、水に入れて、そのまま温めていってもカエルは逃げ出さない。五十度になると、こてんと死んでゆでガエルになってしまう。惰性は生物を殺す。気がついたときには、きっともう取り返しがつかない。

そんなことを思いながら噴水の向こう側にぼんやりと視線を投げ、千夏は一瞬息を止めた。

噴き上がる人工の水飛沫《みずしぶき》の隙間から、誰かがこちらを見ていた。

――少女だ。千夏とよく似た顔をした少女が、その場に立ったまま真っ直ぐにこちらを見つめている。ぎょっとしたそのとき、風に流された飛沫が千夏の顔をかすめた。冷たい感触に反射的にまばたきした瞬間、少女の姿は千夏の視界から消えていた。

濡れた頬を指でぎこちなく拭う。……今のは、見間違いだろうか？

「なあ、草下《くさか》って覚えてるか？」

高村の問いかけに、千夏ははっと我に返った。携帯電話を握り直し、平常の声を装って慌てて答える。

「ごめん、誰だっけ」

「大学のとき、たまに学食で会ったことあっただろ。オレと体育の授業が一緒のヤツ」

「……ああ！　思い出した。高村とただならぬ関係にあった人」

「その冗談はよせ」

　高村が嫌そうに唸る気配。

　草下圭一《けいいち》と初めて会ったのは、大学のカフェテリアだ。授業の空き時間に千夏とお茶をしていた高村が、トレイを片手に誰かを探している様子の男子学生を見つけて声をかけた。

「おい、草下」

　高村に名前を呼ばれたその青年は不思議そうな顔になり、きょとんとした様子で高村を見返した。しばらく高村の顔をしげしげと眺めてから、ふいにぱっと笑顔になり、こう叫んだ。

「ああ、高村君！　服着てるから分からなかった」

　草下、こっちー、と呼ぶ友人らしき声に片手を振り返すと、彼は再び高村に向かって気さくに笑いかけた。

「じゃあ高村君、またね」

　残されたのは草下の背中を呆然と見送る高村と、千夏。

「――違うからな」

必死で冷静さを保とうとしている声が告げる。

「水泳の授業で一緒なんだよ」

「……あのね高村。あたし森茉莉とか栗本薫とか読むけど。ボーイズラブ小説も読むけど。いくらなんでも、そこまで飛躍した想像はしない」

「なら、いいけど」

露骨に安堵した様子の高村が呟く。

愛想がよくて人好きのする草下とは、その後も時折カフェテリアで顔を合わせ、何度か世間話をした記憶があった。

サッカー関連の話題について楽しげに草下と語る高村を眺め、ミステリ研究会の友人が交際範囲の大半を占める自分と違い、相変わらずバランス感覚のいい人だと感じたのを覚えている。

「草下君がどうしたの」

「昨日、久しぶりに池袋でバッタリ会ったんだよ。卒業して以来だからお互い懐かしくて盛り上がっちゃってさ、一緒にメシ食ったんだ。有馬のことも、どうしてるって聞いてた。まさか別れちまったんじゃないよなって」

無邪気にそう尋ねたであろう草下の様子が目に浮かんで、千夏は苦笑した。

「元気だって云っといた。いま田舎に帰省中だって云ったら、有馬さんて出身どこだっけって聞くから、Y県の天堂市だよって答えたんだ。そしたらアイツ、ふいをつかれたみたいな顔して急に黙り込んじゃってさ」

「ええ？」

高村が訝るような声を出す。

「なあ、天堂高原て行ったことある？」

「――天堂高原」

記憶の奥底に埋まっていた名称を久しぶりに耳にし、思わず目をすがめる。一瞬回想に耽《ふけ》りそうになった自分を慌てて隠すように、千夏は早口に答えた。

「ああ、うん。あるよ」

ことさらに明るい口調を作り、語る。

「子供の頃にうちの家族と、父方の叔父さんちとで夏に天堂高原のロッジに一泊するのが恒例行事だったの。自然と触れ合うのは情操教育にいいっていう父親の考えだったみたい。近場だし、どっか連れてけってうるさい子供も黙らせられるしね」

「へえ。そんな家族行事があったんだ。楽しかった？」

「それが、実はあんまりいい思い出ないんだ」

高村の問いに、千夏は大げさなため息をついてみせた。

「叔父さんちの息子が一人っ子で甘やかされまくって育ったせいか、もうすっごいワガママでさ。夜、親たちがお酒飲んで盛り上がってるときに子供だけでババ抜きやってて、その子が負けちゃったのね。そしたらその子、自分が負けたのが面白くなくて『こんなのズルだ』ってトランプばらまいて大泣き。しかも『年上なんだからちゃんと面倒見てあげなきゃだめでしょ』ってなぜかこっちの方が親に叱られるし。

その子がざまあみろって得意げな顔してるの見たら、子供ながらに納得できなくて、さすがに腹が立ったの！　でね、ちょっと驚かして、お灸《きゅう》をすえてやろうと思ったの」

高村が面白がるように尋ねる。

「驚かすって、何だよそれ」

「子供の単純なイタズラよ。真っ白なシーツかぶって、寝る前にその子の泊る部屋の高窓から顔を見せたの。ゆらゆら右に行ったり左に行ったりして、お化けだぞーって。笑っちゃうくらい単純なんだけど、暗かったから効果てきめん。そのときその子がこっちを見上げた顔、今でも覚えてるな。ぽかんと目を見開いて、口をＯの形にして。人って本当にびっくりしたときこういう顔をするんだって、変なことに感心しちゃった」

くすっと高村が含み笑いをする気配。彼の頭の中では、シーツをかぶってお化けに扮する少女の微笑ましい光景が思い描かれているに違いない。千夏は眉をひそめた。

「問題はその後よ。その子、建物中に響き渡る大絶叫しながらものすごい形相で部屋を飛び出していっちゃったの。その声にこっちがびっくりして、あたしは地面に落っこちて腰に青アザ作るはめになるし。ロッジの他のお客さんとかスタッフの人とか何事かと出てきて大騒ぎになるし。親にこっぴどく叱られて、散々だったわ」

遠い目をして息を吐き出した後で、元の話題を思い出す。

「で、草下君がどうしたって？」

「ああ、大学の夏休みに天堂高原でアルバイトしたことがあるらしい。その話題になったら草下のヤツ、なんだか急に口が重くなって、考え込むみたいに黙っちゃったんだけどさ。何かあるのかと気になって何度も聞いたら、しばらくして、珍しく真剣な顔でアイツこう云ったんだ」

和やかだった高村の声が、唐突にひそめられる。

「――もしかしたら、自分は誰も知らない犯罪を目撃したのかもしれないって」

足元の舗道で木漏れ日が眩しく揺れる。千夏は目を細めた。

「どういうこと？」

「さてね。解いてみろよ」

本気なのか冗談なのか判別のつかない口調で、高村がそんな言葉を発する。

「制限時間は、そうだな。オレがコーラを飲み終わるまでっていうのは？」

呆れた口調で千夏は聞き返した。

「もしかしてさっきの意趣返しのつもり？」

「そうじゃない」

やんわりと微笑混じりの声音。

「ただ、考えるだけ考えてみてもいいだろ？　起きたのかもしれないし、起こらなかったのかもしれない事件について」

どうやら高村は本気らしい。千夏はしばし考え、応じてみせた。

「了解。分かったわ。ただし」

「ただし？」

「……コーラの一気飲みとかしないでよね」

「しないよ」

千夏の言葉に高村が小さく噴き出した。缶を指で叩く軽い音。

「云ったろ？　ミステリには、フェアであることが求められるんだって」

*

「なじょしたらいいべした」

「んだてほだごどいっても、しゃねべ」

異界の言語が周囲を飛び交う。

草下圭一は気づかれないよう下を向いて、今日すでに何度目かのため息をついた。

——ついてない。

こんなはずじゃなかった。大学二年生の夏休み、本格的な就職活動が始まる前にサークル合宿や友人らとの旅行で心ゆくまで思い出作りに励もうと決めたはいいが、そうするには当然のごとく軍資金が必要なわけで。

　中流家庭の三兄弟、しかも末っ子である草下が四年制の私立大学に入学を決めたとき、両親は合格通知を前に喜びと哀愁の入り交じった複雑な表情を浮かべたものである。

「国公立の大学なら学費が安かったのにねえ」

　聞こえよがしにぼやいた両親に遊びに行くお金をくださいと頼み込む度胸は、普段から大らか・呑気・マイペースと評される草下でもさすがになかった。

　そんな台詞を口にしたが最後、家庭内で母親のヒステリックな罵声《ばせい》が飛ぶのは火を見るより明らかである。しぶしぶ情報誌をめくった草下の目に飛び込んできたのが、まさに観光地での短期アルバイト募集記事だったのだ。

『あなたもこの夏、素敵な避暑地を満喫しながらアルバイトをしてみませんか？　自然がいっぱい、ふれあいいっぱい』

　これだ、と思わず口に出した。

　避暑地に行けて、お金が稼げて、その上もしかしたらひと夏のロマンチックな出会いが待ち受けているかもしれない。こんな美味しい話に乗らない手があるだろうか。

　東北Y県の天堂高原は天堂駅から車で四十分ほどの場所にあり、冬はスキー場のゲレンデ、夏はキャンプやハイキング場として賑わいをみせる観光地だ。

バスを降り立ち、悠然と広がる草原に赤いリフトがゆらゆら登っていく光景を初めて目にしたとき、草下の中になんともいえないノスタルジックな気持ちが湧き起こったのは事実だ。しかし、そんな感傷はすぐにどこかへ消え去った。

七百人が収容できるキャンプ場にグラウンド、ハイキングコースにテニスコート。

夏の繁忙期という要素も加わり、草下のアルバイト先のロッジ「月灯荘」はまさしく目が回るほどの忙しさだったのだ。

ロッジの運営にとどまらず、キャンプ客へのテントやバーベキュー用品の貸し出し、はては周辺のゴミ拾いや、「テントに蛾《が》が入ってきた、どうにかして」などと無茶なことを云い出す利用客の応対にまで追われる始末である。

虫が嫌ならキャンプ場になど来るな、と客に説教するわけにもいかず、やむなく営業スマイルで低姿勢に対応する草下だった。

一日の業務時間が終わるとへとへとになり、観光に繰り出すどころではない。

せめて色っぽい出会いでも、と儚《はかな》い期待を胸に抱いてみたのだが、ロッジのアルバイトはもっぱら閑散期に入った地元のさくらんぼ農家のご婦人方が多く、草下の倍はありそうな恰幅《かっぷく》のいい腰周りのおば様が、「あんた、えらい細いねえ！　男の子はもっと筋肉つけないけんよ！」とけらけら笑いながら草下の肩を叩くのであった。

その上、昨日は地元の観光協会が企画した「天堂高原祭り」なるイベントが催され、いつもの倍近い利用客が足を運んだのである。

天堂牛と野菜と地酒、ワインやジュースが食べ放題、飲み放題とあって、バーベキューのいい匂いが高原にたちこめ、仮設ステージでは紅笠踊りや和太鼓演奏、「天堂温泉無料招待券」を景品とした抽選会などで賑わっていた。

食材を運んだり、空いたグラスを下げたりとめまぐるしく立ち動く草下に、酔って上機嫌な客たちから「おにいちゃん、若いのによく働くねえ。これ食えっちゃ！」などと声がかかり、紙皿に山盛りになった牛肉や、ワインのグラスが次々と押しつけられる。

もともとアルコールに強くない草下は、勤務中ですから、と愛想笑いでやんわり断ろうとするのだが、それがかえって謙虚な好青年とでも受け取られるのか、「若いもんが遠慮なんかすんなず、食え食え！」と全く悪気のない大らかな東北弁で問答無用に差し出される羽目になるのであった。

イベントは暗くなるまで続き、ファイヤーストームの周りでますます聞き取り不能となった酔客らの方言が飛び交い、まさにワルプルギスの宴《うたげ》もかくやという盛況ぶりだった。

二日酔いに痛む後頭部を押さえながら、なんとか起き出して持ち場についたものの、今日も今日とてなぜだかやたらと客が多い。

ロッジの売店のカウンターに立ちながら、草下が早くも恋しくなり始めた狭く居心地のいい自分の部屋に思いを馳《は》せていると、ふいに肩を叩かれた。

快活な女性の声が飛ぶ。

「草下君、レジ代わるね。休憩入って」

振り返ると、そこにあったのは同じアルバイトの七村葵《ななむらあおい》の姿だ。

可憐《かれん》な笑顔に、草下の表情が自然とだらしなく緩む。

「七村さん」

たった一つだけ、草下がここに来てよかったと心の底から思えるものがあった。葵だ。

小柄で、猫みたいな大きな瞳に薄茶色に染めた髪の毛がよく似合っている。

慣れた手つきでレジキーをまわし、登録番号を打ち込む葵から何かいい香りがした。

シャンプーだろうか。もしかして仕事の前にシャワーを浴びてきたのかもしれない、などと一人で想像して、少しだけ後ろめたい気分になる。

葵が前かがみになったとき、その胸元を凝視しないよう気を遣った。

草下がつけると滑稽にも見える派手な赤いエプロンが、葵なら途端に愛らしいデザインに見えるから不思議だ。

草下より一つ年上で、地元の女子大に通っている葵は、夏休みと冬休みには毎年ここでアルバイトをするのだという。どうしてと尋ねた草下に、葵はまるで最愛の恋人の話を持ち出されたときのようにいとしげな表情を浮かべてみせた。

「だっていい所じゃない？　自然もあるし、人もあったかいし。私、ここが大好きなんだ」

幼い頃に両親の仕事で引っ越しを繰り返したため、Y県に落ち着いたときはやっと自分の故郷ができたようで嬉しかったのだという。

そういえば葵には、イントネーションに癖がない。

ここに来たとき、聞き取りづらかった地元の言葉を「通訳」してくれたのも彼女だ。

「草下君、これ投げて」

「はい？」

アルバイト初日、従業員の男性にそう云われて廃材の入ったゴミ袋を渡されたとき、草下は思わずきょとんとした表情になってしまったものだ。

――これを投げろ、というのは一体どういうわけなのだろうか。砲丸投げのごとく、その飛距離で体力と根性を試そうとでもいうのか、はたまた背負い投げの要領で身体を鍛えろとか。

しげしげとビニール袋を見つめる草下に気がつき、葵が尋ねた。

「草下君、どうかした？」

「今、これ投げろって云われたんだけど。なんでかな」

草下の台詞を聞いた途端、葵が思わず噴き出した。申し訳なさそうに両手で口元を覆い、それでもおかしげにくすくす笑う。

「ごめんごめん、こっちではね、『投げる』っていう言葉は『捨てる』っていう意味合いでも使われるの。つまりゴミを投げてっていうのは、ゴミを捨ててきてってこと」

「ああ、そうなんだ」

この子は笑った顔がものすごく可愛い、などと的外れなことを思いながらぼんやりと見惚《みと》れてしまった記憶がある。意識し始めたのは多分それからだ。

「今日、お客さん多いんだね」

もう少し会話を続けたくて、周囲を見回す素振りをしながらそう尋ねると、葵はレジ台の下の包装紙を補充しながら小さく頷いた。

「今日は天堂高原一日体験ツアーのお客さんが来てるみたい。午前中は貫津《ぬくづ》湖のハイキングコースをまわってきたって、あっちのおじいちゃんが云ってたわ。午後はジャガジャガ見学に行くんですって」

「ジャガジャガって何？」

「やだな、草下君てば、一週間もここで働いててジャガジャガを知らなかったの？」

葵が口を開きかけたとき、ふいに乱暴な男の声が飛んだ。

「油売ってんじゃねー、七村」

「あ、叶《かのう》君」

近づいてた青年の姿に気がついて、葵は気さくに微笑み返した。

げ、と草下は胸の内で密かに舌打ちした。

叶友広《ともひろ》は地元の専門学校生で、葵と同じく毎年ここでアルバイトをしているらしい。

ロッジの運営についても勝手知ったる様子で、新人アルバイトに向かっててきぱきと慣れた指示を出す。

口が悪く、外見はやや粗暴な印象を受けるが、社員や客からの評判は悪くないようだ。

宿泊客に無料で貸し出しているＤＶＤの棚を退屈そうに眺めていた小学生くらいの男の子が、カウンターにいる叶に親しげに声をかけるのを見た。

「なー、なんか面白いのない？」

その言葉に叶がにやっと唇を歪めてみせた。

「十八歳未満は借りられねえよ」

「そんなんじゃねーよ、バーカ！」

赤くなった男の子に、カカカと豪快な笑い声を上げる。冗談だ、と云って続ける。

「自然のど真ん中で、ンなもん見てんじゃねえよ」

決して悪いヤツではなさそうだ、というのは分かったが、草下がこの男を苦手なのには理由があった。

「叶君、確か午後から『ジャガジャガの里』の売店にシフト入るんでしょ。草下君がジャガジャガを知らないって云うから、今話してたの」

「あ、そ」

三白眼でつまらなそうに草下を一瞥《いちべつ》する。お前になど興味はないのだ、と云いたげなあからさまなその態度に、さすがの草下もムッとした。

それに気づいているのかいないのか、葵がにこやかな口調で説明する。

「ジャガジャガっていうのはね、Y県の指定文化財なの。一部でミステリースポットなんて云われてる、不思議な場所なんだ」

「ミステリースポット？」

「うん。ジャガジャガは、山の中腹にある巨大なすり鉢状のくぼ地なの。数十センチくらいの大きさの穴が地面にたくさんあいててね、真夏でもそこから冷風が吹き出すの。どういうわけか、大雨が降っても絶対に底に水がたまらないのよ」

「へえ」

草下は面白がるような声を上げた。淀みない口ぶりで葵が続ける。

「それだけじゃないわ。ジャガジャガは、普通の高山と植生がさかさまなの。普通は標高が高くなるにつれて低木になって、最後は高山植物しか生えないでしょう？　それが、地中から冷気が吹き出して底の方が気温が低くなるからでしょうね、低い方に高山植物が群生してて、ちょっと超自然的っていうか、異様な眺めよ。学術的にも貴重な場所なんですって」

「ジャガジャガって、変な名前だね」

「そうね。確か名前の由来にはいくつか説があったと思うけど、東北地方でデコボコの地形を表すジャガジャガっていう方言からきたとか。ちょっと怖いけど、姥捨《うばす》て山伝説で、お年寄りを山に捨てに行くとき、置き去りにされた彼らの泣き声が聞こえないよう帰り道で打ち鳴らした鳴り物のジャガジャガいう音が由来だっていう説もあるかな」

「うわっ、何それ、エグイ」

「日照りの年に口べらしのためにお年寄りを山奥に置いてきたっていう姥捨て山伝説に関連して、ジャガジャガは霊場としても信仰されてるの。死者の魂が龍神を昇天させ、雨を呼んだっていう『龍神伝説』も有名なのよね」

「ああ、なるほどね。だから土産物屋で、やたら龍のキーホルダー売ってたんだ」

一人で感心したふうに呟くと、葵が小さく笑みをこぼした。

「草下君て、面白い」

そのやりとりを、叶がどこか不機嫌そうな表情で眺めているのに胸がすく思いがした。

剣呑《けんのん》な目つきが、好意的とは云い難い視線を草下に向ける。

アルバイトを始めてすぐに、叶が草下を意識しているのに気がついた。ことさらぞんざいな口調で指示を出し、休憩中に仲間内でわざと早口の方言を喋って、草下が入り込めないようにしたりする。

はじめは単純に観光気分でアルバイトにやってきた都会のちゃらちゃらした学生が気に入らないのかとも思ったが、どうもそれだけではないようだ。

普段は自分から話しかけてくることなど絶対にないくせに、草下が葵と二人で会話しているときに限ってまるで見張ってでもいたかのようにやってくる。草下がシャーロック・ホームズでなくとも、結論は容易に導き出せた。

　叶は葵が好きなのだ。

「不思議だな。どうして穴から冷風が吹き出すんだろう」

　純粋に質問の答えを知りたいというよりも、葵ともっと会話を続けていたくて、草下はそう口にした。苦労知らずの都会っ子でも、これくらいの腹芸はできる。

「それはね」

　草下の問いに応《こた》えて葵が話し出そうとしたとき、チッと叶が舌打ちして、それを横から奪い取った。

「すり鉢状のくぼ地は、山の一部が地すべりで崩れたときに、崩れはじめの部分がへこんでできた。数十センチから数メートルの大きな岩になって壊れたから、周辺一帯には大きな岩が積もってる。地面にあいた風穴から冷風が吹くのは、冬の間に大岩の間に冷気が蓄えられて、大岩そのものをも冷やすからだといわれてる。くぼ地の周りの木々が太陽の光を遮るから、直射日光があまり当たらなくて温度が上がりにくいんだ」

　一気に早口に喋った叶に、葵が手を叩く真似をした。

「正解。さすが叶君」

「こんくらい、ここで働くなら当たり前だ」

叶が勝ち誇った笑みを浮かべて意地悪く云う。

「東京から来たにーちゃんは、あ、が、す、け、だからな」

草下を横目で見て聞こえよがしにそう云うと、とりあえずは気が済んだのか、叶は二人に背を向けた。肩越しに振り返って釘を刺す。

「七村、サボってんなよ」

喋り方に特徴のある叶が発音すると、「七村」が、なーむら、と聞こえた。

売店の外へ出ていく背中を見送って、草下は葵に尋ねた。

「あがすけって何？」

葵が困った表情で曖昧な微笑を浮かべる。どうやらあまりいい意味ではないらしい。

「叶君、口が悪いから。根はいい人だから気にしないで」

アルバイト同士のよしみからか、葵がやんわりとフォローする。

「あれで結構頼りにされてるのよ。ああやって一時間おきくらいにふらっと外に出ていくでしょう。トラブルがないかどうか、自発的に見回ってるのよ」

「トラブルねえ」

単にサボりたいだけではなかろうか、という草下の不審を察したのか、葵は苦笑した。

「ホントよ。去年、近くでボヤ騒動があったから余計ね。行楽シーズンで入山するお客さんが増えると、たき火や花火の不始末なんかで人為的な山火事が起こる危険性が高くなるでしょ。草木って酸素を含んでるから、あっというまに燃え広がるものなの。火事が起こったら、それこそ営業どころじゃないもの」

心なしか憂い顔で話す葵に、ふうん、と草下は頷いた。この子は本当に自然が好きなんだな、と思う。

「ねえ、草下君」

心なしか声のトーンが変わって、ふいに葵が尋ねた。

「草下君て、付き合ってる女の子いる？」

唐突な質問に驚いて葵を見ると、葵は生真面目な表情で草下をじっと見つめていた。

――落ち着け。激しい動揺を押し隠して、必死で平然とした声を装う。

「や、今、いないけど」

「そう」

葵が静かに呟く。そのニュアンスからは、感情は読み取れなかった。

裏返りそうになる声で、草下が思いきって尋ね返す。

「七村さんは、彼氏いないの？」

「うん、いない。前はいたけど別れちゃった。私、だめなの。自分のこと大切にしてくれない男の人ばかり好きになっちゃう。私よりも趣味とか仕事を優先させる人っていうか。たぶん自分にとって何か特別なものを持ってて、それに打ち込んでる人が素敵に思えちゃうのかなあ」

葵はそう云って少し寂しげに微笑んでみせた。

「草下君て、彼女のことすごく大事にしてくれそうな感じよね。草下君の彼女になる女の子って、絶対幸せだと思う」

動悸が一気に速くなった。もしかしたら自分はこの上ないチャンスを手にしているのではなかろうか。彼女は密かにずっと、草下からの告白の言葉を待っていたのかもしれない。いや、しかしそんなうまい話があっていいものだろうか。

葛藤《かっとう》する草下をよそに、葵はそっと目を伏せると、微かな吐息と共に独白めいた呟きを吐き出した。

「女って、ちゃんと好きとか口にして云って欲しいものなのよね」

頭を殴られたような衝撃を覚えた。やはり、そうだ。彼女は自分の言葉を待っているのだ。

握りしめた拳に力が入った。女性の方からここまで云われて、行かなければもはや男ではない。

幸いなことに、邪魔者の叶も今はいない。

息を吐き出す。覚悟を決め、あらためて葵に向き直る。

「――七村さん」

葵が視線を上げ、上目遣いに草下を見た。と、そのとき。

「ごめんなさーい、コレいくらだったかしらあ？」

年配の女性客の間延びした声に勢いをくじかれ、草下は思わず前につんのめりそうになった。はーい、と葵が返事をする。

再び葵に目をやったとき、そこにはつい今しがた草下に向けた切なげな空気は微塵《みじん》もなかった。葵は普段の明るい表情に戻ると、草下に向かって小さく片手を振ってみせた。

「じゃあ、草下君、あとでね」

「ああ、うん」

肩透かしを食った心持ちになりながら、ぎこちなく手を振り返し、草下は仕方なくその場を後にした。

廊下を通って従業員の休憩室に向かうと、ポケットからタバコを取り出して火をつけた。年季の入ったソファにもたれかかってゆっくり煙を吐き出すと、窓からロッジの売店と、隣り合わせの食堂の様子が見えた。

葵が腰の曲がった初老の女性に何か尋ねられたらしく、身を屈めて目線を下げながら丁寧に説明をしている。おつりを返すとき、そっと両手で包むようにして渡す。

接客業で当たり前に行われる一つ一つのそんな仕草が、なんだかやたら草下の胸に残った。

彼女はたぶん人が好きで、自然が好きで、自分以外の存在ときちんと向き合って敬意を払うことのできる種類の人間なのだろう。

満員電車で他人と押しあうとき、意識はそれを「自分」と「その他大勢」と見なす。

道を歩いているとき、宣伝広告を配る人を電柱や看板と同じ「モノ」として無視する。

そこに個々の人格は存在しない。いちいち他人の人格を尊重していたら、現代社会では生きていけない。そんなこと当たり前だ。だけど。

草下は窓の外を見た。

葵が客に自然な笑顔を向けるのが目に映る。

観光地のアルバイトで知り合った女の子に恋するなんて、掃いて捨てるほどある単純な図式。

だけど自分は、この子が本当に好きなんだ。


昼の時間帯は、最大級の台風が上陸したような忙しさだった。

ロッジの食堂がツアーの参加客で埋まり、外のテラスに順番を待つ列ができるくらいだ。めまぐるしく動き回る草下に、葵といい雰囲気になった余韻に浸る暇があるはずもなく、ただひたすら客のオーダーを取り、食器を下げる。

一緒にフロアに入った叶が、無愛想な口調で草下に云った。

「八番テーブル、ゆで卵切れてんぞ」

ハッとした。各テーブルの上にゆで卵とおしんこ、黒糖を使った小さな饅頭の載った皿がそれぞれ置いてあり、「ご自由にどうぞ」と書いた紙が貼ってある。

いずれも地元の名産品の宣伝として、観光協会から頂いたものだ。

これだからよそモンはな、と聞こえよがしに叶が発した嫌味は聞き流す。何せ自分は、今や葵に関して叶より一歩も二歩もリードしているのだ。

頬が緩みそうになるのをこらえ、気を引き締めて仕事に集中する。何度もテーブルと厨房を行ったり来たりしているうちに、草下はふと不思議なことに気がついた。

食堂の隅のテーブルで食事をしている三人の客の様子が、なんだか妙なのである。

テーブルを挟んでいるのは品のいい中年の男性と女性、そして二十代と思われる大柄な青年だった。

年齢から見て、おそらく親子連れだろう。しかし賑やかな店内で、彼らは全く口を利こうとしない。厳密に云えば、中年の男性と女性は時折会話を交わすのだが、青年は何が気に入らないのか一人でむっつりと黙り込み、ただ黙々と食事をしているのである。

中年男性と女性も、どことなく青年に対して気を遣っている素振りで、積極的に彼に話しかけようとはしない。

仲が悪い親子なんだろうか。でもそれなら年頃の息子が親と旅行なんてしないだろう。

両親がひきこもりの息子を説得して、家族旅行に連れ出したとか。

草下が観察しながらあれこれ勝手な想像をしていると、ふいに青年が二人の方に饅頭の載った皿を押しやった。ぼそりと低い声。

「とうちゃん、かあちゃん、饅頭は？」

語尾が上がる感じのイントネーション。叶とよく似た、東北訛《なま》りの喋り方だ。

女性は少し驚いた顔をしたが、息子にそれをすすめられたことが嬉しかったのか、優しい口ぶりで答えた。

「あらまあ、ありがとう。餡《あん》こは苦手だからやめておくわ。甘いものはお父さんの糖尿病にも障《さわ》るしねえ」

背後から苛立たしげな声が飛んだ。叶だ。

「ぼやっとしてんじゃねえ」

その声に、食券を買って入ってきた客を慌てて席に案内する。

ピークの時間帯を過ぎると、ようやく店内が落ち着いた。空いたテーブルを片付けていると、前触れなく葵が食堂に姿を現した。

「草下君」

「あれ、休憩中じゃないの」

驚いて尋ねると、近づいてきた葵はややバツが悪そうに草下を見た。

「うん、ヒマだったから、こっち手伝おうかなって思って。……邪魔？」

「まさか」

一気に胸の鼓動が速くなる。彼女も同じように自分に特別な好意を寄せてくれているのだと、草下は密かに確信した。

「これ、運んじゃうね」

葵が草下からトレイを受け取り、そそくさと厨房に歩いていく。叶が忌々しげにこちらを見ているのに気がついたが、フロア主任と何やら打ち合わせの最中らしく、さすがに席を立つことはできないようだ。ざまあみろ。

胸の内でほくそえんだ草下の視界の端に、あの大柄な青年の姿が映った。瞬間、ぎくりとする。青年が、何か物云いたげに草下の方をじっと凝視していたのだ。息を呑む。

しまった、先ほど興味本位で彼らを観察していたのがバレたのだろうか。

客を不躾《ぶしつけ》にじろじろ見やがって、とでもクレームをつけに来る気なのだろうかと思い、冷や汗をかく思いで草下はおどおどと青年を見返した。

いかにも鍛えているふうな体格といい、目つきの鋭い人相といい、腕っぷしということにでもなれば、到底草下に勝ち目はない。

すると意外なことに、青年は草下の視線に動揺したようにふっと目をそらしたのである。

草下は拍子抜けした思いでその場に立ち尽くした。一体、何だというんだ？

テーブルを拭く素振りをしながら、なおもさりげなく青年を盗み見ると、彼が草下だけでなく、厨房の方や、店内の他の従業員をも気にしているのが分かった。

何やら落ち着かない様子で、周囲の様子を窺っている。

その態度は、自然を満喫しに来た優雅な観光客とはとても思えなかった。

明らかに怪しいというか、挙動不審である。草下は怪訝に思って目をすがめた。コイツ、一体何なんだ？

たまたま隣のテーブルに料理を運んできた葵に向かって、青年がぼそりと尋ねる。

「おしんこは？」

葵は少し驚いた顔をしたが、訝るような目を青年に向けると、きっぱりとした口調で伝えた。

「ありません」

やがてロッジの入り口の方で、ツアーのガイド役らしい女性のはりきった声がした。

「ジャガジャガ見学コースにご参加の皆さーん、まもなく出発しますので、準備ができましたら一階ロビーまでお集まりくださーい」

その声に促されるように、食堂の客たちが徐々に席を立ち始める。

「そろそろ行きましょうか」

中年男女が席を立ち、青年も無言でそれに続く。彼らが出ていく後ろ姿を見送って、草下の肩からようやく力がぬけた。

一体何だったんだろう、今の青年の不審な態度は。

食器を片付けながらぼんやりとそんなことを思っていた草下に、近づいてきた叶がふてくされた顔で云い放った。

「しっかりやっとけや」

叶はまだ草下に何か云いたげにしていたが、これから「ジャガジャガの里」とやらに移動しなければならないらしく、不満げな顔つきで食堂から出ていった。

微かに唇を尖らせた叶の横顔が一瞬傷ついた子供みたいに見えて、草下は少しだけ後ろめたいような気分になった。彼は彼なりに、葵のことを真剣に想っているのだろう。

唐突に草下の動きが止まった。

自分が先ほどの青年に覚えた違和感の正体に気がつく。

『とうちゃん、かあちゃん、饅頭は？』

叶とよく似た、東北訛りの喋り方。

——彼は地元の人間ではないのか。地元の人間が、なぜわざわざこんなツアーに参加しているのだ？

なんだか不吉な胸騒ぎがした。

そして嬉しくないことに、草下の嫌な予感はかつて外れた試しがないのだった。


「草下君、これ届けてけねが？」

モップで床を拭いていた草下に、フロア主任が声をかけた。

「ジャガジャガの里で、両替用の小銭が切れそうなんだて。いま車が出払っとって。そんなに遠くないから、悪いけどひとっ走り頼むわ」

「分かりました」

「オレの自転車、使ってえーよ」

自転車の鍵と硬貨の入った袋を受け取りロッジの外に出ると、色濃い緑の匂いがした。あちこち錆びついた自転車にまたがって、両側を木々が覆う道路を走る。自転車のサドルが草下にはやや高い位置にある上に、急な角度のついた下り坂のため、結構怖い。軽くブレーキをかけながら慎重にこいでもすぐにスピードが出てしまい、カーブに差しかかる度にひやりとした。

頭上から、気持ちが悪いほど大音量の蝉の合唱が降ってくる。

案内板に沿ってしばらく一本道を走ると、道沿いに「ジャガジャガの里」という看板の出た小さな店が見えた。土産物屋と農産物の直売所、喫茶店が営まれている。

「ジャガジャガはこちら」と矢印の書かれた山道の前で、頭にタオルを巻き、龍がプリントされたTシャツ姿で売り子をしている叶の姿を見つけた。

丁度ツアー客らが見学を終えたところらしく、他の場所へ移動する者や、一休みして土産物を眺めるグループなどで周囲は賑わっている。

叶は何やら美味しそうな醤油の香りがするタレの入った鍋で、丸いコンニャクを串に刺したものを煮ていたが、草下の姿を見るとむっつりとした様子で「おう」と呟いた。

「お疲れっす」

草下が両替用の小銭を差し出すと、礼を口にするでもなく、無言でぶっきらぼうに頷く。

もう帰っていいぞ、という意味らしい。やれやれ、と思いながら草下が再び自転車にまたがろうとすると、ふいに叶が鍋の中からコンニャクの刺さった串を一本取り出した。

怪訝な顔をする草下に向かって、黙ったままそれをぐいと差し出す。

草下は目の前に突き出されたコンニャクと、唇をへの字に曲げた叶の表情とを見比べ、戸惑いながらそれを受け取った。

「あ、どうも」

叶はふん、というようにそっぽを向くと、再び鍋をかきまわす作業に戻った。

一瞬、何かよからぬものが入っているのではなかろうな、という疑念が浮かんだが、貰ったものは素直に頂くことにする。

自転車をこいできた身としては、できれば温かい食べ物より冷たい飲み物の方がありがたいなと思ったが、贅沢は云わないことにした。一口齧《かじ》ると醤油の濃い味がして、美味しい。

コンニャクを食べながら、さりげなく周囲を見回す。先ほどの親子連れの姿は見当たらない。食堂での不自然な青年の様子が、なんだか妙に気になった。

「あの、さ」

口の中のコンニャクを飲み込むと、草下は思いきって叶に声をかけた。

「ツアー客の中で、親子連れを見なかった？」

「ああ？」

まだいたのか、というふうに叶がじろりと草下を睨みつける。

その迫力にやや怯んだが、ここで引き下がってはなるまいと草下は懸命に言葉を続けた。

「さっき、ロッジの食堂に来てた人たちなんだけど」

叶は不機嫌そうに眉を寄せたが、草下の真剣な眼差しに気がついたのか、乱暴な口調で云い捨てた。

「ツアー客はもう全員出たはずだけどな、親子連れなんざ見なかったぜ。昼間から寝ぼけたこと云ってんじゃねえよ」

「見な、かった……？」

呆然と呟いた草下の横で、若い女性の二人組みがはしゃいだ声で注文をする。

「すみません、玉コンニャク二つくださーい」

あいよ、と威勢よく答えて叶が接客に戻る。

草下は困惑しながら入り口の看板の奥へ視線を向けた。ジャガジャガへ続く細い道から、「ほんとに穴から冷たい風が出てたねー、不思議だわあ」などとのんびり喋る女性客らが歩いてくる。

少し迷った後、草下はそちらに向かって歩き出した。

看板の前を通り過ぎ、そのままジャガジャガへと延びる遊歩道を突き進む。

我ながら勤務中に何をしているのだろうという思いが頭をかすめた。叶にでも見咎《みとが》められたら、きっとこっぴどく嫌味を云われるに違いない。しかし、先ほどの不自然な親子の様子が無性に気にかかった。

出入り口にいた叶が姿を見ていないのだとしたら、まだ中にいるのではないだろうか。

観光用に舗装されているとはいえ、かなりでこぼこした道を足早に下ると、ジャガジャガの入り口にあたる道路の切れ目に差しかかった。蒸し暑さにどっと汗が噴き出す。

くぼ地に降りると、目の前にだだっ広いすり鉢状の地面が広がった。人は誰もいない。

鬱蒼と茂る夏草の間に、砕いたように尖った形の石が散乱し、一定の間隔でぼこぼこと地面に風穴が開いている。理由も分からず、ごくりと唾を飲み込んだ。

何か不気味なものに触れるような感覚。

照りつける日の下でも冷たい風が吹き上げるという、その暗い穴の中に手を差し入れてみたいという欲求は、そのときの草下にはまるで起こらなかった。

先ほどの賑やかさが嘘のごとく、耳がキーンとなるような静寂が身を包む。

どこか現実離れした異様な景観。普通と反対の植生。見ている光景が逆転する。

これは、さかさまの世界だ――。

混乱しながら、よろよろと歩いてその場を離れた。

草下は自転車のスタンドを蹴り上げると、それを押して、いま来た道を戻り始めた。

何かがおかしかった。

出入り口にいた叶は、親子連れなど出てこなかったという。

叶が嘘をついているのでないとすれば、ツアー中の彼らは一体どこに消えたというのだろう？　食事中のよそよそしい親子の態度を思い出す。およそ観光に来たとは思えない、周囲の目を気にする不審な青年。草下の頭の中に、不吉な考えがよぎった。

……まさか一家心中とか。

坂道を歩きながら一人であれこれ考えていると、次第に不安が募ってきた。

とにかく落ち着こうと、草下は脇道に自転車を止めた。ジーンズのポケットをまさぐってタバコを取り出す。

火をつけて煙を深く吸い込むと、次第に動揺がおさまってきた。同時に、今しがたの自分の取り乱しようが気恥ずかしく思えてくる。

一体何を考えているんだろう。心中だなんて、莫迦莫迦しい。

己のたくましい想像力に思わず苦笑して、首を振る。早くロッジに戻らなければ。

タバコを始末して立ち去ろうとしたそのとき、ふいに近くの茂みがガサリと動いた。

音のした方を振り向いて、草下は驚きのあまりその場に凍りついた。

――あの青年だ。

先ほど食堂で不審な行動を見せた大柄な体軀の青年が、いつのまにかそこに立っていたのだ。思いがけない状況にうろたえる。

どうして。なぜこんな所に。

青年は鋭い光を宿した目で、射貫《いぬ》くように草下を見た。その全身から、決して穏やかではない空気が明確に伝わってくる。ひくりと喉が震えた。

青年は草下を至近距離で見据えたまま、無言でゆっくりと近づいてくる。周囲に人影はない。

「あ、あ」

とっさに助けを呼ぼうとしたが、恐怖心のせいか喉が塞がれたように声が出なかった。

青年のただならぬ強い視線が草下を捉える。

ふいに、強い風が吹き抜けた。遠くで誰かが慟哭《どうこく》しているようなその音に、葵の言葉が頭をよぎる。姥捨て山。ここは霊場なの。山奥に置き去りにされた、彼らの泣き声が聞こえないように——。

本能的な恐怖心が全身を駆け巡った。暗い想像が浮かぶ。——コイツは。

草下は短く息を呑んだ。もしかしたらコイツは、自分の両親を殺害して山中に埋めたのではないか。そして不審な行動に気がついた草下を、今ここで始末しようとしているのに違いない。

突然の出来事に動けないでいる草下の前に、ついに青年が立ちはだかった。

手を伸ばせば、容易に草下の首が絞められるほどの距離。自分の足が震えているのに気がついた。手のひらにじっとりと汗が滲む。——殺される。

そう思ったとき、草下に向かって唐突に青年が低く呟いた。

「……行け」

え、と草下は目を見開いた。頭上でギャアッと鳥の大きな鳴き声。

途端、呪縛が解けたように草下の足が動いた。慌てて男の横をすり抜け、もつれそうになりながら自転車にまたがる。そのまま必死にペダルを踏んで坂道をこぎ続けた。

一瞬だけ肩越しに振り返ると、緑の中、じっとこちらを見つめる青年の姿があった。

*

「……ふうん」

ぬるくなったサイダーの缶を弄びながら、千夏は小さな呟きを漏らした。

携帯電話を持つ右手が少しだるい。

「観光ツアー中、人が消えた。確かに変な話ね」

「ああ」

高村が相槌を打つ。歩きながら話していると、公園の出口が見えた。

ぷつぷつと途切れる感じで「通りゃんせ」の電子音が聞こえる。近くの小学校からだろうか。無性にどこかに帰らなければいけないという気にさせる夕暮れ。

電話の向こうで、高村がまたコーラを飲み下す微かな音がした。

イタズラめかした口調が、挑むように千夏に告げる。

「――あと、二口くらいで飲み終わるけど？」

千夏は黙り込んだ。その沈黙をどう解釈したのか、高村が苦笑いをする。

「残念ながら、解答は出ないみたいだな」

もはや中身のほとんど残っていないコーラの缶を、高村が口に運ぼうとする気配。

千夏は口を開いた。

「一つ聞いていい？」

高村がふいをつかれた様子で一瞬黙り、すぐに答えた。

「何だよ」

「草下君と叶君のことなんだけど」

千夏は目を細め、柔らかな口調で云った。

「その後、彼らは二人とも七村さんにフラレたんじゃない？　違う？」

電話越しに、高村が足を止めたのが分かった。

千夏はおかしいような、少しだけ切ないような気分になりながら続けた。

「——そもそもの原因は、草下君の思い込みだったのよ」

「どういうことだよ」

千夏の台詞に困惑しながら、高村が不思議そうに尋ね返す。

「『ジャガジャガの里』で、草下君は叶君に『親子連れを見なかった？』と聞いたよね。叶君は親子連れなんて見なかったと答えた。だけどもし草下君が、年は幾つくらいで、こういう背格好をした人を見なかったかという尋ね方をしていたら、叶君はきっとこう答えたはずよ。『ああ、その人たちなら見たよ』ってね。叶君が嘘をついたわけじゃない。ツアーの参加客に本当に親子連れはいなかったの。だって草下君が見た彼らは、一緒に行動していたわけでもなければ、親子でもない。赤の他人同士だったんだもの」

「……親子じゃない、だって？」

訝しがるような高村の声が耳元で響く。

「状況を考えれば、答えはおのずと推測できるじゃない？」

千夏は軽く微笑んだ。

「混雑したお昼どき。お店の前には、席が空くのを待つお客さんの列ができていたんでしょう？」

あ、と高村が小さく声を上げた。どうやら彼もその可能性に思い当たったらしい。

「――相席か」

「そう。中年の男女とその青年は親子連れじゃなくて、たまたま同じ席に座っただけの他人同士だったのよ。草下君はその青年の独特のイントネーションに、もしかしたら地元の人間じゃないかっていう疑念を持ったのよね。だけど中年夫婦が喋ったときにはその違和感を覚えていない。両親が標準語で、子供だけが東北訛りのある言葉を話すってちょっとおかしくない？　そりゃ、絶対にないわけじゃないとは思うけど」

千夏は肩をすくめた。

「それに青年が中年夫婦にお饅頭をすすめたとき、彼らは餡こが苦手だから、糖尿病に障るからといって断っているわよね。家族の食べ物の好みや持病を全く知らないって、やっぱり不自然だと思う」

「……そりゃそうだ」

高村が口の中で短く呟く。

「問題は、その青年がなぜ不審な行動を取っていたのかよね。地元の人間がわざわざ体験ツアーに参加して、しきりと周りの様子を気にしたり、草下君の前に突然姿を現してみたり。明らかに不自然な行動だわ。だけどそれも、こう考えれば説明がつくの」

千夏はおもむろに云った。

「その青年はね」

短く言葉を切る。

「七村さんの、別れた恋人だったんだ」

「はあ?」

高村が意外そうな声を発する。あっけに取られたふうに呟いた。

「恋人、だって?」

千夏は頷いた。

「話を聞いてて、一つ妙だなと思ったんだ。草下君の印象では、七村さんは天堂高原が好きで、夏と冬には毎年必ずアルバイトに来るほど愛着を感じているんでしょう？　そこでの仕事に熱意を持っていて、丁寧な接客をする、とても感じのいい人なのよね？　なのに、この青年が食堂で『おしんこは？』と尋ねたとき、彼女は『ありません』とだけつっけんどんに返事をしてる。『申し訳ありません、もう終わってしまいました』とかなんとか、接客の上でいくらでも丁寧な言葉がありそうなものじゃない？　普段の七村さんらしくない無愛想なこの態度は、彼が七村さんと複雑な間柄にあったからじゃないのかな」

（私、だめなの）

葵が草下に呟いたという台詞を思い起こす。

（自分のこと大切にしてくれない男の人ばかり好きになっちゃう。私よりも趣味とか仕事を優先させる人っていうか）

見ていた世界が、反転する――。

「元恋人の青年は、七村さんと別れたことを後悔して、彼女ともう一度やり直したいと望んだんでしょうね。だけど七村さんに拒否された。あきらめきれない彼は、遠くから彼女の様子を窺うような形にならざるをえなかったのよ。天堂高原一日体験ツアーに参加したのはきっと、彼女が大切にしているものについて知りたかったから。彼女のことを理解したいと、そう思ったから」

誰かが誰かを想う。拙《つたな》く、それはとても不器用な方法で。

千夏は苦笑した。

「人を殺害して山中に埋めたなんていうのは、草下君の完全な早とちりよ。叶君の説明によれば、ジャガジャガっていうのは山の一部が地すべりで崩れたときにへこんでできたもので、周辺一帯には大きな岩が積もってるのよね？　柔らかい土ならともかく、そんな掘るのに苦労しそうな地質の場所をわざわざ選んで死体を遺棄したりするわけないと思う。ていうか、人知れず殺人を犯そうっていう人がそもそもツアーになんか参加しないよね、普通」

「まあ、そりゃ、そうだよな」

つられたように高村が低く笑うのが聞こえた。

「おそらく彼は『ジャガジャガの里』で届け物に来た草下君を見かけて、こっそり後を追いかけたんでしょうね。七村さんと親しく口を利いていた若い男の子の存在が気になったのか、あるいは同じアルバイトの草下君から、七村さんの様子を聞き出したいと思ったのかもしれない。途中で自転車を止めた草下君に、チャンスとばかりに近づこうとした。でもそのとき、彼は見てしまったのよ。草下君が、タバコをポイ捨てするのを」

空になったサイダーの缶を放る。

空き缶は、軽い金属音を立てて路肩のゴミ箱に飛び込んだ。

「草下君が届け物を頼まれたのは偶然の出来事だったはず。休憩室で吸うタバコくらいはポケットに入れていたでしょうけど、携帯用の灰皿まではどうかしら？　親子連れが消えたと思い動揺していた草下君は、気分を落ち着かせようとタバコを吸い、そして吸い殻を山中に捨てるというちょっとしたマナー違反を犯したのね。それを目にした七村さんの元恋人は、草下君の行為を咎める気持ちで思わず近づいた。天堂高原では前年にボヤ騒動があって、七村さんがとても悲しんだのを知っていたから。特にレジャー客が多い季節は人為的な山火事が起こる可能性が高いと心配しているのも知っていたから、偶然見かけたその行為に黙っていられなかったんでしょうね。勢いでつい草下君に詰め寄ったものの、七村さんの周りをうろついていたことや、後をつけていたという自身の後ろめたさもあって、結局口を閉ざしてしまったんじゃないかな」

「ああ」

合点がいったというふうに、高村が呟いた。

「そういうことだったのか」

「とにかく、その人は恐ろしい殺人者なんかじゃない。云うなら、恋人の心を取り戻そうと奮闘する一途《いちず》な青年ってとこかな」

千夏の唇が、自然と笑みの形を作る。

「そして多分、七村さんもね」

高村が訝しげな声を出す。

「何？」

「だって休憩中の七村さんがわざわざ食堂に手伝いに出てきたのっておかしくない？　混雑がピークの時間帯ならともかく、一段落して店内が落ち着いた頃によ？」

千夏はいたずらっぽい瞳で人差し指を唇に当てた。

「休憩室の窓からは、ロッジの売店と、隣り合った食堂の様子が見えた」

(――女って、ちゃんと好きとか口にして云って欲しいものなのよね)

寂しげに伏せられた視線。彼女が待っていたのは。

「つれなかったかつての恋人が、自分の関心を引きたくて、自分のことを知ろうとしてそこにいる。窓越しに彼の姿を見た七村さんは、居ても立ってもいられなかったんでしょうね。もし彼女に全く未練が残っていなくて、二度と関わるつもりがないなら、彼の前に自分から姿を見せて側を行き来するなんていう真似はしないはずよ。つまり七村さんも同様に、別れた恋人のことを忘れられず想っていたの。草下君と叶君にはお気の毒だけど、彼女が待っていたのは、最初からたった一人の言葉だったってこと」

成る程ね、と同情気味に呟きかけた高村が、再び不思議そうな声になって云った。

「……でも、おかしいだろ」

「おかしいって」

「ロッジの食堂で、その青年は同じテーブルの中年夫婦に向かって、とうちゃん、かあちゃんって呼びかけたんだろ？　親子じゃない赤の他人だっていうんなら、それって変じゃないか」

「ああ、そのこと」

千夏は小さく肩をすくめた。

「草下君だって、いろんな人から呼ばれてたじゃない」

「え？」

「おにいちゃんとか、東京から来たにーちゃん、とか。だけど草下君は彼らと兄弟関係なわけじゃないでしょ？　同じように、この場合のとうちゃん、かあちゃんっていうのは、年配の男女に対する親しみを込めた呼び方なのよ。東北の方ではそんなふうな呼び方をすることもあるの。別に実際の親子関係を指してるわけじゃないのよ」

しばし沈黙が落ちた。

一気にコーラを飲み干す音。電話の向こうで、どこか拗ねたような声が呟く。

「……アンフェアだ」

子供じみた高村の口調に苦笑した。

走り去るように夕空が消え、薄闇をまとい始めた住宅街を歩く。

ぽっかりと薄く白い月が浮かんでいた。

見上げて一瞬だけ、自分がどこに帰ろうとしているのか分からなくなるような不安がよぎる。全部が全部フェアなことだけじゃない。最後に探偵のロジックで全てが解き明かされる世界。それはとても綺麗だけれど。

「ねえ、高村」

目をつむる。火薬の匂い。近所の庭先で子供たちが花火をやっているのだ。

「私、土の中に埋まってるような気がする」

小さな夏が燃えて、はぜる。

秋のとばくちだ。

# 第四章 ボーイズ・ライフ

テーブルの上の携帯電話が、高村からの着信を告げた。

通話をオンにするや否や、開口一番に高村が云う。

「テレビ、つけてみて」

土曜の朝、ゆっくり眠りについている家族をそのままに千夏が一人で朝食を摂《と》っていたときだ。

仕事を休んでからは曜日の感覚が曖昧なので、なんとなくいつも通りの時間に身体が目覚めてしまう。生活のリズムが呪いのように身体に染みついているんだな、とあらためて思う。

「一体何ごと？」

「いいから」

訝しげに思いながら云われるままにチャンネルを合わせると、見たことのある光景が画面に映し出されていた。河川敷に大勢の人が集まっている。

付近の道路は交通規制が敷かれ、笛をくわえた警察官が忙しそうに誘導していた。

画面の端に、昨年九月の芋煮フェスティバルの風景、というテロップが流れる。

映像にレポーターの甲高い声がかぶさった。大量の食材や、鍋を搭載した数台のトラックが現場に到着すると、人々の間から「おお〜」という興奮した歓声が上がった。

『ご覧ください！　すごいですねえ。毎年、九月の最初の日曜日に行われる芋煮フェスティバルでは全国各地から観光客が集まり、朝早くから行列しています』

レポーターが、得意げに声を張り上げて使用される食材の分量を読み上げる。里芋三トン、牛肉一・二トン、コンニャク三千五百枚、ネギ三千五百本、砂糖二百キロに……。

高村が感心したような、呆れたような声を出す。

「この不条理SFみたいな映像は、一体何なんだ？」

思わず苦笑しながら説明する。

「Y県では、秋になると川辺で芋煮会っていうのをやるの。春のお花見と並ぶ季節行事っていうか、地方の風物詩っていうか」

「芋煮って何？」

「芋煮っていうのは、里芋や牛肉やゴボウやコンニャクやネギなんかを醤油と砂糖とお酒で煮込んだ鍋料理のこと。あ、同じ東北でもお味噌で煮る地方もあるみたいだけど。親戚とか友達とか、親しいグループで川べりでやるの。秋に学校行事でやったりもするよ。天候が変わりやすい季節だから、雨が降ったときは場所が体育館に変更になったりしてね。まあ、感覚的にはバーベキューみたいなものと思ってくれれば」

「それにしても、毎回こんなに食材を使うのか？　Y県人の胃袋は偉大だな」

「これは県共催のイベントだからだよ。毎年茂神川支流の河川敷を会場にして、三万食作るんだって。地元の人よりも県外の人が物珍しがって来るみたい。全国各地から人が集まる、わりと有名なイベントだよ」

画面では、芋煮の鍋が湯気を出しながら煮込まれていく様子が映し出されていた。高村が感心したような、呆れたような口調で云った。

「……この映像を見てたら、京都に行ったときに見た絵を思い出したよ」

「どんな絵？」

「寺に飾ってあった、地獄絵だよ」

「――不条理ＳＦの次は地獄ですか。高村の想像力って、学者より作家向きじゃない？」

苦笑して皮肉を云ってみる。

「このイベントは東京じゃできないな。ビルが邪魔だし、狭い道路であっというまに交通渋滞になる」

「それはそうね。けど、以前の方法だったら東京でもできるんじゃないかな。高村、なんだか分かる？」

いたずらっぽい口調で正解を告げると、しばらく言葉を失った後で、高村がしみじみといったふうに息を吐き出した。

「……東北ってほんと、変わった行事多いよな」

「高村の地元だって、絶対そんなのいっぱいあるよ。高村が知らないだけだ」

神奈川県出身の彼にやや拗ねた口調で云って、軽い調子で続ける。

「そんなに芋煮会が気になるなら、秋になったら高村もこっちに食べに来れば」

口にした途端、はっとした。それではまるで、自分がずっとこちらに残ることを決めたような云い方だと気がつく。わずかに沈黙が落ちた。

何でもない様子ですぐに口を開いたのは高村だった。

「そうだな、近々フィールドワークに行くのも悪くないかもな。秘境探検気分で」

「失礼な」

それに応じて、千夏も小さく笑う。

「ああ、そろそろ行かないと。朝から悪かったな」

高村の声の調子で、もう一つ気がついたことがある。

本当はきっとさっきの話題はどうでもよくて、千夏と言葉を交わしたかっただけなんだろう。少しだけいいたたまれないような気持ちになりながら、電話を切ろうとしたそのとき、高村が唐突に告げた。

「じゃあな。――好きだから」

ふつりと通話が切れる。

千夏は、携帯電話を手にしたまま凍りついた。

不意打ちだった。そんなタイミングでその言葉を口にするのは、とてもずるい。

明るい庭先で蟬が鳴いている。

今日もひどく暑い一日になることを知らされる。

*

家の外で、到着を告げる車のクラクションが鳴った。利緒だ。

「ちょっと、出かけてくるね」

リビングにいる両親に声をかけて玄関を出ると、運転席の窓から利緒が顔を出した。千夏を見て軽く右手を上げる。

「ごめん、お待たせ」

云いながら車に近づいたとき、助手席に誰かがいるのに気がついた。同行者がいるとは聞いていない。誰だろう。

戸惑って見つめると、利緒はにやっと人の悪い笑みを浮かべてみせた。

「お前さんをびっくりさせようと思ってさ」

利緒の隣に座った青年が、千夏に向かって声をかけた。

「有馬、久しぶり」

聞き覚えのある穏やかな声。

どこか知性を感じさせる微笑を知っていた。驚いて名前を呼ぶ。

「――式部《しきぶ》？」

助手席に乗っているのは高校時代の同級生、式部恵瑠《える》だ。

「驚いたか」

千夏の様子に、利緒がしてやったりという表情で笑う。

「昨日、偶然本屋で会ってさ。ちぃがこっち帰ってきてるって云ったら懐かしいってゆうから、誘ってみた」

「式部が来るなら来るって云えばいいじゃない。なんでわざわざ隠す必要があるのよ」

「いま云ったろ。驚かそうと思ったんだよ」

「――あのねえ」

二人のやり取りを見ていた式部が、呆れたように苦笑した。

「なんだ、オレが一緒に来ること、有馬に話してなかったのか。全く芥川は相変わらずだな」

「どういう意味だ、式部」

「いや、別に。人を食ったようなその性格は健在なんだなと思ってさ」

「うるさい、黙れ」

利緒を相手にしれっと憎まれ口を叩く様子に、ふいに高校時代を思い出した。

式部とは、元々利緒が同じ生徒会の執行役員をやっていて知り合いだったのがきっかけで、千夏も自然と口を利くようになった。

切れ長で涼しげな目元と、全体的に色素の薄い感じ。

同年代の男の子にありがちな粗野でエネルギッシュな印象が、当時の式部からは全く感じられなかった。クレバーで、誰に対してもそつなく立ち振る舞える要領の良さ。

そのくせ、時として繊細な容貌に似合わない痛烈な皮肉を平然と口にする。冷静な、どこか斜に構えたものの見方。

そんなところが、もしかしたらあまのじゃくな利緒と気が合ったのかもしれなかった。

県内の国立大学に進学し、そのまま地元の新聞社に勤務していると聞いてはいたが、顔を合わせるのは久しぶりだ。

ふと、彼の膝の上に読みかけの文庫本が伏せられているのに気づく。人が本を読んでいるとついタイトルを知りたくなるという子供じみた好奇心から、何気なくのぞき込んだ。

ピーター・ディキンスンの『キングとジョーカー』。

千夏の口元に、自然と共犯者めいた笑みが浮かぶ。

「変わってないね、式部」

「それは有馬だろ」

親しみを込めた台詞が応戦する。利緒が急かした。

「早く乗れよ」

逆光のせいか、式部が一瞬眩しげに目を細めた。

*

市が主催する天夏祭の呼び名の由来は至ってシンプルだ。

つまり、「天堂市の夏のお祭り」。

青空の下、商店街の色とりどりの飾りが風に揺れる。

祭りのために開放された市役所の駐車場に車を停めて、大通りを歩く。

立ち並ぶ出店では気さくな呼び込みの声が飛び交っていた。大きなポリバケツやビールケース、ガスボンベが路上に運び込まれ、歩く度に食べ物のいい匂いが漂ってくる。

スピーカーから軽快な音楽と、イベントのプログラムを告げるアナウンスが流れた。

休日ということもあって、それなりに賑わっているようだ。

ふいに小学生くらいの男の子たちが数人、奇声を上げながら勢いよく脇を走り抜けていった。つくづく、子供の体力は無尽蔵だ。

通勤のとき駅の長い階段を昇り降りするだけで息が上がる自分とは、まるで別の生き物みたいだと思う。

「暑いな、当たり前だけど」

利緒が指で無造作に額の汗を拭った。

変わった模様の刺繍《ししゅう》が入ったチュニックが、日差しの下で利緒のはっきりした顔立ちによく映えていた。

千夏はかき氷の出店に並ぶ鮮やかなシロップの瓶を指差した。

「見て見て、成瀬色」

ああ、と利緒が苦笑する。式部が不思議そうな顔をした。

「成瀬色って何？」

「成瀬、覚えてるだろ。あいつがこういう人工着色料に異様に反応するんだよ。赤とか緑のジェリービーンズとか、チェリーのシロップ漬けとか、なんつーかこう、アメリカ映画なんかによく出てくるいかにも体に悪そうな綺麗な食べ物が大好きなんだよな」

「不健康だな。女の子らしいね」

式部はうっすらと目を細めた。

不健康で女の子らしいという表現が、何だか云い得て妙だった。

千夏は二人の顔を見上げてにっこり笑った。

「かき氷食べない？」

「なんだ、それが云いたかったのか」

白地に赤で「氷」と描かれたのぼりがひらひら揺れる。

かくして、それぞれが派手な人工色のシロップをかけた氷を手にして歩くことになった。

イチゴの甘ったるい香り。舌で溶ける氷の感覚が心地いい。

「それにしても有馬がこっち帰ってきてるって知らなかったから、芥川に聞いて驚いた。お祖母さんのこと、知らなくてごめん」

「つけ込むなら今だぞ」

利緒がしれっと発言する。千夏は目をむいた。

「冗談やめてよ、利緒。あたし高校のとき式部と本の貸し借りしてたおかげで、式部のクラスの女の子にやっかまれて大変だったんだ。利緒を介してのただの知り合いなんだって納得してくれるまで、面倒だったんだからね」

云いながら、ふと思い出す。

顔見知り程度だった千夏と彼がよく話すようになったのは、多分ある出来事をきっかけにしてだ。

その日は朝から重くのしかかるような曇天だったが、午後になって本格的に雨が降り出した。校舎中の空気がこもって、ひどく息苦しく感じたことを覚えている。狭い水槽の中に閉じ込められているような感じ。

雨は嫌いではなかったが、本降りの中を帰るのが億劫《おっくう》に思えて、放課後に図書室で時間をつぶすことにした。建物を打つ雨音の中、なんとなく気が滅入って窓の外を眺めていると、いつしか図書室に残っているのは千夏と式部だけになっていた。

周囲を包む水の音以外は何も聞こえず、静かで、まるで死に絶えた後の世界みたいだと思った。窓際の席に座った式部は、時折ちらと窓の外を確認する以外は、集中した様子で文庫本に視線を落としている。

何を熱心に読んでいるんだろう。

軽い気持ちで文庫本のタイトルをのぞき見て、あ、と思った。

フィリップ・K・ディックの『アンドロイドは電気羊の夢を見るか?』。それは偶然にも、数日前に千夏が読み終わったばかりのものだった。

式部がそうした類のエンターテインメント小説を手にしていたのが、ひどく意外に思われた。深く考えず、気がつくと自然な口調で話しかけていた。

「それ、あたしも読んだ」

式部が少し驚いた様子で顔を上げた。やや戸惑った表情が、千夏を見返す。

「ああ、そう」

一瞬考えるように目を伏せてから、式部が尋ねる。

「どうだった」

「面白かったよ。それに出てくる、情調《ムード》オルガンが欲しいと思った」

情調《ムード》オルガンは、制御盤のダイヤルを組み合わせれば微弱なサージ電流で思い通りに感情をコントロールしてくれる優れものだ。あったら便利なことこの上ない代物。

たとえばこんな、どこにも行けない陰鬱な雨の日なんかは。

千夏がそう口にした途端、ふいに式部の動きが止まった。

いつもの取り澄ました表情が、みるまに消え失せる。

驚いて見つめる千夏の前で、式部の顔に今まで見たことのない種類の本心の笑みが浮かんだ。かちり、と。

情調《ムード》オルガンのダイヤルを回したみたいに。

「――オレも、そう思う」

以降、互いに小説の貸し借りをしたり、読んだ本や映画について率直な感想を話し合ったりと、卒業するまで式部とは共通の趣味を持つ親しい友人としての関係が続いたのだ。

郷土の民芸品を並べた出店の前で、千夏は何気なく紅花のドライフラワーを飾った笠を手に取った。しゃらりと鈴が鳴る。

その動作を眺めていた式部が口を開いた。

「末摘花《すえつむはな》って『源氏物語』では不美人の代名詞だけど、紅花のことなんだよな。こんなに可憐な花なのに」

「お、式部だけに『源氏物語』？」

「莫迦」

冗談めかして云うと、呆れた口調で式部が呟く。

本のページをめくるとき静脈の透けて見えた式部の細い腕が、学生の頃よりも日に焼けているのに気がついた。社会に出ると、男の子は変わる。

「お前ら、ちょっと遅いぞー」

少し離れた場所から、利緒が大声で二人を呼んだ。式部が嘆息する。

「……オレの知ってる女性の中で、身長と態度が一番大きいのは間違いなく芥川だよ」

千夏は懐かしそうに笑った。

「利緒と式部っていいコンビだったもんね。二人とも頭良かったし」

「いいコンビ、ね」

式部が皮肉っぽい微笑を唇に載せた。意味深な笑みに、なぜだか一瞬動揺する。

「むしろ逆。芥川は、オレを牽制《けんせい》してたよ」

「牽制？」

不穏な言葉の響きに千夏が怪訝な顔をすると、式部はその表情をすっと消して、再び穏やかな微笑みを浮かべた。

「芥川がキレてその辺の物を破壊し始める前に行くか」

「怪獣じゃないんだから」

式部の背中を追う。彼が一瞬だけ見せた密やかな笑みの理由は考えないことにした。

人込みの中、青年の形に輪郭がくっきりと浮かび上がって見えた。

*

天堂タワーと聞いたとき、東京タワーや京都タワーと同義のものを連想したら、それは大きな誤りである。

天堂タワーは土産品売場の広がる一階建ての建物で、その屋根に巨大な「王将」のオブジェが載った外観をしている。

「王将」の裏側には異様な大きさの時計盤が設置されており、「天堂市で一番大きい時計」という説明書きがどこか誇らしげに看板に記載されている。

遠目には、町の中に大きな将棋の駒が物々しく鎮座しているように見えるだろう。

市民にとっては慣れ親しんだ名称であるが、具体的にどのあたりがタワーなのかを説明しろと云われたら、おそらく誰もが口ごもるに違いない。

ふと『スタンド・バイ・ミー』の一場面が思い浮かんだ。町の名前なんて大抵おかしなものだと、主人公の親友クリス・チェンバースが云う。

「たとえばくそったれのキャッスルロックは？　ここにはキャッスルなんてありゃしないじゃないか」

――全くもってその通り。

色褪《いろあ》せたパラソルの下、オープンテラスコーナーで休憩すると、生ぬるい風が渡った。空が広くて、あらゆる物の陰影がくっきりしている気がする。

心からくつろいでいる自分を感じるが、それと同時にほんの少しの後ろめたさを感じる。ストーリーの途中で一時停止ボタンを押したままにしてしまったような、そんな落ち着かない気持ち。

「有馬って、今どこに住んでるんだ？」

アイスティーをストローでかきまぜながら、式部の問いに千夏は短く答えた。

「椎名町《しいなまち》」

「ああ、トキワ荘のあったとこだっけ」

うん、と頷き冗談めかして云う。

「うちのコーポ、ハイツＡＹっていうんだけど、大家さんの名前は鈴木琴恵《すずきことえ》さんていうんだよね。じゃあＡＹって何？　って不思議でちょっと気になってたりするんだけど、未だに謎」

「そういうのってあるよな。別段大したことじゃないんだけど、なんとなく気になって仕方ないってやつ」

式部が頬杖をついて面白がるような口調で呟いた。

「会社のドアにさ、オレが入社したときからずっと一枚の紙が貼ってあるんだ。それが社訓とかそういうのじゃなくて、『子は親の鏡』っていうドロシー・ロー・ノルトの詩をコピーしたやつなの。企業理念とかそういうのとは全然関係ないし、なんでまたここに貼ってあるんだろう？　って不思議に思って周りに聞いてみたことがあるんだけど、いつからどうして貼ってあるのか誰も知らないんだよな。結局、今もそのまま貼ってあるわけだ」

利緒が呆れたようにチーズドッグにかぶりついた。

「んなもん、ドアにうっかり穴開けちまったヤツが隠すためにそのへんにあったもんを適当に貼っつけただけで、意味なんかないかもしれないだろ。相変わらずまどろっこしい思考するヤツ」

「相変わらずなのは芥川だ」

式部が苦笑する。そのとき、異音と共に小さな影が突っ込んできた。

勢いよく額に何かがぶつかるのを感じて、千夏は思わず声を上げた。

「あ痛っ」

反射的に額を押さえる。千夏に衝突した黒い影は、ジジジと濁った音を立てながらやかましく周囲を飛び回り、不格好に羽をばたつかせながらどこかへ去っていった。

油蟬だ。

「うわ、びっくりしたあ」

額をさすりながらしみじみ呟くと、利緒がおかしげにジーンズの膝を叩いた。

「蟬に頭突きをくらったな」

「笑いごとじゃない。うう、蟬にアタックされたの何年ぶりかな」

横で式部がくつくつと笑う。

「蟬って、なんかなりふり構わないって感じだよな。全身全霊で生きてるぜって感じ」

「それはいいけど、なんで迷わずあたしのとこに突っ込んでくるわけ」

ストローを噛んで、恨めしそうに呟く。

東京育ちの友人がひょいと街路樹の蟬やトンボを捕まえてみせるのに対し、地方育ちの千夏があまりに虫に触るのを嫌がるので、大学の友人の間では出身地詐称疑惑が出たこともあるくらいだ。

それを聞いたときは思わず呆れて嘆息した。

――そんなもの、詐称してどうする。

「千夏んちのおばさんは自然愛好家なのにな。その要素は娘には受け継がれなかったか」

「あれは自然愛好家なんてさわやかなシロモノじゃないでしょうが。うちの母親、野生児だから」

千夏は額を押さえながらため息をついた。

悪夢の日、と密かに呼称している出来事は、千夏が中学生のときに起きた。

まだ夏の気配の残る九月、千夏が学校から帰宅すると、なぜか玄関先にスポーツドリンクの一・五リットルサイズのペットボトルが置いてあった。キッチンに運び忘れたのだろう。外の暑さに喉が渇いていた千夏は、ナイスタイミングとばかりにペットボトルに手を伸ばした。

そのとき、唐突に不自然なことに気がついた。

ペットボトルの中身は緑色をしていて、なぜかカサカサと生々しく動いているのである。

それは清涼飲料ではなく、ペットボトルに隙間なくみっしりと押し込められた大量のイナゴだったのだ。

けたたましい悲鳴を上げて飛びのいた千夏は、直後に状況を理解した。

秋になると県内の水田には大量のイナゴが発生し、地球を侵略した異種生命体のごとく飛び回っている。イナゴは稲を食い荒らす害虫なのだが、同時にエビに似た食感で佃煮《つくだに》などの食材にもなるのだ。

おそらく母はいつものごとくドライブの最中にその光景を目にし、ためらいなく他人様の水田に入っていって、手元にあったペットボトルを虫籠《むしかご》代わりにして大量のイナゴを捕獲したに違いない。

千夏がこの一瞬にした推測は、おおむね当たっていた。

「面白いようにとれるから、捕まえるのがなんか楽しくなっちゃってね。えっ不法侵入？　大丈夫よお。稲から害虫を取り除いてあげるんだから、農家の人に感謝されこそすれ、叱られたりしないって」

ペットボトルのイナゴは大鍋の中で長時間にわたって熱湯で煮られ、緑色から赤に変化した。それから醤油や砂糖などの調味料で味付けされると、最終的に黒っぽい茶色になった。

その後、千夏がその鍋を調理に使えなくなったのは云うまでもない。佃煮にされたイナゴの足がキッチンに一本落ちていたりすると、思わず恐怖におののいたものである。

「あたしの虫嫌いって、考えてみたら母親にも大いに原因があるような気がするなー」

ストローでアイスティーをすすり上げて愚痴る。利緒がけらけらと笑った。

「あたしは好きだけどな、千夏んちのおばさん」

「同じ野生児同士？」

「ばぁか」

式部がふっと目を細める。

利緒がナプキンで乱暴に口元を拭った。式部が思い出したように云う。

「綿貫《わたぬき》、子供が生まれたんだってな。綿貫って見た目幼いけど昔からなんか母性あったし、きっといい母親なんだろうな。旦那さん、なんて名字だっけ」

綿貫、というのは成瀬の旧姓だ。利緒が冗談めかして答える。

「いまは相葉って姓に変わってる。出席番号でいうと一番最後から一番前へって感じだろ」

「相葉に有馬に芥川って、三人とも『あ』で始まる名前だな」

「分からんぞ。そのうち誰かさんが変わるかも」

利緒の人の悪い笑みに、テーブルの下で無言で足を踏みつけてやる。

「でも出席番号一番って、結構プレッシャーなんだよねー。何かにつけトップバッターやらされるんだもん。何事も五十音順に管理しようとする非科学的な日本社会のシステムに異議を申し立てたい」

「んな大げさな」

利緒が呆れ顔で呟いた。大げさじゃないよ、と千夏は頬をふくらませる。

「確か小学校一年生のときだったと思うけど、夏休みに町内の子供会で肝試しやることになったのね。公民館で、地元の中高生が小学生を怖がらせる役にまわってさ。その肝試し、当日は本物の野良猫の死骸を使うらしいよって近所の子供の間で噂が広まって、今にして思うと明らかにデマなんだけど、小さかったから、もうすっごい怖かったんだ。

絶対離れないで一緒に行こうねって話してたのに、一人ずつ入らなきゃいけないルールでさ。まあ肝試しって、そういう子供の通過儀礼的な意味合いもこめたイベントだったんだろうけど、五十音順に一人で入ってくださいって指示されて、『あ』で始まる名字が有馬しかいなかったときは思わず卒倒しそうになっちゃった。普通そういうのって、上級生とかから先に入ったりしない？」

「そりゃお気の毒。で？　いたいけな有馬少女は肝試しを無事やり遂げたわけ？」

揶揄するような利緒の台詞に、千夏は眉間にしわを寄せた。

「……恐る恐る公民館の通路歩いてたら、いきなりどっかから入ってきた蟬がジジジジーッてすごい音で飛んできて、スコーンと顔面にぶつかったの。もう暗闇でパニック起こして走り出しちゃって、前を歩いてた子の背中に激突して二人して大泣き。黒いTシャツ姿のスタッフの人たちがびっくりしてわらわら出てきて、結局お化けに遭遇する前に人生初の肝試し終了」

利緒がげらげらと笑う。

「ホントーに進歩のないヤツ」

「うるさいな」

軽く睨む真似をすると、式部が小さく笑った。

「綿貫の子供って、男の子だったよな。なんて名前？」

「春生まれだから陽希《はるき》くん。いい名前でしょ。旦那さんが、生まれた季節にちなんだ名前をつけたかったんだって」

「へえ、有馬と一緒だな」

「そうだね。うちも父親の命名らしいから、そういうのって実は男の人の方がロマンチックなのかも。そういえば季語辞典で自分の名前の季節のとこ見てたら、結構変わってるのがいろいろあったっけ」

「たとえば？」

式部の問いに少し考え、近くのテーブルの親子連れが椅子に結んだ赤い風船を指し示す。

「風船とか、ブランコとか。あと、蝉っていうのもあるんだよ」

「へえ」

式部が意外そうな顔をした。ストローで勢いよくアイスコーヒーを吸い上げた利緒が、少し離れた席に座っている二十歳《はたち》くらいの女性を横目で見やった。

「——ところであそこの茶髪の女の子、さっきから式部のことをちらちら見てるような気がするんだが、知り合いか？」

云われてみれば、店内スクリーン近くの席の女性が女友達と笑顔で何か囁き合いながら、時折意味ありげにこちらを見ているような気がする。

スクリーンの映像が動く度に、原色のホルターネックから惜しげもなく晒した彼女の肌の上で微かに画面の光が揺れた。

「いいや、気のせいじゃないのか」

式部はあっさりと首を横に振り、ややして再びそちらの方に視線を向けた。

ああいうタイプが好みなのだろうか、と少し意外に思う。

スクリーンに「まもなく防災の日」というテロップが表示され、髪を涼しげなアップスタイルにした女性キャスターが生真面目な面持ちで何やら喋っている。

『関東大震災に因《ちな》んで制定されたこの日、各地域では防災訓練を行う小学校が多く見られ——』

式部が、ふっと目を伏せた。

「なあ、莫迦みたいな話に聞こえるかもしれないけど」

式部の声のトーンが少しだけ低くなる。

その変化を微妙に感じ取って、利緒と千夏は怪訝そうに彼を見た。

「小学生のとき、一番仲のよかった友達が消えたんだ」

「消えたって、何。転校したとか？」

「いや」

千夏の質問に逡巡《しゅんじゅん》するように視線をさまよわせた後、式部はきっぱりとした口調で告げた。

「——あいつは、宇宙人にさらわれたんだと思う」

＊

人気アニメ『不思議探偵団《Wonder Detectives》』の第十四話に出てくる、謎の物体が飛来する山。

そのモデルとなった場所は、隣町の小花山らしい。

——式部たちの小学校でそんな噂が広まったのは、五年生のときだ。

「なあなあ、見ろよ」

学校からの帰宅途中、式部に向かって興奮気味に亘《わたる》が話しかける。亘が手にしているのは、

《Wonder Detectives『不思議探偵団》』の原作コミックだ。広げられたページが大体ストーリーのどのあたりなのか、わざわざのぞき込まなくても分かる。何度も読み込んでいるからだ。

ひょんなことから超能力に目覚めた主人公の少年が、不思議な事件を専門に扱う『不思議《Wonder》探偵団《Detectives》』の一員としてスカウトされ、推理や特殊能力を武器に仲間たちと共に謎に挑んでいく
――そんなストーリーに、式部たちはすっかり夢中になっていた。

「ほら。ここに描いてあるのって、『あけぼの湯』の煙突じゃねえ？」

開いたページを指差しながら熱心に語る立花《たちばな》亘は、一年前に式部の家の近所に引っ越してきたクラスメイトだ。

生まれつき喘息《ぜんそく》の持病を持ち、あまり体が丈夫でない亘は、同じ小学五年生の他の男子に比べると驚くほど色が白く、小柄な体軀をしている。体の厚みが薄い子供。

パーツの中で、黒目の大きい二重《ふたえ》の目だけが不自然に強い印象を与えていた。

好奇心に輝くその目が、真っ直ぐ式部に向けられる。

「二組のヤツが云ってたんだけど、隣町の『山田や』っていうスーパーに、マンガに描かれてるのと同じ看板があるんだってさ。落書きまで全く同じらしいぜ、える」

式部のことを「える」、と呼ぶのは亘だけだ。他の同級生がふざけ半分にそう呼ぼうものなら、即座に冷ややかな視線と毒舌で返り討ちにしている。元々女の子みたいだと云われる自分の名前が、

式部自身はあまり好きではなかった。

亘の呼び方にはそうした揶揄の類が微塵もなく、ただ純粋な親しみだけがこめられていたから、そう呼ばれても別段嫌ではなかった。亘が妙に自信ありげに云う。

「間違いねーよ。これって、絶対UFO山だよな?」

UFO山、というのは隣町にある小花山のことだ。昔は採石場が営まれていたらしいのだが、閉鎖され、現在は放置されたままになっているらしい。

発掘作業中に作業員が何人も行方不明になったらしいとか、光る銀色の物体が頻繁に小花山に離着陸するのが目撃されていて、それは宇宙人が子供をさらいに来ているからだという噂があって、実際に宇宙人に連れ去られた隣町の小学校の女の子が一週間後にひょっこり帰ってきたとか、一体どこまでが真実でどこからがデマなのか分からない噂話が子供たちの間でまことしやかに流れていた。そんないわくつきの場所だけに、そこが人気マンガのモデルになったという噂は、妙な信憑性《しんぴょうせい》を感じさせた。

「さあ、どうだろうな」

式部は内心の高揚を抑え、わざと冷静な口調で答えた。

「煙突なんてどこにでもあるぜ。落書きだって、マンガ読んだ誰かが面白がって後からわざと同じ絵を描いたのかもしれないじゃん。それだけじゃ、本当にUFO山がモデルなのかどうか断定できないな」

「じゃあ、検証しようぜ」

式部の言葉にむきになった表情で亘が云い募る。

『不思議探偵団《Wonder Detectives》』によく出てくる『調査』とか『検証』という単語を、亘は好んでやたらに使いたがった。

「他に見覚えのあるものが描いてないか、二人で検証するんだ。えるも自分のマンガ持ってこいよ」

式部はにやりと笑ってみせた。

「すぐ取ってくる。そこの公園で待ってろよ」

表面上は落ち着いた態度を装いつつ、自宅へ向かう足が自然と速まる。

ハマっているアニメが自分の住む世界と地続きになっているかもしれないという感覚に、単純に胸がわくわくした。

式部の両親は共働きだ。二人とも仕事が忙しく、帰宅が遅くなることも多いために式部自身も家の鍵を持っていたが、今日は珍しく人の気配があった。

リビングで、スーツ姿の母親が身支度をしている。

帰宅した式部に母が「お帰りなさい」と声をかけた。綺麗に整えられた眉が、申し訳なさそうにひそめられる。

「懇親会で、これからまた出なきゃいけないの。帰りは多分遅くなるから、ご飯はチンして食べてちょうだいね」

「分かった」

素直に頷くと、上品なイヤリングを身につけながら母親が満足げに微笑みかけた。

「あなたは他の子よりしっかりしてるから、お母さん助かるわ。ご近所の亘君とも仲良くしてあげてるんですって？　亘君が他の子となかなかなじめなくて心配してたけど、恵瑠がきちんと面倒をみてくれるから安心だって、先生も褒めてらしたわ」

曖昧な笑みを浮かべながら、母親の台詞をどこか居心地の悪い思いで聞く。なんだか後ろめたい気分になる。

そそくさと自分の部屋に移動し、見知った本棚の前に立った瞬間、式部は思わず息を呑んだ。

――『不思議探偵団《Wonder Detectives》』のコミックスが、ない。

今朝学校に行く前は確かに十巻分のコミックスが置いてあったはずの場所は、そこだけが不自然にぽっかりと空いていた。慌ててリビングに向かう。

「母さん、オレの本知らない？　本棚の、上から二段目にあったヤツ」

動揺しながら尋ねると、母親は式部の剣幕にやや驚いた様子でまばたきをし、それから思い出したように呟いた。

「本って……ああ、マンガね」

急に興味を失った表情になり、告げる。

「さっき悠斗《ゆうと》君がお使いに来てくれて、欲しがってたから、あげたわよ」

式部はぎょっとして母親を見た。

悠斗君、というのは式部の二つ年下のいとこだ。近所に住んでおり、料理好きな叔母に云われて時々式部の家に食材をお裾分けに来たりする。

喉の奥がカッと熱くなった。こみ上げる衝動を押し戻すように、無意識に拳を握りしめる。

「なんで――なんで、勝手にあげたんだよ」

「そのマンガが好きだって云って、羨ましそうに見てたんだもの。あなた、悠斗君より二つもお兄ちゃんでしょう？」

「だからって、そんな勝手に」

「あのねえ、恵瑠」

スカーフを巻く手を止め、母親が大げさにため息をついた。聞き分けのない幼児に向けるような目で、立ち尽くす式部を見る。

「いーい？　マンガっていうのはね、ただの作りごとで『遊び』なの。怠けて遊んでばかりいる子供がどうなるか、前に話したわよね？　ちゃんとした学校に行けなくなって、ちゃんとしたお仕事にも就けなくなるのよ。お母さんは恵瑠のことをそんな目に遭わせたくないから心配して云うの。分かるでしょう？」

『遊び』という単語を口にするとき、莫迦にするようにわざと大きく口を開けて発音する。呆れた表情を作って、母が続けた。

「大体、悠斗君はあなたより二歳も下でしょ。あなた、そんな年下の子が好きなマンガが好きなの？」

芝居がかった仕草で、母が嘆息した。

「……お母さん、恵瑠はもっと大人だと思ってた」

式部は黙り込んだ。頭の中がぐるぐる回って、言葉が上手く出てこなかった。やがて唇を噛みしめると、静かな声でぽつりと呟いた。

「……別に、もう読んだから、いいけど」

母がにっこりと優美な笑みを唇に浮かべる。

「分かってくれてよかったわ。ホント、あなたは他の子よりしっかりしてるから」

云いながら腕時計にちらりと視線を向け、バッグを手に取る。

「じゃあ行ってくるわね。冷蔵庫に玲子《れいこ》叔母さんから貰った煮魚もあるから」

玄関のドアが閉まった後も、式部はその場に立っていた。

帰宅したときの浮かれた気分はどこかに消え去り、全身が鉛のように重くなって、そのままどこまでも沈み込んでいく気がした。

こわばった息をゆっくりと吐き出し、ようやく亘を待たせていることを思い出す。家を出て、重い足取りで公園に向かった。公園に近づくと、入り口にしゃがみ込む猫背気味の小柄な亘の姿が見て取れた。何やら土の上をじっと眺めている。

「……何してんの」

声をかけると、亘は肩越しに振り向き、式部の顔を見上げてにかっと笑った。

「スズメが蟬の死骸食うの見てた」

「残酷」

「なんで。別にスズメが殺したわけじゃないじゃん」

云いながら興味が失せたように立ち上がった亘が、怪訝な顔をして尋ねた。

「『不思議探偵団《Wonder Detectives》』のコミックは？」

「――ああ、ごめん」

式部は大したことではないのだというように、わざと軽い口調で告げた。

「あれさ、母親がいとこにあげちゃったらしいんだ」

亘が大きく目を見開き、驚いた顔で式部を見る。

式部は苦笑に似た表情を浮かべ、何気ないふうを装って云った。

「なんか、いとこが欲しがってたんだって。ったく、いないときに人のもの勝手にやるとかってマジ勘弁だよな。いくら親だからって、人権侵害だっつうの」

冗談めかして人権侵害などと大仰な単語を使ってみせたのだが、口にした途端、胸のどこかがズキンと痛んだ。

たかがマンガを取り上げられたくらいでこの世の終わりみたいに泣きわめくなんていうのは、幼稚な子供のやることだ。別に大したことじゃない。自分はひどいことなど何一つされていないし、傷ついてなんかいない。

まじまじと式部の顔を見つめる亘に、取り繕うようにぎこちなく笑ってみせる。

——だけど自分は、一体何を取り繕おうとしているのだろう。

ふいに頬のあたりがこわばって、熱を持つのが分かった。急速に息が苦しくなる。

作りごとで『遊び』。母親の発した台詞が頭の中で響いた。あなたは他の子よりしっかりしてるでしょう？　鼻の奥がつんとする。

自分の好きなものを無価値と否定されたことが、どうしようもなく悔しかった。

——作中で身の危険を顧みず主人公を助けに来た親友の姿に、思わずぼろぼろ泣いてしまった。不安や恐れを抱きながら、それでも自分を信じて難事件に立ち向かう主人公を格好いいと思った。我の強い登場人物たちが時にぶつかりながらも心を通わせ、信頼し合える仲間になっていくのが、まるで自分のことのように嬉しくて楽しかった。

意思に反してゆらりと視界が滲む。——作りごとで感情を揺り動かされて、悪いか。

自分は、こんなにもただの子供だ。

そのとき、黙って何か考え込んでいた様子の亘が口を開いた。

「なあ、える」

名を呼ばれて顔を上げると、亘はまるでとびきりの秘密を隠し持っているのだと云わんばかりのイタズラっぽい笑顔を式部に向けた。

「――明日、UFO山に調査に行こうぜ！」

唐突な台詞に、式部は一瞬言葉を失った。得意げに自分を見つめる亘に尋ねる。

「……お前、何云ってるか分かってんの？」

「当たり前だろ」

ムッとした表情ですぐさま亘が云い返した。

「考えてみたらさ、ちまちまコミックなんか見て検証したってしょうがねーよ。やっぱ実際に現場に行かなきゃだろ」

亘の薄い唇に、挑発的な笑みが浮かぶ。

「なんだよ、怖いのかよ？」

突然の提案にやや困惑しながら、式部は答えた。

「――別に怖いわけじゃないけどさ。あそこは近づいたらマジでやばいって話だぜ。コウちゃんも、子供だけで行っちゃだめだって云ってたじゃん」

コウちゃん、というのは式部たちの通う小学校の近くの派出所に勤務している警官だ。

健康的に浅黒い肌をした二十代半ばくらいの青年で、子供たちからは気さくな兄貴分として慕われている。

『いーか、UFO山は危険な場所だから、絶対に子供だけで行っちゃだめだぞ。面白半分であそこに近づいたら、二度と家に帰ってこられなくなるかもしれないんだからな』

低い声色を作って、おそろしげな形相をしてみせたのを思い出す。

それに、と仕方なく式部は続けた。

「そんなの、お前のお母さんがいいって云うはずないじゃん」

ぴく、と亘の肩が揺れた。彼は自分の母親のことを持ち出されるのを極端に嫌う。

他の子供となかなかなじめない子。式部の母は亘をそう評したが、亘に式部以外の親しい友人がいないのは単に病弱だからという理由だけではなく、おそらくは彼の母親が大きな要因となっているのだろうと式部は考える。

亘の母親はひどく神経質で、自分が目を離したが最後、亘の身に何か取り返しのつかない大変なことが起こるに違いない、と固く信じているふうだった。

「こんなに長いこと同じ場所にいられたのは初めてなんだ」

父親の仕事上、幾度となく転校を繰り返してきたという亘は、そう式部に話したことがある。式部と他愛ない遊戯に興じているときの嬉しそうな笑顔から、亘が今まで引っ越す度にどんな思いをしてきたのかがなんとなく察せられた。

自分の子供が生まれつき病弱で、居住地を変える度に周囲になじむのに一苦労する様子をまのあたりにしてきたら、母親はきっと意固地なまでに心配性にならざるをえないのだろう。

幼いなりに多少はそんな想像が働いたので、式部自身は亘の母親に対して悪感情めいたものは持っていなかったが、それでもやはり苦手な種類の大人であることは否めなかった。

「寄り道しちゃだめだって云ったでしょう。どうしてこんなに帰りが遅くなったの」

外に出て息子の帰りを待っていた母親の、ヒステリックな声が聞こえてきたことが幾度もある。それを耳にする度、式部はなんだかいたたまれない気持ちになったものだ。

うちの子は体が弱いの。あんたたちとは違うの。場合によっては死ぬかもしれないのよ。危ない遊びに誘わないでちょうだい。

時々亘と親しくなろうとする同級生もいることはいたが、そんなニュアンスを遠まわしに、時にはストレートに伝えられると、自然と彼から離れていく結果となった。

「いいんだよ」

亘は小鼻をふくらませて云った。

「うちの親、明日の午後留守にするんだ。東京から親戚の叔母さんやいとこたちが来るから、空港まで車で迎えに行くんだってさ」

その言葉に、ふと数日前に亘の家に遊びに寄ったとき、一階の和室に何組もの布団が広げられていたのを思い出す。亘の母親が、珍しく上機嫌な声で電話口に向かって話していた光景が浮かんだ。

「Y県で暮らしたのは初めてだから、皆が珍しがってるのよ」

あれは来客に向けて、布団を干していたのだろう。

「人数が多くて車に乗れないから、オレは留守番。その隙に、こっそり出発しようぜ」

「皆が帰ってきたら、すぐにお前が家にいないのバレるだろ。お母さん、大騒ぎするんじゃないのか」

「るっさいなあ、親がなんだってんだよ」

亘が焦《じ》れたように、乱暴な口調で云った。

「ちょっとそのへんに遊びに行ってたって云えばいいじゃん。UFO山に行ったなんて、云わなきゃ絶対バレないって。そんなこと、きっと誰も思いつきもしないんじゃないかな。UFO山の謎を解き明かすのは、『不思議探偵団《Wonder Detectives》』の任務だろ。すごいぞ、オレとえるでUFO山に調査に行ったって話したら、クラスの皆ビックリするぜ」

「それはそうだけどさ」

いつにない亘の興奮ぶりにやや戸惑いながら、式部は眉をひそめた。こんなに熱心に式部を何かに誘う亘というのは、初めてだった。

彼本来の無鉄砲さと好奇心が動き始めるとき、それは母親というつっかい棒の存在によってすぐに停止するのが常だったからだ。

亘の中で歯車が動きを止めるきしんだ音を、式部はこれまで何度も耳にした。なおも考え込む様子の式部に、亘は業を煮やしたように自分の右の拳をにゅっと突き出してみせた。

「える」

真顔で式部を見る。

「極秘任務、決行だぞ」

それは『不思議探偵団《Wonder Detectives》』に登場する決め台詞だった。

主人公と、ライバルであると同時に親友でもある少年。

彼らは時として正義のため、友情のために、共に危険に立ち向かう。

ふざけた様子の微塵もない、亘の真剣な眼差しが式部をとらえた。

しばし見合って立ち尽くし、やがて式部は肩の力を抜いて苦笑した。仕方ないな、というふうにゆっくりと自分の拳を持ち上げ、亘のそれに正面から軽くぶつける。

「いいよ。UFO山、調査に行こうぜ」

「おっしゃ。さすが、える」

亘が曇りのない、心底嬉しげな笑いを浮かべた。悪ガキの笑みだ。

亘は急に、誰かに聞かれているのではないかと警戒するような表情になって周囲を見回した。

「明日、一時にここで待ち合わせて出発だ」

「了解。じゃあな」

そこで初めて思いついたというような顔で、亘が自分の手にしているコミックスを式部に強引に押しつけた。

「しゃーねーから三巻、貸してやる。調査の前にちゃんと復習しとけよな！」

ひらりと手を振り、式部が何か云う前に背を向ける。式部はそこに立ち尽くした。

家に向かって駆け出す亘の後ろ姿は痩せっぽちで、とても貧相に見える。『不思議探偵団《Wonder Detectives》』に出てくる、頼りがいがあって格好いい親友とはまるで違う。

けれどその華奢な背中が、なぜかこの上なく心強いものに見えた。

自宅に戻ろうとして、いつのまにかさっきよりもずっと軽い気持ちになっていることに気がついた。

仲良くしてあげてる、面倒をみている。自分の母親が使った表現を思い起こす。だけど違う、そうじゃない。

亘から強引に手渡されたコミックスを見つめ、唇に自然と笑みが浮かぶ。

――適切な言葉はまるで見つからないけれど、これが自分と亘の関係だ。


時計に目をやると、亘との約束の時間はもうすぐだ。

「ちょっと出かけてくる」と伝えると、キッチンから、遅くならないうちに帰ってくるのよ、という短い返答があった。

ちょっと出かけてくる、というのは便利な言い方だ。明確な目的語を含まない、けれど嘘はついていない。近所の公園に向かうと、早くも自転車にまたがった亘が待っていた。

現れた式部の姿を見て、勝ち誇ったように唇の端を上げる。

「おせえよ」

その両耳に、ウォークマンのイヤフォンが差し込まれていた。自慢げに右腕につけたアームホルダーに、ウォークマン本体が装着されている。黒地に銀でW・Dというロゴが入ったアームホルダーは、『不思議探偵団《Wonder Detectives》』のメンバーであることを示すアイテムだ。勿論、式部も同じ物を右腕に装着している。これが発売されたときは亘だけでなく、普段あまり親に何かをねだったりすることのない式部も、必死に頼み込んで買ってもらった。

顔を見合わせ、どちらからともなく意味深に笑った。共犯者のそれ。

「行こうぜ」

云って、同時に二人はウォークマンのスイッチを押した。イヤフォンから勢いよく、『不思議探偵団《Wonder Detectives》』のテーマソングが流れてくる。血が湧き立つ速い曲調。そう、これから自分たち選ばれた『不思議探偵団《Wonder Detectives》』は、大きな謎に挑むのだ。テンションの上がった亘が歓声を上げ、ぐいと自転車のペダルを踏んだ。痩せた身体が小気味よく上下して、式部があっけに取られるくらいの勢いで立ちこぎをする。慌てて式部も自転車をこぎ始めた。

みるみるうちに、ものすごいスピードで見慣れた光景が後方に流れて消えていく。亘はペダルを踏む足を休めることなく、がむしゃらな速さで自転車をこぎ続けた。

前傾姿勢で、何かを振り切ろうとするような勢いでやみくもに道路を走り続ける。

耳の中で途切れることなく軽快な音楽が鳴る。降る日差しの下、亘のTシャツの背中が革命軍の掲げる旗みたいに風にはためいた。それはなんだか壮快な眺めだった。

いつもの景色が遠のき、周囲の町並みが見慣れないものに変わった頃、川に架かった狭い橋の上で二人はようやく自転車のスピードを緩めた。

亘の肩が激しく上下し、Tシャツの背中が汗で黒っぽく濡れていた。喘息の発作が起きたのではないかと少し心配になり、式部はウォークマンのスイッチを切って名を呼んだ。だがイヤフォンを外して肩越しに振り返った亘の顔は上気してはいたものの、心底楽しそうな顔をしていた。

「える、おせーの」

「マラソン大会とかでさ、前半はりきって飛び出して、必ず後でバテバテになるヤツいるだろ。お前がそれ」

けっ、と亘が吐き捨てた。間を置かず喉の奥から、機械が壊れたときみたいな奇妙なノイズが飛び出す。

『ジー、ガガガガガ』

亘の得意な声帯模写だ。アニメのキャラクターや身近な人間の声を真似るときは滑稽なほど少しも似ていないのだが、この機械音だけは異様なまでにリアルだった。

道端などで亘の口からふいにこれが飛び出すと、周りの大人は何事かと振り向いてしまうくらいだった。

もっとも壊れた機械音ばかりが上手くても、彼が憧れる声優には遠い道のりであろうが。

「える、乱歩のさあ、大人向けの本って読んだことあるか？」

「ない」

「すげーの。エロいんだぜ」

淫靡《いんび》、猥雑《わいざつ》といった言い回しを知らないであろう亘が端的にそう表現する。

漫画や小説を、亘が周りの同級生たちとは比較にならないくらい読み漁っていることを式部は知っていた。

貧相なつまらないヤツ、という一言で亘を評するクラスメイトらは気がついていない。

亘の内側の世界に、魅力的な宝の眠る山があるのだということを。

日差しをよけ、街路樹の木陰に沿って大げさな動きでジグザグ走行する。

ふざけて相手の自転車を蹴ってみたり、『不思議探偵団《Wonder Detectives》』に出てくるキャラクターやアイテム名のしりとりをしたり。親に内緒でいつもの日常から離れ、遠くに行くという行為が、自然と二人の神経を高揚させていた。ふとした瞬間に感じる日々の息苦しさも居心地の悪さも、そのときだけはずっと遠い場所にあった。

暑さの中、自転車をこぐ全身からとめどなく汗が噴き出してくる。

国道を抜け、そうしてかなりの距離を走り続けると、目に映る光景が緑の多いものへと変化してきた。蝉しぐれが降り注ぐ。

続く急な坂道を立ちこぎするのをあきらめ、二人は自転車を押しながら歩き出した。

灼けたガードレールに誰かの名前の落書き。眼下に広い町並みが見渡せた。

「すごい。結構上ってきたんだな」

「早く下り坂になんねーかな」

先へ進む道すがら、いろいろなものが目に飛び込んできた。変わった形の大きな鉄塔、ビニールハウスの側面にくっついた茶色い透明な抜け殻。

「える、あの給水塔ってこのページに描いてあるヤツじゃねえ？」

亘が手にしたコミックスと目の前の風景を見比べながら、興奮気味にはしゃいでみせた。

「間違いねーよ。やっぱり噂は本当だったんだ」

「――かもな」

式部も不敵に笑って頷いた。

しばらくすると、休憩に適した河原を見つけて二人は自転車を止めた。式部は熱いコンクリートの上で靴下を脱ぐと、なくさないようそれを丸めてスニーカーの中に入れ、丸みを帯びた小石を踏みつけて浅い川に入っていった。

水底の苔《こけ》の柔らかい感触と冷たさが、素足になんとも心地いい。

「すげー冷たい。亘も来いよ」

亘は川岸で立ち尽くしたまま、困惑したように式部を見ている。ためらいがちに口を開いた。

「川に入るとつづらご（帯状疱疹《ほうしん》）になって死ぬから、水遊びしちゃだめだって親が云ってたんだ」

「お前んちの親、大げさだよ。なんでも死ぬって云うんだな」

少し意地の悪い台詞を吐くと、亘がムッとした表情をした。

下唇を噛んだまま、考え込む様子でしばしその場に立っていたが、やがて覚悟を決めたように勢いよく裸足になり、不安定な足つきで水の中に入ってきた。

たどたどしい歩き方に、少し心配になって声をかける。

「足元、滑るから気をつけろよ」

「分かってる」

陽光が反射して、水面が揺れながらさらさらと輝いている。水は透明で、川底が見えるくらいだ。川の真ん中まで歩いてきて自分の足元の流れを見ていた亘が、晴れやかな表情で顔を上げた。どうだ、と云わんばかりの誇らしげな笑顔。

「気持ちいい」

わざと足で飛沫を立てながら歩いたり、どれくらい遠くまで石を投げ込めるか競い合ったりして水遊びを楽しんでいると、どこかからごおっという唸るような音が聞こえてきた。

驚いて動きを止め、周囲を見渡す。

「何の音だ……？」

「近づいてくるぜ」

ゴオオオオ……と地響きのような低い音。突然、何かに日差しを遮られて周囲が暗くなった。亘がすっとんきょうな声を上げる。

「うわっ」

木々の間から、巨大な物体が頭上に現れた。

飛行機だ。

飛行機の腹が、川に入っている二人の真上を圧倒的な存在感を漂わせながら堂々と通過していく。式部もただ呆然としてそれを見上げげた。飛んでいる機体をこんなに近くで見たのは初めてだった。まるで映画か何かのワンシーンみたいだ。

遠ざかっていく低い音と共に、視界に青空が広がる。再び周囲が明るくなった。

思いがけない物の出現に、二人はしばし顔を見合わせた。

息を吐き出し、亘が興奮した声で呟く。

「びびった。すげえ迫力」

「今のは、近かったな。多分この近くに飛行場があるんだ」

「B29ってあんな感じなのかな」

「全然違うだろ、大きさとかさ」

口々に好き勝手なことを云いながら、岸に上がる。

「急がないと暗くなっちまう。行こうぜ」

亘が神妙な顔で頷く。道路に戻って再び自転車をこぎ出すと、小さなトンネルに入った。

日差しが遮られ、肌で感じる温度が急に低くなる。

「『不思議探偵団《Wonder Detectives》』、たちばなわたるぅー！」

立ちこぎしながら大声で名前を叫ぶと、薄暗いトンネル内でわあん、と声が反響する。

亘が頭部をのけぞらせて莫迦みたいに大笑いした。再度、反響。

しばらく先を行くと、あちこちを草で覆われた道路に突き当たった。

腰くらいの高さにチェーンが張られ、立ち入り禁止という錆びついた看板がぶら下がっている。

草むらの中に、落書きされた古い案内板が倒れていた。

「げ、なんだよこれ。行き止まりじゃん」

式部はリュックから持参してきた地図を取り出した。

「採石場はこの先だ。向こうの大通りに出ちまうとまた町に降りるし、この道を行くしかないみたいだ」

「しょーがねーな」

自転車を持ち上げる形で、チェーンを乗り越える。道は思った以上に荒れ放題で、行く手を塞ぐように時折大きな岩が転がっていた。地面にでこぼこした古い轍《わだち》の跡がいくつも残っている。

さすがに自転車に乗るのはあきらめ、押しながら前へ進んだ。

暑さの中、みるまに息が上がってくる。奥に入るにつれ、通る車の音も、人の声も全く聞こえなくなった。聞こえるのはお互いの呼吸と自転車のタイヤの回る音、虫や鳥の鳴く声くらいだ。

「――つっ」

ふいに走った鋭い痛みに小さく声を上げ、式部は肘《ひじ》を持ち上げた。見ると、右腕の表面にうっすらと一筋の赤い線が伸びている。心配そうな亘に向かって云った。

「草で切った。大したことない」

「オレ、バンソーコー持ってる」

自転車を止めた亘が自分のリュックをごそごそと探り、絆創膏を渡す。

「用意いいな、お前」

「傷口からばい菌が入ると、小さいケガでも化膿《かのう》して死んじゃうんだってさ。お母さんが云ってた」

得意げに口にしてから、はっとして口をつぐむ。また莫迦にされるのではないかと上目遣いに見る亘に、式部は笑みを返した。

「サンキュ、使う」

「うん」

亘がホッとした様子で嬉しそうに頷く。日差しのせいか、亘の両腕が痛々しいほど真っ赤になっていた。それは式部も同じだった。亘はいいことを思いついたというように、とっておきの笑顔で云った。

「なあ」

「うん？」

「大人になったらさ、えるは本を書けよ。『不思議探偵団《Wonder Detectives》』みたいなすげー面白いヤツ！　んでアニメ化されたら、オレがその声優やってやる。それってかなり面白くねえ？」

「……お前が今より百倍上手くなったら考えてもいい」

「なんだよー」

軽口を叩きながら足場の悪い道を進む。いつしか、蟬の鳴き声が変わっていた。照りつけていた埃《ほこり》っぽい日差しがゆっくり色褪せていく。たえまなく動かし続ける両足が、段々と重く感じられてきた。

ふいに、ガサッと背後の茂みで何かが動いた。亘がこわばった表情で振り返る。

「――今、なんか動いたよな？」

「たぶん、野良猫か何かだろ」

「本当に？」

亘は立ち止まったまま、なおも落ち着かない様子で周囲を見回した。

式部はわざとそっけない口調で答えた。

「オレたちの他に、一体誰がいるっていうんだよ」

「なあ、なんかさっきから、誰かに見られてるような気がしないか」

不安をそそるような亘の言葉に、式部は一瞬どきりとした。が、すぐにそれを打ち消す。

「誰かって、誰に？　いねえよそんなもん」

「わかんないけどさ、なんとなくそんな気がするんだよ」

どことなく怯えた視線をさ迷わせる亘に、軽い苛立ちを感じた。

ぐずぐずしていたら、本当に日が暮れてしまう。ここへ来るまでの長い距離を戻ることを思うと、家へはかなりの時間を要するに違いなかった。

ヒステリックな亘の母親の声を思い起こし、やや気が重くなる。

「早く行こうぜ」

まだ後方を気にする様子の亘を促すようにして、式部は再び歩き出した。亘も大人しく足を動かし始める。

数メートル進んだ所で、ひゃあっという亘の奇っ怪な声が上がった。彼の自転車が、草むらに落ちていた工業用のビニール袋を踏んだらしい。気味悪そうな表情になって前輪を見ながら、亘は訴えた。

「なんか、ぐにゃっていうのを踏んだ。その袋の中、何か入ってる」

「古タイヤか何か、そんなものだろ。気にすんなって」

おざなりな口調で、なだめるようにそう告げる。さすがに中を確認しようという気にはなれなかった。

汗の匂い。疲労だけでない何かが、確実に二人の歩みを遅くしていた。太陽の日差しが変化していくにつれて、胸の奥底に押し込めていた不安や緊張がゆっくりと頭をもたげ始める。だんだんと二人の口数は減り、しばらく互いに無言のまま歩き続けた。

「見ろよ、える」

ふいに興奮した様子で亘が叫んだ。足元に注意して下を向いていた式部がその声に顔を上げると、道の先に大きく開いた場所が見えた。

息を呑んで一瞬顔を見合わせ、自然と早足になって近づいていく。

突如、視界が広くなった。目の前に現れた、人工的に削り取られた白っぽい山肌を見上げる。緑に覆われた山でその部分だけが、怒ったように剝き出しの地肌を晒していた。

おそらくは作業場だったのだろう、今にも崩れ落ちそうな木材の骨組だけが、至る所に蔓《つる》を巻きつかせながらかろうじて面影を残して建っている。レバーやローラー、ドラム缶。地面にうち棄てられた機械などの類は、例外なく赤錆に腐食されている。

塗料の色を失って錆びついたリヤカーが、獰猛《どうもう》な緑の中に半分埋まるようにして斜めに転がっていた。人の脆弱《ぜいじゃく》な生命活動をあざ笑うかのように、そこにあるあらゆるものを年月がたやすく呑み込んでいくさまが生々しく見て取れる。

その光景は、立ち入った者に表現しがたい圧倒的な存在感のようなものを感じさせた。

「……すげえ」

亘がかすれた息を吐き出すように呟いた。乾いた唇を舐め、もう一度呟く。

「すげえ」

式部も全く同意見だった。確かにここなら、人知を超えた何らかの存在が姿を現しても全然おかしくない。そんなふうに思えた。

「UFO山の名前はダテじゃなかったな」

周囲の空気にやや気圧されながら、式部はそんな言葉を漏らした。生ぬるい風に吹かれ、自分の中で達成感と疲労感がじんわりと湧き起こってくるのを感じた。

自転車のスタンドを立て、ただ草むらの中に立ち尽くす。どれくらい、そうしていただろう。木々を照らす日差しが少しずつ赤みを帯び、やがてねっとりとしたものに変化していく。短い晩夏の夕暮れが近づいているのだ。周りの木々がオレンジ色に染められていく。

式部は気持ちを切り替えるように深呼吸すると、隣の亘に向かって笑いかけた。

「帰ろうぜ。暗くなったら、さすがにやばい」

亘は動かない。黙ったまま、じっとその場に立っている。怪訝に思った式部は、再び声をかけた。

「亘？　どうしたんだよ、帰ろうぜ？」

「うん」

そう云ったきり、やはり動こうとしない。

頷いた亘の横顔は、なんだか妙に思いつめたような色を宿していた。

「——なあ、UFOにさらわれるって、どんな気分なんだろうな」

亘がぽつりと口を開いた。

「住んでた町からずっと遠い所に連れていかれて、通ってた学校に行けなくなって、友達とも会えなくなって、それってどういう気持ちなんだろう」

「亘？」

「あのさ、える」

急にとってつけたような笑顔になり、不自然な明るい口調で亘は云った。

「証拠、探してみねえ？」

ふいをつかれて、思わず聞き返す。

「証拠？」

「うん、そう。オレとえるがUFO山に調査に行ったって云ってもさ、クラスのみんな信じないかもしんねえじゃん。だから確かにUFOがここに飛来してるんだって証拠見つけてさ、クラスのヤツら驚かしてやろうぜ」

「何云ってんだよ」

式部は呆れた声を発した。云っていることが滅茶苦茶《めちゃくちゃ》だ。

「そんなの、今から探してそんな簡単に見つかるもんかよ。第一、こんな山の中で暗くなったらどうすんだよ」

「いいじゃん、大丈夫だって。探してみようぜ。もしかしたらマジで異種生命体と遭遇とかしちゃうかも。うわ、すげえ」

「あのなあ、いい加減にしろって」

からはしゃぎを続ける亘に、止めたままの汚れた自転車を横目で見やり、式部はげんなりと嘆息した。もう帰るぞと態度で示すべく、ウォークマンのイヤフォンを耳に差し込む。

深く意図せず、呟いた。

「お前の親が、大騒ぎしちまうぞ」

瞬間、夕日の中で傍目にもはっきりと分かるくらい亘の表情が変わった。

「――だからなんだよ！」

叩きつけるように切実な声が叫ぶ。式部は驚いて目を見張った。

それはこれまで一度も式部が見たことのない、激しい亘の形相だった。

「分かんねーじゃねーかよ、見つかるかどうかなんて。大丈夫かどうかなんて、なんでそんなもん、やる前から分かるんだよ」

「わた、る？　お前、どうしたんだよ。ちょっと落ち着けって」

亘のあまりに急な態度の変化に戸惑いながらも、式部はなだめようとして声をかけた。

「証拠探しがしたいんだったら、また今度別の所にでも一緒に行けばいいじゃん。暗くなって、こんな所で迷ったりしたら嫌だろ？」

亘は表面の乾いた唇をぎゅっと噛みしめた。心底もどかしそうな声が、その口から吐き出される。

「……嫌だ。今度じゃだめだ」

「なんで。またオレも、一緒に行ってやるからさ。今日はもう帰ろうぜ？」

亘のTシャツの腕を引こうとすると、思いがけない力でそれを振り払われた。弾みで、式部の右腕からW・Dのロゴが入ったアームホルダーがずり落ちそうになる。

予想外の亘の行動に対する驚きと、その後に苛立ちが、式部の中で生じた。声に険が含まれる。

「亘、いい加減にしろよ。何、意地になってんだよ」

「意地になんかなってねーよ」

亘は下を向き、なおもふてくされたような口調で呟いた。思わず舌打ちする。

「なあ、おい」

式部は再び我慢強く話しかけた。

「親のこと云ったから怒ったのか？　だったら悪かったから、早く帰ろうぜ」

亘は答えない。俯いたまま、唇を引き結んで立ち尽くしている。

夕方の空で鳥が鳴いた。黙りこくった亘に焦れて、式部はわざと突き放す口調で云った。

「勝手にしろよ」

断固として話を打ち切る姿勢でウォークマンのスイッチを入れ、自転車に向かって歩き出す。そうすればさすがに亘もあきらめて、すぐに自分の後をついてくるはずだという確信があった。

おなじみの賑やかなテーマソングが耳の中で鳴り出す。数歩進んだところで、式部は肩越しに振り返った。意外なことに、亘はついてこなかった。

同じ場所に立ったまま、睨むようにただ地面を見つめている。そのときだった。

唐突に亘が走り出した。とっさのことに反応が遅れ、慌てて呼ぶ。

「亘⁉　おい、どこ行くんだよ！」

亘は草をかき分けるようにして、採石場を駆けていく。走る先にあるのは、こぶのように並ぶ二つの山だ。砂利がうずたかく積み上げられた小山は、黄昏の中で何か儀式めいたまがまがしい存在に見えた。

「亘！　危ないって。戻れよ！」

草むらの中で、亘がこちらを振り向いた。呼びかけに反応したのかと安堵する。

だがしかし、亘は次の瞬間、式部に向かって大きな声で宣言した。

「見てろよ、えるー！　絶対見つけてやるからな！」

「な……っ」

言葉を失う。亘はみるまに土砂の山まで辿《たど》り着き、その高さに少しだけためらいを見せたものの、やがて身を屈めるようにして危なっかしい足取りで登り始めた。

「亘、危ない。戻ってこいよー！」

声を張り上げて叫ぶが、亘は一向に降りようとする気配がない。式部は動転してそれを眺めた。

亘は一体どうしてしまったのだろう？

亘はおぼつかない足取りで、少しずつ這うようにしながら小山を登っていく。その度に、踏みしめた足場の小石や土がパラパラと崩れて下に落ちる。見ていられなかった。

亘の背中が、とても小さい。

固唾《かたず》を呑んで見守る中、ついに亘が頂上に辿り着いた。ぎこちない動きでバランスを取りながらこちらを振り向き、おそらくは勝ち誇った笑顔を浮かべながら大きく手を上げる。

「えるー！」

お前も来いよ、とでも続けようとしたのであろう次の瞬間、悲鳴が上がった。

ふいに亘の足場が大きく揺れ、まるで見えない巨人の手に削り取られたかのごとく、上方の土と砂利が一気に向こう側に崩れ落ちたのだ。

「亘！」

うわーっという亘の叫び声と、岩や土の崩れていく重い音。それはまさに一瞬の出来事だった。

式部はその場に凍りついた。

指が、小刻みに震えている。顔から血の気が引いていくのが分かった。

「亘……？」

怖々と名前を呼ぶ。返事はない。

土煙がおさまったとき、亘の姿は視界から消えていた。膝から力が抜け落ちそうになる。その場にへたり込みそうになるのを必死でこらえ、式部は声を張り上げた。

「――亘！」

表情をこわばらせ、動き出そうとしたそのとき。

式部はぎょっとして足を止めた。頭上に、突然赤い光が現れた。

口の中が一瞬にして干上がる。あれは一体、何だ。

夕焼けに染まった空で、その赤い光は姿を見せたかと思うとふっと消え、再びまた現れた。何らかの意思を持つようなその動きに、式部の背中に本能的な恐怖が起こった。

交番でコウちゃんに云われた言葉が、唐突によみがえった。

『UFO山は危険な場所だから、絶対に子供だけで行っちゃやだめだぞ』

恐ろしげな形相、声音で告げられた台詞。

『面白半分であそこに近づいたら、二度と家に帰ってこられなくなるかもしれないんだからな』

ついさっき横にいた亘の、不安そうな顔が云う。

『なんかさっきから、誰かに見られてるような気がしないか』

耳の中で軽快なテーマソングが鳴り続ける。しかし何度も繰り返し聴いたはずのその歌詞は、もはや一語も頭に入ってこなかった。ふいに近くでギャア、というしわがれた鳴き声がした気がした。

空気を震わせ、近くの木々から一斉にカラスたちが飛び立っていく。

その途端、全身を電流みたいに恐怖心が走り抜けた。限界まで高まった緊張からうわずった悲鳴を上げ、式部は足をもつれさせながら必死で走り出した。

近くに止めてあった自転車にまたがり、震えにままならない足で懸命にペダルの位置を探り当てる。そこに足がかかったとき、式部は死に物狂いでがむしゃらにペダルをこいだ。

赤い光が点滅する。口の中が干上がった。

UFO山だ。ここは、近づいてはいけない場所だったのだ。

流れ続けるアップテンポな旋律に、亘の発する機械音が混じって聞こえるような錯覚を覚えた。

混乱した式部の脳裏で、壊れた亘の口から狂ったノイズが飛び出す。

ジー、ガガガガガ。

夢中でひたすら自転車を走らせる。後ろから何かが追いかけてくる気がした。

亘が急におかしくなったのは、きっとあの場所のせいだったのだ。あのアニメみたいに超常現象が本当に起こって、亘は宇宙人に捕まってしまったのに違いない。

大人たちが口うるさく云うように、初めから子供が近づいてはいけない恐ろしい場所。もし捕まったら、自分もきっと——。

「うわあっ」

突然、ガクンと前のめりになった。タイヤが何かに乗り上げたらしい。

そのまま地面に叩きつけられ、背中に走った衝撃で一瞬息が詰まった。顔にムッとする草の匂い。

起き上がろうとしたとき、右の手のひらに熱い痛みが走った。

驚いて目をやると、手のひらと肘のあたりがいびつな形に切れて出血している。草むらに落ちていた剝き出しの有刺鉄線が目に入り、転倒した拍子にそれで切ったらしいと気がつく。口の中で土の味がした。喉の奥で軽い吐き気が起こる。ウォークマンの側面に真っ直ぐに傷がついていた。テーマソングが、耳の中で執拗にサビの部分を繰り返す。

表情をひきつらせながらなんとか身を起こそうとしたとき、頭上で何かの気配を感じた。

空を見上げ、そして式部は今度こそ大きく目を見開いた。

赤く染まったグラデーションの空、そこには銀色に光る円盤が浮かんでいた。

＊

「――その後は、よく覚えていない。とにかく無我夢中で、必死で家まで逃げ帰ったことだけは確かだ」

そう云って、式部はすっかり氷の溶けてしまったアイスコーヒーをストローでかきまわした。その表情から、微細な感情は読み取れない。

利緒が複雑な面持ちで尋ねた。

「それで、その亘って友達はどうなったんだ？」

「次の日も、その次の日も亘は学校に来なかった。数日後、急な親の事情で転校したって担任の先生が皆に告げて、それっきり。だけど、オレだけは知ってた。亘は親の都合で転校なんかしたんじゃないって。アイツは、本当はあれっきり姿を消したままなんだって」

静かにグラスの中を眺める式部は、もしかしたらそのときの光景を思い出しているのかもしれなかった。

「それから一度だけ、思いきって一人でＵＦＯ山に行ってみたことがある。だけど採石場へ続く道は鎖と柵で厳重に閉鎖されてて、もう子供が気軽に立ち入れる状態じゃなくなってた。あのとき起こった出来事は、一体何だったんだろう。夕焼けを見ると、今でもたまにふと亘のことを思い出すことがあるんだ。こんなこと誰にも話したことないし、おかしな話だと思うだろうけど」

小さく苦笑して呟いた式部に、思考を巡らせていた千夏が声をかけた。

「ねえ、式部」

店内スクリーンでは、コミカルなコマーシャルが賑やかな音楽を吐き出している。

千夏は静かに尋ねた。

「――その友達が消えた日は、もしかしたら九月の第一週の土曜日じゃなかった？」

式部が息を呑んで顔を上げた。その口から、驚きのこもった声が発せられる。

「……どうして分かったんだ」

利緒がぎょっとした顔つきで千夏を見た。

二人の反応に、千夏は困ったように視線を動かした。

「式部はなんでいきなり行方不明になった友達のことを連想したんだろう、って思って。さっきあそこのスクリーンに九月一日の防災の日のニュースが映ってたでしょ。あのニュースを見てからだよね、式部が急にその話を始めたの」

解せないという表情で式部が問う。

「それだけで?」

「もう一つ、不思議に思ったの。式部と亘君がUFO山に行ったその日、亘君の家に両親がいなかったのはなぜだろうって」

「だからそれは、大勢の親戚を迎えに行ってたからだろう」

「うん、どうしてそんなに親戚が集まったのかなあって思ったの。法事なら、亘君のお母さんが数日前から嬉しそうに上機嫌で待ちわびてたっていうのはちょっとおかしいよね。式部が遊びに行ったとき、亘君のお母さんは電話でこう話してたんでしょう。『Y県で暮らしたのは初めてだから、皆が珍しがってるのよ』って。つまり大勢の親戚の人たちはY県特有の何か、その珍しいものが目当てで観光にやってくると考えるのが自然じゃないかな。九月の初旬にある、全国から人が集まるようなY県独特の行事。そう考えていったら、真っ先にそれが思い浮かんだんだ」

高村曰く、『不条理SFみたいな映像』。千夏は口を開いた。

「毎年九月の第一日曜に行われる、芋煮フェスティバル」

「芋煮フェスティバル……」

千夏の発言に、唖然とした様子で利緒が呟く。

「今の話を聞いてて、不可解な点があったんだ。式部がいつもと違うと感じた亘君の態度。なぜ亘君は、UFO山に行こうと強く主張したのか。普段の亘君は過保護なお母さんの管理下にあって、その影響を強く受けていたんだよね？　なのに、そのときに限っては、絶対に反対されると分かりきっているUFO山への探索を自分からもちかけ、半ば強引なくらいの勢いで式部を誘った。これはいつもの亘君からしたら、かなり不自然な行動よね？」

「ああ。確かに、それまでそんなことは一度もなかったよ」

「――亘君はたぶん、知ってたんだ」

怪訝な顔をする式部に向かって、千夏は伝えた。

「もうすぐ、自分が転校しなきゃならないってことを」

式部の動きが止まる。

不思議そうにゆっくりとまばたきをして、千夏を見る。

「父親の仕事で何度も転校を繰り返してきたことを、彼は式部にこう話したんだったね。『こんなに長いこと同じ場所にいられたのは初めてなんだ』って。同じ場所にいられるのは初めてじゃなく、いられたのは初めて、と過去形で告げたのは、おそらく近い将来、自分がこの町を離れなきゃいけないのを知っていたからじゃないのかな」

「……何だって」

「そう考えると、亘君の態度がおかしかった理由は全てつじつまが合う気がするの。これまで親友と呼べるような友達がいなかった亘君が、ようやく親しくなれた式部と記念になるような、そんな思い出に残る冒険をしたがった理由。日が暮れかけても、なかなか家へ帰りたがらなかった理由。それでたとえ、神経質な母親にひどく叱られる羽目になっても」

『嫌だ、今度じゃだめだ』

黄昏の中、帰ろうと引いた式部の腕を亘は頑なに振り払う。唇を引き結んで立ち尽くす。なぜなら冒険が終われば、自分たちの特別な時間もまた終わりを告げることを知っていたから。

「冷静に考えて、同級生が突然行方不明になったりしたら、もっと大変な騒ぎになっていたと思わない？　亘君は採石場で怪我をしたかもしれないけど、死亡したり、それこそ謎の失踪を遂げたりしたわけじゃなかった。担任の先生の云ったように、たぶん、本当に転校したんだと思う」

「だけど」

そこで初めてうろたえたように式部は言葉を発した。

「だけど、オレが見たものは？　オレは確かにあのとき赤い光を見たんだ。亘は、何か恐ろしいものに捕まって、そして」

「そうだね。夕暮れの空に、式部は確かに明滅する赤い光を見たんだと思う」

頷いて、千夏は呟いた。

「航空障害灯って知ってる？」

式部の目に、戸惑いが走った。

「日が落ちてから飛行機がぶつからないよう、工場の煙突や鉄塔なんかにその存在を知らせるために取りつけられた赤い電灯のこと。式部が見たのはおそらく、山の鉄塔に設置された航空障害灯の赤い光だったんじゃないかな」

「航空障害灯……」

式部はどこか上の空な調子でその単語を繰り返した。

「近づいてはいけないと噂されるＵＦＯ山で、小学生だった式部は亘君が視界から消えるのを目撃した。そのショックと恐怖心で、明滅する赤い光が恐ろしいものに見えたんだと思うの」

利緒がぐいと眉を寄せ、千夏に尋ねる。

「じゃあ、空を飛んでいた銀色の物体ってのは一体なんなんだ？」

その言葉に、千夏は少しだけ考える素振りをした。

「芋煮フェスティバルの前日。亘君と遠出して思わぬ事故に遭遇し、パニックを起こした式部は、そのとき空に異質な飛行物体を見つけたんじゃないかな」

今朝の、高村と交わしたやりとりを思い起こす。テレビの画面を観て驚いていた高村。

『この不条理ＳＦみたいな映像は、一体何なんだ？』

そう云って彼が驚いたのは大量の食材よりもむしろ、トラックに積まれた巨大な鍋だ。三万食分の食材を投入し、一挙に調理することを可能にする、芋煮フェスティバル専用の巨大な六メートルの鍋。

あれがトラックで運ばれて、大勢の人が集う河川敷に鎮座する光景は、確かに不条理ＳＦの一シーンのようだ。巨大な鍋でぐつぐつと食材を煮込むさまを見て、高村は地獄の釜茹《かまゆ》でを連想したのだろう。確かにあの大きさならば、人間も茹でられるかもしれない――。

そして、芋煮フェスティバルに使われる大鍋の搬送方法を話したときの、彼の啞然とした様子。

『このイベントは東京じゃできないな。ビルが邪魔だし、狭い道路であっというまに交通渋滞になるよ』

『それはそうね。けど、以前の方法だったら東京でもできるんじゃないかな。高村、なんだか分かる？』

「――式部は見たの。ヘリコプターにぶら下げて搬送される、銀色の大きな鍋をね」

「……はあ!?」

利緒がすっとんきょうな声を発する。千夏は説明した。

「以前はそうやってイベントの前日に大鍋を搬入してたそうよ。私は見たことないけど。うちのお母さんが、ヘリコプターの音がしたから農薬散布でもやるのかしらと思って窓から空を見上げたら、住宅街の屋根の上をおっきな鍋が飛んでいったんだって。

——UFO山で事故が起きたとき、式部が耳にしていたイヤフォンからはずっと音楽が流れてた。だから、混乱していた式部の耳に、ヘリコプターの飛行音は聞こえなかった」

式部は口を開かない。あっけに取られた表情で、まじまじと千夏を凝視している。

「オレは」

わずかにかすれた声が、その喉から漏れた。

「ありもしない幻を見たと?」

「友達が視界から消えた。頭上を飛んでいく大鍋を見た。その印象的な二つの光景が、幼かった式部の中で混ざり合って、無意識に友達が宇宙人に——何か得体の知れない存在に連れ去られたんだって物語を作り上げたんだと思うの」

式部は言葉を失ったように黙り込んだ。

「仲の良かった警察官のお兄さんに、UFO山は恐ろしい場所だから近づくなっておどかされたって云ったよね。でも、大の大人が宇宙人にさらわれるなんて噂話を真に受けて子供を注意するなんて、よく考えてみるとちょっと変じゃない? 採石場跡が恐ろしい場所だって云ったのは、そういう意味合いじゃなくて、崩落事故なんかで怪我をする危険性があるから近づくなって、きっとそういう意図だったんだと思う。事実、その後式部が一人でUFO山の採石場跡を訪れたとき、そこは前と違って立ち入れないよう厳重に閉鎖されていたんでしょう。それは子供が怪我をする事故があったから――つまり、亘君の事故があったからなんじゃないかと推測してみるんだけど」

「……亘は、何かに連れ去られたんじゃなく、生きてるって？」

「そう思う」

戸惑った様子の式部の問いかけに、千夏はゆっくりと頷いた。

「でもね式部、子供だった式部は確かに恐ろしいものを見たんだ。それはユウレイでも宇宙人でもなくて、式部自身の中に存在していたもの。怪我をしただろう友達を置いて怖くなって逃げ出した。そして親友を置き去りにしたというその事実が、式部にとってはひどくショックで、認めたくない出来事だったんだね。幼かった式部の中で、記憶はすり替えられた。親友は自分の力の及ばない、得体の知れない何かに連れ去られてしまったのだ、というふうに」

千夏の言葉を耳にしながら、式部はどこか遠くを見るふうな眼差しになり、何か考え込む様子で宙に視線をさまよわせた。

長い沈黙の後、その唇から長いため息が吐き出される。

「……そうか。そういうことだったのか」

自責を含んだ静かなその声の調子に、千夏ははっと我に返った。瞬時に苦い思いが湧き起こる。しまった、またやってしまった。慌てて式部に向かって詫びる。

「ごめんなさい、気を悪くした？」

式部は首を横に振った。

「いや。むしろ、すっきりした」

憑《つ》き物の落ちたような表情をした式部の言葉に偽りの気配がないのを見て取り、千夏は肩の力を抜いた。利緒が腕時計を見やる。

「そろそろ出るか。結構、話し込んだな」

席を立つと、利緒が化粧室を指差した。

「悪い、先行っててくれ」

頷いて式部と二人で店を出る。いつのまにか、真昼の日差しは赤みがかった黄昏のそれに姿を変えていた。

駐車場に停めた車に向かって歩きながら、千夏はそっと式部の横顔を盗み見た。

胸の中に、ある一つの考えがよぎる。

——なぜ彼は、今までずっと親友が「消えてしまった」のだと疑いなく信じ込んでいたのか。

ヒステリックな亘の母親が怒鳴り込んできたり、周囲の大人たちに事情を聞かれるような出来事があったなら、式部が亘の事故を全く知らないはずはなかった。

つまり、事故のことで式部の元へやってきた者は一人としていなかったのだ。なぜか。

式部と二人で採石場跡地に行ったという事実を、亘が誰にも告げなかったからだ。

『極秘任務、決行だぞ』

アニメに出てくる主人公と、ライバルと同時に親友でもある少年。

彼らは時として正義のため、友情のために、共に危険に立ち向かう。

気だるげなオレンジの日差しの中、式部は喋らないまま前を向いて歩いている。

その胸の内にどんな思いが去来しているのか、横顔からは推し量れなかった。

道路に灯り出す車のテールランプ。血管みたいな光。

大気が汚れているときほど夕焼けがうつくしく真っ赤に見えるなんてとても皮肉だ。

夜空で赤く明滅する光を、子供の頃は未確認飛行物体だと思っていた。人間に擬態したエイリアンが、この町のどこかに潜んでいるのだと。

あれが飛行機への合図灯だと知ったときは脱力した。

「オレさ」

ふいに黙っていた式部が口を開いた。

「高校の頃、有馬と読んだ本の話するの本当に楽しかったんだぜ。……有馬は、オレが芥川と知り合いだから、それで話をしてるだけだと思ってたみたいだけど」

式部の顔も空も、目に映る全てのものがオレンジ色に染まっていた。

千夏は眩しげに目を細めた。夕暮れは苦手だ。境界が曖昧になる。

何もかもがいっしょくたになって、ビーフシチューみたいにぐずぐずに煮とけてしまう気がする。

立ち止まると、どこか切実な色を含んだ視線とぶつかった。式部が静かに名を呼ぶ。

「有馬」

とっさに聞こえないふりをして、遠くを見た。
思い出はきっと振り返らない方がいい。
——少しずつ、黄昏に呑み込まれていく。

# 最終章　八月に赤

こんなゲームを知っているだろうか。

その推理ゲームに必要な最低限の人数は、探偵役が二人と判定役一人。

海と山と塔の絵が描かれたボードに、百枚の事件カード。

探偵役はサイコロを振ってボード上の駒を進め、重ねられた事件カードから交互に一枚ずつ引いていく。カードに書かれているのは、たとえばこんな内容だ。

【雪原の中心、心臓を刺された男が倒れている。胸の刺し傷以外の外傷は見られない。周囲には高い木や建築物は何もなく、足跡一つ残されていない。犯人は一体どうやって逃亡したのか？】

探偵役はそこに書かれた内容から事件の真相を推理し、自分の正しいと思う解答を口にする。それが妥当かどうか判断するのは、判定役だ。

「犯人は自家用飛行機で男を刺し殺し、空から地面に向かって投げ捨てた」

このような答えを出した者は、まず間違いなくゲームから脱落させられる。

「飛行機から死体を投げ落としたなら、刺し傷以外に損傷がないのはおかしいだろう」

大学時代にミステリ研究会の先輩がアルバイトしていたマイナーな玩具メーカー、黄金どくろ社から発売されたこの物騒なボードゲームは当然のように全く売れず、会社自体がまもなく潰れた。

しかしミステリ研究会では一時期このシンプルかつ明快なボードゲームが意外な人気を呼び、ラウンジの片隅で複数のサークル員がよくこの推理ゲームに興じていた。

残念ながら今の推理には矛盾点があるねえ。だめだめ、それでQEDなんて認めないわよ。

いい年をした大学生らが顔を寄せ合ってボードをのぞき込み、側で真剣にあれこれ口を出すさまは、傍から見ればさぞ奇妙な光景だったに違いない。

探偵役が導き出した回答が判定役を納得させられれば、クリアした事件カードは自分の物となり、そのとき自分の駒がいるマップ上に伏せられる。

海、塔、山の三つのエリアを先に制した方の勝ち。

参加人数が多い場合は、事件カードに記載された難易度のポイントを合計していって、一番高得点を取ったものの勝ちというルールが適用されることもある。

大学の頃、ラウンジに行く度にこの推理ゲームに興じていた時期があった。

〔雪原の中心、心臓を刺された男が倒れている。胸の刺し傷以外の外傷は見られない。周囲には高い木や建築物は何もなく、足跡一つ残されていない。犯人は一体どうやって逃亡したのか？〕

「簡単な答えよ」

サークル員たちが興味深げに見守る中、楽しげに口を開いた。

「周囲には何もなかった。本来あるべき、被害者の足跡もね。犯人は雪が降る前に彼を殺害し、逃亡した。だから雪原には痕跡が残らなかったの」


地方都市において、夜のジャスコは眠りを知らない不夜城だ。

車を停めて外に出ると、だだっ広い駐車場は出入りする車と人の姿で賑わっていた。湿った空気と夜の匂い。

カートを押した主婦がアスファルトの上でガラガラと音を立て脇を過ぎる。誘導係の男性の振る赤色灯が、闇の中で不思議な生物みたいに揺れていた。

地方都市と都心との大きな違いは、空の広さだと思う。

普段、建物と建物の間に切り取られて見える痩せた空を眺めていると、帰省したときに見上げる空の面積に圧倒される瞬間がある。

都心部では建物が鉛筆のように上へ上へと高くそびえ立つのに対し、地方では建築物が横に広がるのも特徴だ。

異様なまでに売り場面積が広い二階建てのジャスコの店内を歩くと、帰る頃には自分がどこの入り口から入ってきたのか分からなくなる。広い駐車場で車を探すのも一苦労だ。

夜の中で平べったく広がる建物の形を見ていると、子供の頃にやったテレビゲームを思い出す。フィールド画面の中でぽつんと現れる、大きな廃工場。主人公たちが迷い込んだダンジョンのようなそれを連想する。

こうしていられるのはいつまでだろう、とふと思った。

タイムリミットは、近い。

「結構人が多いね」

建物の中は明るく、客の話し声と軽快な音楽が流れていた。作り物みたいに色鮮やかな野菜や果物。陳列棚の業務用フリーザーが、惜しげもなく冷気を吐き出し続ける。半袖のシャツから露出した二の腕が、少し肌寒い。

「そりゃ、今日は今年最後の花火大会だからな」

当たり前のことを云うな、という顔で利緒が見返す。

今日は天堂市が主催する納涼花火大会だ。

第一会場と第二会場に分かれて二千発の花火が上がり、屋台が立ち並んだり、駅から会場への臨時バスが出たりと、朝から町は非日常の雰囲気にひどく浮き足立っている。

午後八時に、両方の会場で仕掛け花火ナイアガラがオープニングを飾り、約一時間にわたって花火職人たちが技巧を凝らしたあでやかな作品を競い合うのだ。

自分たちはといえば別段そのお祭り騒ぎに参加しようというつもりもなく、利緒の誘いで国道沿いのファミリーレストランに行き、珍しく三人で晩御飯を済ませたところだった。

帰りに買い物に寄りたいと成瀬が云い出したため、利緒の運転で近くのジャスコにやって来たというわけだ。

「成瀬、時間大丈夫？　あんまり遅くなるとまずいんじゃない？」

「平気。お義母《かあ》さんが、たまには外でゆっくりしてきたらって云ってくれてるから。孫の面倒見るのが嬉しいみたい」

「成瀬のとこって旦那さんの家族と同居でしょ。結婚するとき迷いはなかった？」

「んー、でも結婚前からお互いの家によく遊びに行ったりしてたし。そりゃまあ、赤の他人同士だから気を遣う部分は勿論あるけど、特に抵抗はなかったよ。単純に、家族は多い方が楽しいかなって思ったの。おじいちゃんがいておばあちゃんがいて、旦那さんと子供と犬と猫がいて、みたいな」

成瀬らしい答えだ。彼女は時として、自分が高さを測りあぐねて見上げている塀をそ知らぬ顔で容易に飛び越える。

「ちぃ。こないだあたしの車に置き忘れてったケータイ、返しとく」

利緒がそっけない様子で携帯電話を放ってよこした。苦笑して受け取る。

「ありがと。おっかしいなー、置いてったつもりなかったんだけど。なんかバタバタしてたから、お祖母ちゃんの葬儀終わって気が抜けちゃったのかな」

「まあ、そんなこともあるだろ」

珍しく皮肉を云うこともなく、利緒が呟く。

店内では先ほどからタイムセールや安売りを告げる放送がしきりにかかっていた。

舞鳥山の入り口にあるシマショーこと島田正食品スーパーが、納涼花火大会の行われる第一会場と第二会場を挟んで丁度真ん中にあり、今夜はそこに車を停めていく利用客が多いと思われるため、負けじと対抗しているのかもしれなかった。

それにしても、とポップなパッケージの菓子を手に取った利緒をさりげなく盗み見た。

今日の利緒はなんだか様子がおかしい。

自分から誘い出したというのに、口数が少なくてどこか上の空だ。

……そういえば最近、利緒がやたらと自分の家に来たがるような気がする。もしかして、何か話したいことでもあるのだろうか。

密かにそんなことを思ったとき、ふいに利緒のポケットで携帯電話の着信音が鳴った。

「ピンクパンサー」の怪しげなメロディが、明るい音楽が満たす店内で自己主張するように鳴る。

利緒は携帯電話を取り出して、ディスプレイを開いた。

着信名を確認した途端、すうっと目が鋭い光を帯びる。

通話ボタンを押し、乱暴に耳に押し当てるやいなや、利緒の口から苛立たしげな声が発せられた。

「――かけてくるなって云っただろ」

静かな怒りを押し殺したようなその口調に、驚いて利緒を見た。

利緒のこんな声を聞くのは、初めてだ。電話の向こうで相手が何か云っている気配。それを断ち切るように、利緒が言葉を叩きつけた。

「うるさい、消えろ」

有無を云わさず、通話をオフにする。

「利緒ちゃん、大丈夫？」

黄色い買い物カゴをさげた成瀬が近づいて利緒の顔をのぞき込み、気遣わしげに小声で尋ねた。

利緒は険しい眼差しでうっとうしそうに髪の毛をかき上げてから、そこで気がついたように成瀬を見た。利緒の手首で、苛立ちを映し出すように銀色の腕時計が反射する。

「ああ、悪い。平気だ」

「……そう。なら、いいけど」

成瀬が何か云いたげな顔をするのを、利緒は取ってつけたように微かな笑みを浮かべて押しとどめた。

「あたしは大丈夫だ。知ってるだろ」

「――うん」

成瀬が仕方なさそうに頷いた。そのまま何事もなかったようにさっさと歩いていく利緒の後ろ姿を見送って、成瀬に尋ねた。

「利緒、どうかしたの？」

「そういうわけじゃ、ないんだけど」

成瀬が困惑したような表情を浮かべ、慌てた様子で答える。

「なんでもないの。ちぃちゃん、あんまり気にしないで」

テナントのCDショップや書店を眺めながら、他愛のない話をして歩く。

こんなふうに過ごす時間は十代の頃と何も変わらない気がした。

地元にいると、なんだか緩やかな時間が無尽蔵に広がっているような錯覚と同時に、不安に似た一抹の物寂しさを感じる。幸福とちっぽけな悲哀。

これが故郷に帰省した際に誰もが抱く類の感情なのか、それとも自分だけが感じているものなのか分からなかった。

確認のしようがないし、そもそもそんなことを考えたところで何の意味もない。

自分が見ている赤い色と、別の人間が見ている赤が全く同じかどうかなんて、一体どうやって証明できる？

バッグからそっと自分の携帯電話を取り出した。

高村からの新しい着信は、ない。

寂しいのか安堵しているのか自分でも感情が曖昧だった。自分にも分からないものを他人に理解してくれと望むのは、さらに無理というものだろう。

「もうすぐ花火大会始まっちゃうね。道路が混む前に、帰ろっか」

利緒が思い出したように呟いた。

「そういや、うちのプリンターが調子悪いんだった。悪い、ちょっとだけ二階の電器屋見てきていいか」

「あ、付き合うよ」

「いや、いい。すぐ戻る」

利緒がエスカレーターの方に歩き出すと、成瀬がはしゃいだ口調で自分の腕を引っ張った。

「ちぃちゃん、藤井園の抹茶サンデー食べようよ」

一階のお茶屋で販売する濃厚な抹茶サンデーは、帰省すると必ずといっていいほど食すお気に入りの一品だ。

「私、買ってくる。荷物見てて」

「うん」

エスカレーターの近くにある休憩スペースのベンチに腰かけ、軽い足取りでお茶屋のカウンターに歩いていく成瀬の後ろ姿をぼんやり眺める。

ショートパンツから伸びる成瀬の素足が無防備で、夏らしい。

「お待たせー」

ややして、鮮やかな深緑色のサンデーのカップを二つ手にした成瀬が戻ってきた。自分の横に腰を下ろし、とろりと黒蜜のかかったその一つを手渡してにっこり笑う。

ついこの前まで盆の帰省土産の特設コーナーだったスペースには、地元の野球チームの派手な応援グッズが並んでいた。威勢のいいチームの応援歌が繰り返し流れている。

ベンチに座った成瀬が両足をぶらつかせながら、さりげない口調で云った。

「ねえ、ちぃちゃん」

「何？」

カップの蓋を外し、プラスチックのスプーンでサンデーの表面をすくいながら、何気なく聞き返した。

「私、ちぃちゃんの書く小説好きだよ」

ふいをつかれた思いで、隣の成瀬を見た。賑やかに客の行きかう中、成瀬が屈託のない笑みを向ける。

——時として、ひらりと塀を飛び越えてみせる成瀬。

幾度か目をしばたたかせた。戸惑ったようにまつ毛が空気を震わす。

やがて、小さく呟いた。

「ありがと」

五分経ち、さらに十分ばかりが経過した。利緒が戻ってくる様子はない。

空になったカップをゴミ箱に捨て、成瀬が呟いた。

「……利緒ちゃん、遅いね。売り場が混んでるのかな」

「お手洗いにでも寄ってるとか」

バッグから携帯電話を取り出し、成瀬に云った。

「電話してみる」

登録してある利緒の番号を呼び出し、コールする。耳元で単調な呼び出し音が鳴った。トゥルルル、トゥルルル、トゥルルル。

「――出ないみたい」

携帯電話をしまい込む。

「呼び出し音に気づいてないのかな？　どうしたんだろ」

不思議そうに首を傾げる成瀬を横目に、立ち上がった。

「あたし、ちょっと家電コーナー探してくるね」

「ん、荷物見てるから」

全く利緒はどこをふらついているんだろう。胸の内でそうぼやきながらエスカレーターで二階に上がる。見つからなかったら、迷子アナウンスしてやるから。

家電コーナーは思ったより空いていて、熱心な面持ちでパソコンを眺める若い男性や、お試し用のマッサージチェアでくつろいでいる中年女性などの姿がちらほら見える以外はがらんとしていた。売り場の通路に、利緒の姿はない。

念のため近くの玩具コーナーや雑貨コーナーなどものぞいてみたが、利緒は見当たらなかった。入れ違いになっただろうかと怪訝に思い、下りのエスカレーターに足を向ける。再びベンチに戻ると、一人で帰ってきたのを見て成瀬がきょとんとしたふうな声を出した。

「あれ？　利緒ちゃんいなかったの？」

「二階にはいないみたい。こっちにもまだ戻ってないんだ？」

「おっかしいなあ。もしかして、先に車に戻ってるのかな」

云いながら、成瀬が立ち上がった。

「私、駐車場見てくるね」

「お願い」

かろやかな身のこなしで歩いていく成瀬の後ろ姿を見やって、ため息をついた。

一体、利緒はどこに行ったんだろう。そういえば、今日は何だか様子がおかしかったし。

すぐ近くで洋菓子の店舗が店じまいの準備を始めた。

グリム童話に出てくるキャラクターみたいなピンクの三角巾をつけた女性が、どこか華やいだ様子でショーケースの電源を落としていく。

これから花火を観にでも行くのだろうか。

そんなことを考えながらぼんやり待っていると、やがて成瀬がひどく慌てたような素振りで駆けてきた。

「ちぃちゃん！」

ただならぬ声のトーン。何かあったのだとすぐに直感した。

成瀬は普段、こんな緊迫した声は出さない。明るい照明の下、その顔が心なしか青ざめて見えるのに気がついて、どきりとした。

「――どうしたの」

「大変なの。利緒ちゃんが、利緒ちゃんが」

成瀬の呼吸が速い。それが走ってきたせいなのか、動揺のせいなのか判断がつかなかった。

自分の表情が変わるのが分かった。緊張しながら尋ねる。

「成瀬、落ち着いて。利緒がどうしたの」

「駐車場に、利緒ちゃんを探しに行ったら」

不規則な呼吸の下から、成瀬が言葉を発する。

「男の人と口論してたの。興奮して、激しい口調で怒鳴ってた。どうしようと思ってたら、利緒ちゃんが私の姿に気づいて、相手の男の人を置きざりにしてこっちに戻ってこようとしたの。そうしたら、その男の人がいきなり利緒ちゃんの腕を摑んで無理やり車に乗せて、そのまま強引に車を発進させた」

思わず言葉を失った。

顔から血の気がひくのがはっきりと分かった。

成瀬は自分の台詞にいっそう取り乱したふうな様子で顔を伏せ、震える手で口元を覆った。

「利緒ちゃん、タチの悪い男の人にひっかかっちゃったって最近悩んでたんだ。付き合い出してから相手の異常な部分に気がついてすぐに別れ話を切り出したけど、向こうが納得しないんだって、そう云ってた。きちんと別れるから大丈夫だって、そう云ってたのに」

成瀬の声が嗚咽《おえつ》混じりになる。

「口論のとき、相手の男の人の言葉が断片だけ聞こえたの。遠かったからよく分からないけど、殺すとかなんとか、云ってた」

大きく目を見開いた。瞳の表面が乾く。まばたきをする。

嘘でしょう？　喉の奥がひきつる感じがした。

だってこんなのは、現実離れし過ぎている。

「私、追いかけたんだけど間に合わなくて。ちぃちゃん、どうしよう!?」

成瀬が悲鳴のような声で云った。自分の腕を握る成瀬の指が、小刻みに震えている。

頭の中が真っ白になった。息が詰まりそうになるのをこらえ、空気を吐き出すと、懸命に冷静な声を出そうとした。

「落ち着こう、成瀬」

硬くこわばった声が、それでもなんとか口から発せられた。

「とにかく利緒に、もう一度電話してみる」

成瀬が泣き出しそうな瞳でこちらを見上げる。

その視線を痛いくらいに感じながら、こわばった手で携帯電話を取り出し、リダイヤルボタンを押した。

トゥルルル、トゥルルル、トゥルルル。

硬質な音が響く。こんな緊迫した思いで呼び出し音を聞くのは初めてだと思った。

タイムサービスを告げる店内放送、うるさい。

唇が乾き、手のひらがじっとりと汗ばんでいた。お願いだから、電話に出て。

ひどく長く感じられた時間の後で、ふいに呼び出し音が途切れた。

電話の向こうで、誰かが携帯電話を取り上げる気配。――つながった！

急いた思いで勢い込んで尋ねた。

「利緒!?」

電話の向こうの人物は、答えない。押し黙ったような沈黙があった。

なおも必死で問いかけた。

「どこにいるの利緒？　無事なの？」

ぶつり、とふいに通話が途切れた。相手が電話を切ったのだ。

携帯電話を握ったまま凍りついた。慌てて再度リダイヤルボタンを押す。

ダイヤル音と、その後に呼び出し音が鳴った。どうやら携帯電話の電源自体を切られているわけではないらしい。祈るような思いでそれを耳に押し当てた。

どうか、どうかつながって。

しばらく呼び出し音を鳴らし続けると、再び通話がつながる感覚があった。

必死で動揺を抑えながら、電話に向かって慎重に話しかけた。

「利緒？　返事して」

成瀬が固唾を呑んで耳をすましている。先ほどと同じ、沈黙があった。

息を呑み込んだ。電話の向こうで微かに様子を窺っているような気配がする。

間違いない。誰かが、確かに電話の向こうで耳をそばだてている。

「ねえ、利緒」

なおも呼びかけようとしたとき、携帯電話からぼそりと声がした。

「――誰」

警戒心を含んだ、低い男性の声。反射的に身を硬くする。

頭の奥がかっと熱くなった。この男だ、この男が利緒を強引に連れていった。

「そっちこそ、誰なの？」

感情の昂《たか》ぶりに震える声で云った。

「ねえ分かってる？　これ、れっきとした犯罪だよ。こんなこと、絶対に許されない」

男は答えない。ただ黙っている。不安と憤りが瞬時にあふれ出て、叩きつけるように声を発した。

「今すぐ、利緒を返して！」

近くを歩いていた派手な化粧の女子高校生が、その声に何事かというように振り向いた。もどかしい思いで唇を噛みしめる。

電話の向こうで考え込むような長い沈黙があった後、抑揚の感じられない声が短く告げた。

「警察に知らせたら、彼女を殺す」

冷たい響きにぞっとした。

——この男は、人間を一人拉致《らち》しておいて、なぜこんな冷静な声が出せる？

「利緒だけじゃない。あんたも、さっきの女も殺すよ」

男の声が少しだけくぐもって聞こえるのに気がついた。送話口にハンカチか何かを押し当てて喋っているのだろうか。

「こんなことしたって、利緒はあなたの所になんか戻らない。無意味よ」

「どうしてそんなことがあんたに分かる？」

状況や内容と裏腹に、投げ出すような乾いた声。

男の喋り方に、得体の知れない不気味さを感じた。

「彼女は、オレと一緒にいるべきなんだ」

「違う」

あまりに身勝手な男の台詞に目の前がくらくらした。

「こんな――相手の都合も何も関係ないやり方の、どこが愛情だっていうの。こんなことをして、利緒のことを想ってるだなんて、そんなことあたしは絶対に認めない」

電話の向こうで、ふいにけたたましい笑いが起こった。

次の瞬間、ぴたりと笑い声がやむ。

「――面白いね」

男の行動の脈絡のなさに、何かぞっとするものを感じた。狂った論理と、一方的な理屈。ああ、利緒。

この場にいない幼なじみに向かって、胸の内で思わず毒づく。

ずる賢いまでに世渡り上手なはずのあんたが、なんだってこんな危険な男と関わったりしたのよ？

「証明しなよ」

ざらついた手触りの声が耳元で囁く。携帯電話から聞こえるその響きが、どうしようもなく忌まわしいものに感じられた。男の声の温度が、冷たく下がる。

「取り返してみろ」

そのとき、男より少し離れた場所からふいに利緒の声が飛び込んできた。

「ちぃ？　聞こえるか！」

「利緒！」

慌てて携帯電話を握り直した。成瀬が大きく反応する。

「利緒、無事なの？　今どこなの、どこに向かってるの」

早口にまくし立てた自分に向かって、利緒は緊張した声で、それでもはっきりとした口調で告げた。

「……あたしのことはいいから、関わるな。放っておくんだ」

「なんですって」

利緒の台詞に、思わず問い返した。男にそう云わされているのだろうか。

苦しげな利緒の声が訴える。

「こいつはイカレたヤツなんだ。心底病んでる。お前や成瀬まで、危険に晒しちまう」

「莫迦なこと云わないで」

喉の奥が熱く震えた。利緒の勝手な言い草に対しての怒りだった。

「あたしと成瀬に、利緒を見殺しにしろっていうの。放っておけなんてふざけないでよ。必ず助けるから、だから利緒、あきらめないで」

「——ちぃ」

空間の向こうで、利緒が息を呑む気配。激しくためらっている様子が伝わってきた。

やがて利緒が意を決したふうに、息を吐き出す。

「よく聞け」

こちらに向かって、一言一言、噛みしめるように呟く。

「こいつは間違いなくイカレてる。——こいつの頭の中は、まるで夜の海みたいに、暗いんだ」

「余計なことを喋るな」

苛立たしげな男の声と同時に、ぶつりと乱暴に通話が切れた。

後にはツー、ツー、という無機的な電子音だけが残される。

「利緒！」

慌ててリダイヤルを押すと、呼び出し音の代わりに機械的な女性アナウンスが流れた。

『この電話は、電波が届かない所にあるか、電源が入っておりません』

「電源を切られた」

成瀬が青ざめた表情で絶望したようにこちらを見る。

皮膚の表面に鳥肌が立つのを感じた。暗い場所から響くような低い男の声が、ざらりとした感触でよみがえる。

汗ばんだむき出しの両腕が、無意識に震え出した。焦りと迷いが同時に生じる。

汗に湿った手のひらを握る。どうしよう、どうすればいい？

(よく聞け)

(――こいつの頭の中は、まるで夜の海みたいに、暗いんだ)

考えろ。

「……利緒は、あたしたちに何か伝えようとしてた」

貼りついた何かを指先ではがすように、ゆっくりと慎重な口ぶりで呟いた。

そうだ。切羽詰まったこの状況で、利緒のもって回った云い方は明らかに場にそぐわない。元々明快でストレートな喋り方を好む利緒が、あんなふうに遠回しな比喩表現をすること自体がどこか不自然だった。頭の回る利緒が、無意味にその言葉を発したとは思えない。

「夜の海みたいに、暗い……？」

天堂市に海はない。そもそもそんな安直な答えであるはずがない。利緒は何を伝えようとした？男に気づかれないよう、自分たちに向けてどんなメッセージを発した？

焦りに唇を嚙んだ。背中を嫌な汗が伝う。

ふいに、先ほど自分が彼女に投げかけた問いが脳裏に浮かんだ。

(今どこなの、どこに向かってるの)

はっと息を止めた。

握りしめた拳《こぶし》を開く。――そうか、もしかしたら利緒は。

「成瀬」

戸惑った様子の成瀬を見つめて、強い口調で語りかけた。

そうしないと、気持ちがくじけてしまいそうだった。

「今すぐ警察に行って」

成瀬がまじまじとこちらを見る。

「どういうこと？　ちぃちゃんはどうする気なの」

「あたしは利緒たちを追う。確信はないけど、行き先の見当がついたかもしれない」

「何云ってるの、一人でなんて行かせられないよ」

成瀬の瞳が興奮した色を宿す。当然だ。千夏は懸命な思いでなおも言葉を続けた。

「お願い、成瀬」

陽希の柔らかな手のひらの感触を思う。いつも眠っているような一重まぶたの、成瀬の帰りを待っているであろう優しい夫の顔が浮かぶ。成瀬が何より大切にしている家族。

あの人たちを不安にさせる真似はできない。成瀬は巻き込めない。

「助けは間に合わないかもしれない。警察で事情を説明してる間に、取り返しのつかないことが起こってしまうかもしれない。あたしはそれを防ぎたいの。利緒は絶対、無事に連れ戻す。だから、行かせて」

たたみかけるような自分の言葉に、成瀬の眼差しが揺れた。

ためらうように視線をさ迷わせ、しばらくしてから、感情を落ち着けるように大きく息を吐き出す。

「……分かった、ちぃちゃんの云う通りにする」

成瀬の目が、切実な色を帯びてこちらを見た。

「約束して、危ない真似は絶対にしないで。必ず連絡して。ずっと待ってるから」

「分かった」

成瀬が強く自分の腕を摑んだ。その表情が、くしゃりと歪む。

「ちぃちゃん、気をつけてね。お願いだから、利緒ちゃんを助けてあげて」

うん、と頷いて勢いよくベンチから立ち上がった。

先ほどから二人のただならぬ様子に何事かとこちらを盗み見ていたお茶屋の店員が、慌てたように視線を外す。

食品フロアでのんびりと買い物を楽しむ人たち。惣菜コーナーで半額シールを貼られた商品に、わらわらと客が寄り集まる。

さっきまで自分たちがそののどかな光景の一部だったことが嘘みたいだった。

外に出ると、店内の明るさと喧噪はふつりと途切れ、夜の中に立ち尽くした。

花壇の植え込みから虫の声がする。それを躊躇《ちゅうちょ》せずに飛び越え、ほの明るい光を放つタクシー乗り場に駆け出した。

運転手に行き先を告げてバックミラーに映る自分の顔を見ると、ひどい顔色をしているのに気がついた。汗で濡れた前髪が額にかかり、唇が色を失ってかさついている。

気を抜くと、足が震え出しそうだった。胸の内で低く呟く。――しっかりしろ。

さくらんぼ畑の向こうに見えるパチンコ店の看板の明かりが、暗い海を照らすサーチライトのようだ。

過ぎていく道路沿いのラーメン屋や、コンビニエンスストアの白っぽい光が、闇の中で明るく安全な場所に感じられた。今の自分の状況とはまるで無縁に思えた。

なぜ気づかなかった？　利緒がそんな状況に陥って悩んでいたことを、自分はまるで察することができなかった。いや、気づこうとすらしなかった。

身内の死を哀しむ自分を隠れ蓑《みの》にして、迷いの中で日常と切り離された空間をただ安穏と漂っていただけだ。

ここで地に足をつけて生活をし、泣き笑いしている人たちがいるのを見ないことにしたかった。

帰省するとき、昔の幼なじみたちはいつも笑っていて少しだけ口が悪く、そして幸福でいて欲しかった。

だってここは、自分の繭の中だから。

ぎゅっとシャツの裾を摑んだ。

利緒は無事なんだろうか。どうか、間に合って欲しい。

やがて、タクシーがひっそりとした公園の入り口で止まった。

「ここで待っててください、お願いします」

運転手にそう頼んで車から降りると、入り口に刻まれた名前を確認した。

『未朝公園』

闇の中で身震いするように明滅する外灯に、小さな虫が集まっている。ジー、という無表情な電気の音。注意しないと転んでしまいそうな暗さの中、自動販売機の明るさが公園の中で不似合いに浮いていた。

生ぬるい風に、頭上の木々がざわめいた。

ついこの前、高村と携帯電話で話しながら夕暮れに散歩したときと違って、人の気配は皆無だ。

「利緒」

名前を呼ぶと、自分の声が頼りない響きで夜の闇に吸い込まれた。

歩きながら周囲を見渡す。返事は、ない。急速に不安がせり上がってきた。

誰もいない公園で、涼しげな水の音を立て続ける噴水に近づく。利緒の言葉を思い起こす。

『まるで夜の海みたいに、暗いんだ』

天堂市に海はない。海と名の付く地名もない。だとしたら、その単語を使って利緒が連想させようとしたものは何だ？

噴水の中心に立つ、壺を抱え持った半裸の女性像を見上げた。

台に刻まれてある名前を小声で読み上げる。

「精霊《ニンフ》　テティス」

ギリシア神話に登場する、海の女神テティスを象った銅像。

利緒が表したかったのは、公園にあるこの海の女神像ではないのか。

未朝公園。未だ朝ではない、という字を持つこの公園の名前が、夜の海、という利緒の表現と重なった。心臓の鼓動が速まるのを感じた。

暗い公園に利緒の姿は見当たらない。ただ闇ばかりが広がっている。緊張と心細さに足がすくんだ。まさか、思い違いだったのだろうか。

と、ライトアップされた色彩を受けて、噴水の縁で一瞬何かが光るのを見た。一体何だろう。怪訝に思いそれに近づいた。

噴水の縁に置かれているものを目にした途端、喉元から悲鳴がほとばしりそうになる。

腕時計だ。

銀色で、男性的なデザインのそれに見覚えがあった。

これは利緒のつけていたものだ。

ついさっきまで利緒がしていたはずの腕時計の文字盤の表面が、何か激しい衝撃を受けたように粉々にひび割れ、壊れて完全に動きが止まってしまっている。

利緒の腕時計の無残な状態に、言葉を失った。両手で口元を覆う。身体が小刻みに震え出す。どうして。利緒、利緒はどこなの？

汗が伝っているのに、背筋がぞくぞくした。生々しい痕跡に、動揺を隠しきれない。

そのとき、ふとあることに気がついて、動きを止めた。

――待って。

もう一度、思いきり破壊された腕時計に視線を向ける。……妙だ。

仮に利緒が何らかの暴力的な被害を受けたとして、手首に巻いていた腕時計が外れたりするものだろうか？　もし何かの弾みで腕時計が外れたとして、これほど激しく損傷を受けた物が、きちんと噴水の縁に置いてあるというのはどう考えてもおかしい。

壊れて動かなくなった腕時計を手にとってしげしげと眺め、もう一つ妙なことに気がついた。

時計の針だ。今は午後七時半を少し過ぎた時間だというのに、腕時計の針は三時五十分を示したまま停止している。一体どういうこと？

焦れるような仕草で前髪を引き、はっとした。

そうか、利緒だ。

男と利緒は確かにこの場所にいたのに違いない。しかし、利緒が自分の居場所を婉曲《えんきょく》的に伝えたのではないかと気がついた男は、利緒を連れてどこかに移動したのだろう。

おそらくこれは立ち去る際に、利緒が男の目を盗んでとっさに自分に残したメッセージだ。焦りが全身を駆け巡った。――何なの、利緒？　これで一体、何を伝えようとしたの。

分からない。居ても立ってもいられず、ショルダーバッグから携帯電話を取り出した。もう一度、先ほど切られた利緒の携帯電話にリダイヤルする。

単調な呼び出し音がした。利緒の携帯電話の電源が入っている。息を呑む。

つながって、お願い！

心の叫びが聞こえたように、通話ボタンが押される音がした。

「しつこいね。——有馬サン」

何か云うより早く、ざらついた声に名前を呼ばれてぎくりと身をすくませた。

どうしてこの男は、自分の名前を知っている？　混乱しかけて、利緒の携帯電話に登録してある自分の着信名が表示されるという単純な事実に思い当たる。

だめだ、落ち着け。

息を短く吸い込み、みっともなく声が震え出さないよう、精いっぱい虚勢を張って尋ねた。

「今、どこにいるの」

「未朝公園か」

こちらの問いには答えず、低くしゃがれた声で笑うのが聞こえた。その台詞に、すぐ近くで男がこちらを見ている気がして思わず後ろを振り返った。

暗闇で周囲の木々が揺れる。背中に寒気が走った。

壺からたえまなく水をあふれさせるテティス像を仰いで気づく。そうか、噴水の音で。

「利緒が教えたな」

「違うわ」

とっさに云った。

男が逆上して利緒にひどいことをする可能性を思って、口の中が渇いた。

「あたしには分かる。利緒が助けを求めてるなら、どこにいたってきっと分かる」

自分で云いながら、まるでヒーローものの主人公が口にするような台詞だな、と思った。作家志望のくせに、我ながらもっとまともな嘘はつけないものだろうか。

小さく息を呑み込んで、云い放った。

「利緒は、親友だから」

男は笑わなかった。得体の知れない沈黙が怖かった。

「……なら」

暗い場所から聞こえるような不吉な響き。くぐもった声が、物騒な内容を囁く。

「死体になる前に、見つけてみるんだな」

「――待って！」

相手が電話を切ろうとするのを察して叫ぶと同時に、通話が途絶えた。

ツー、ツー、というそっけない音。間を置かず指がリダイヤルボタンを押した。

呼び出し音はするものの、相手が電話に出る気配は一向にない。

焦りに駆られて舌打ちした。ひび割れた、針の止まった腕時計を見下ろす。分からない。利緒、一体何を伝えたかったの。

自分の携帯電話の電池が残り一メモリを残すのみということに気がついて、仕方なくそれをバッグにしまいこんだ。残量はあとどれくらい保《も》つだろうか。

歯噛みしたとき視界に、闇の中で不気味に建つ公園の時計が飛び込んだ。——時計。

手の中の腕時計に再び視線を落とした。考えろ、利緒はどうしてこれをモチーフに選んだ？　そこにどんな意味がある？

文字盤の表面のガラスが割れた腕時計。なぜ腕時計はこんなふうに壊されている？

時計の針が三時五十分で止まっている意味は何だ？

そこまで考えて、はっと顔を上げた。止まった腕時計の針を微かに震える指先がなぞる。長針が十、短針が三を指したまま動かない文字盤。

時計を壊したのは、この数字を表すために腕時計の針を止める必要があったからではないか。長針と短針が指し示す数字を足すと、その数は十三。トランプの十三は、キングを表す「K」。キングとは、つまり「王」に他ならない。

——天堂タワーだ。

屋根に巨大な「王将」のオブジェが載ったシュールな建物。

「王将」の裏側の面に設置されている、「天堂市で一番大きな時計」を思い出す。

乾いた唇を舐める。暗い道を、公園の入り口へと身を翻す。

迷っている暇はなかった。

＊

タクシーを飛び出すと、静まり返った天堂タワーの駐車場を駆け出した。

車内で待っている運転手は、花火大会で賑わう町の中、血相を変えて夜の駐車場に走って行くおかしな女を不思議そうな目で見ているかもしれなかった。

なんだって構わない、利緒が無事に戻ってきさえするのなら。

営業時間を終えた天堂タワーはひっそりとしていて、座る者のないオープンコーナーのイスとテーブルが所在なげに夜の中に佇んでいるだけだ。

シャッターの閉まった建物。正面入り口の前にはチェーンが張ってあって、営業時間のお知らせと書かれた看板が立っている。誰もいない、しんとした空間。

利緒の姿はない。もどかしい思いで周囲を見渡した。

「利緒、いないの⁉」

返事はどこからも戻ってこなかった。どくん、と心臓が不安な音を打ち鳴らす。こめかみを冷たい汗が伝った。

どうして誰もいないのだろう。自分は何か間違えたのだろうか。そんなはずはない、だけど。頭の中がぐちゃぐちゃになりそうな感覚がして、その場にしゃがみ込んだ。

その瞬間、バッグの中で携帯電話が鳴った。反射的に顔を上げる。もしかしたら成瀬が心配してかけてきたのかもしれない。

緊張にうまく動かない指で、携帯電話を取り出す。闇に包まれた駐車場で光るディスプレイに表示されたのは、「芥川利緒」の登録名だ。

息を呑んだ。焦れる思いで、通話ボタンを押す。

「利緒⁉」

「――考えたんだけどさ」

抑揚のない、男の声。目の前が暗くなる。

「利緒を殺して、オレも後を追うことにした。だからもう来ないでね。バイバイ」

「何、云っ……」

平然と告げられた台詞の衝撃に、息が詰まった。どくんと頭に血が上る。

自分の声ではないような、こわばった声が喉から発せられた。

「莫迦なことを、云わないで」

携帯電話を握った手が震え出していた。吐き出す息が乱れる。ああ、だめだ。

「利緒を返してよ！」

悲鳴のような声が無人の空間に響き渡った。絶望的な予感に自分が崩れていくのが分かる。たった数日前に、利緒や式部と一緒に天夏祭を眺めてお茶をした場所。

なのにどうして自分は今、暗闇の中たった一人で取り乱しているのだろう。

全てが悪い夢のようだった。

「利緒を返して、返してよ、返して」

もう何をどうしたらこの男に届くのか分からなかった。ひび割れた声でただそれだけを繰り返し呟き続けた。電話の向こうで、黙り込む空気。

しばらくして、男がゆっくりと口を開いた。

「ゲームをしようか、有馬サン」

どこまで本気なのか分からない、冷えた声が囁く。

「……何ですって？」

訝しげな表情で尋ね返した。今、この男は何と云った？

「あと数分で、午後八時だ。花火大会が始まる。大会終了の九時までに見つけることができたら、利緒はあんたたちに返すよ。ただし」

男の声の温度が下がった。

「十時になったら、利緒を殺す。ゲームはあんたの負けだ」

信じられない台詞に、喉の奥がひきつった。この状況でゲームという単語を口にできる男の感覚が、到底理解できなかった。一体これは、何だ？

「警察には知らせるな。あんた一人で探すんだ。ただし、どう考えてもあんたの方が不利だろうから、特別にヒントをやるよ」

目を見開いたまま、男の言葉を聞いた。どう考えてもまともではないゲームを、この男は本気で始めようとしている。

「オレたちは、同じ場所から動かない。特別席で、花火を見物しながら時が来るのを待つことにする」

とっさに腕時計に視線を走らせた。七時五十九分。あと一分で、花火大会が始まる。

呼吸が速くなった。しゃがみ込んだまま喘ぐように呟いた。

「待って」

「終わりにするには、ふさわしい夜だ」

「……待って」

息が詰まる。遠くでわっと歓声が上がった。耳鳴りのような音。

午後八時だ。

「——ほら、始まったよ。最初の花火が」

どこか淡々とした口調で、男が告げる。

「まるで二本の帯のように、伸びていく」

ぷつり、と電話が切れた。

苦しげに眉を寄せた。眩暈《めまい》がしそうだった。こんな莫迦なことがあるはずない、大事な親友の命が、こんな莫迦なことで奪われるはずが。

慌ててもう一度利緒の登録番号を呼び出そうとしたとき、携帯電話がピピピピ、と甲高い音を立てた。

ふっと画面の光が消える。電池が切れたのだ。

泣き出しそうな思いで何も映し出さなくなった携帯電話に額をつけた。

どうか、神様。利緒をひどい目に遭わせないで。あの子の身に何も起こさないで。

手が震えて一向に止まらなかった。泣き声みたいに荒い息遣いが漏れていく。

跳ね上がる鼓動を痛いくらいに感じながら、必死になって手のひらを握りしめた。爪が薄い皮膚に食い込む感覚。自分に呼びかける。しっかりして！

くしゃりと歪んだ成瀬の顔が思い浮かんだ。

(——ちぃちゃん)(お願いだから、利緒ちゃんを助けてあげて)

よろめきながら、自分を奮い立たせて立ち上がった。そうだ、こんなことをしている場合じゃない。利緒を探さなきゃ。

もうこのゲームを止めるには、それしか手段が思いつかなかった。

利緒を見つける、でもどうやって？

ぎゅっと目を閉じた。さっきの男の言葉を思い出す。ヒントをやるよ。忌まわしい響き。惑わされるな、集中して。

彼は何と云っていた？――そう、花火だ。

特別席で花火を見物して待つ。納涼花火大会が行われる場所は、第一会場の総合運動公園と、第二会場の茂神川河川敷だ。

姿を隠そうとするなら、大勢の中に身を潜めた方が効果的だ。人込みにまぎれ、その近辺にきっと彼らはいる。

頭の中で素早く天堂市の地図を呼び出した。

第一会場と第二会場は数キロ離れた場所にあり、どちらも敷地は広大だ。

特にこの混雑した祭りのさなか、たった一人で利緒の姿を見つけ出すことがいかに困難なことかは容易に判断できた。何がゲームだ。こんなの、無茶だ。

押し潰されそうになる思いで唇を噛みしめた。

それでも、と無理やりに顔を上げる。それでもこの難題をクリアしなければ、利緒があの狂った男に殺される。

タイムリミットまでもう一時間を切っている。

戸惑いの視線を宙にさまよわせた。

離れた場所にある二つの広い会場を、時間内に一人で回りきるのは物理的に不可能だ。場所を絞り込んで探すしかない。

どっちだ？　焦りながら、素早く思考を巡らせる。第一会場と第二会場、そのどちらに二人はいるのだろう。考えている間にも、時間が非情に過ぎていく。

分からない。焦りが容赦なく冷静な思考能力を削ってゆく。

痛いくらいに鼓動が速い。いつまでもここで迷っている暇はなかった。

——とにかく、行かなきゃ。

もはやどこにもつながらなくなった携帯電話を見ると、無性に云いようのない心細さが襲った。どこかで充電していくべきだろうか。いや、そんな時間はない。

それに宣告されたゲームが始まってしまった今、あの男がこちらからの呼びかけに応じるとは思えなかった。

携帯電話をバッグに放り込み、暗闇で待っているタクシーに駆け戻った。

急いた思いで場所を告げる。

「花火の第一会場に」

ひどい声だ。落ち着け。営業用の無関心を貫きながらも、怪訝そうにバックミラーを見つめ返す運転手に向かって頼み込む。

「総合運動公園に、行ってください」

＊

いつも静かな夜の町は、祭りの喧噪にあふれていた。

舗道を行き交う人々。花火大会の会場が近づくにつれ、同じ方向に進む車の列でタクシーが進むスピードは恐ろしいほどにゆっくりだった。

信号機の赤いランプを見つめ、焦りばかりが胸にせり上がる。

「こりゃだめだねえ」

運転手の呟いた何気ない言葉に思わずびくりと肩が跳ねた。

「会場付近の道路が交通規制されてて、全然進まんですわ」

どくん、と心臓が跳ねて息苦しさが増した。空気の濃度が薄い気がした。

募っていく焦りとは裏腹に、混んだ道路でタクシーは遅々として先に進まない。

腕時計に視線を落とす。八時十五分。

「ここで」

ひきつれたような声が自分の口から発せられた。

「ここで、降ろしてください」

むっと湿った夜の中に飛び出すと、商店の続く大通りを駆け抜けた。

あちこちの柱に飾られた黄色とピンクの造花が、生ぬるい夜風にひらひら揺れる。浴衣《ゆかた》姿の人たちが、幸せそうな表情を張りつけて周囲を行き過ぎる。立ち並ぶ屋台。飴《あめ》細工、お面、垂れたロープの先に景品がぶら下がっているくじ、綿あめ。

「すみません、通してください、すみません」

そのいずれにも目をくれることなく、人混みで幾度もぶつかりそうになりながら、ただがむしゃらに走り続けた。混雑はますます激しくなっていく。

旧国道13号線の道路に出ると、ようやく総合運動公園の入り口が見えた。

ヒュルルル、と空気の唸る音。歩道橋から見上げると、蒸した夜の中、真っ暗な空に派手な音を立てて大輪の花が咲いた。ドン、ドォン、と立て続けに花火が上がって、消える。

総合運動公園の敷地内で歓声が起こった。看板時計を見やる。八時二十五分。ああ、時間がない。

花火大会の開催されているグラウンドに向かって走った。

薄暗いグラウンドは多くの見物客で賑わい、頭上に花火が打ち上げられる度、観客の姿が闇の中に一瞬だけほの明るく浮かび上がる。

上がる歓声、余韻を味わうようなため息、非日常めいた空気に酔った声。

大勢の人間が一様に上を向いている様は、こんな状況でなければ何やらおかしいような微笑ましい光景だ。

せわしなく周囲に視線を走らせた。背中を冷たい汗が伝う。利緒、利緒は一体どこにいるのだろう。

「利緒！」

こみ上げる不安に耐えきれず、大きな声で名前を呼んだ。

「利緒、どこ⁉」

切迫した声は、花火の打ち上げ音とさざ波のような歓声に跡形もなくかき消された。

と、人群れの中に、男性と一緒にいる背の高い女性の姿を見つけてはっとした。

見物客をかき分けながら、懸命にその後ろ姿に向かって近づく。

「利緒！」

必死の思いで肩を摑むと、ヒールの高いサンダルを履いた若い女性が驚いた表情でこちらを振り返った。違う、利緒ではない。

「ごめんなさい、間違えました」

詫びの言葉を口にし、すぐに身を翻す。早く、早く見つけなくては。

走り回ってひとしきり会場を探したが、利緒の姿はどこにも見当たらない。

腕時計に視線を走らせ、顔をこわばらせた。時間は既に八時半を回っている。

ざわめきの中、泣き出しそうな声が自分の口からこぼれ出た。

「お願いだから、返事をして」

利緒はいない。見つからない。ざわりと肌が粒だった。

もしかしたらここではないのかもしれない。彼らがいるのはもう一つの、第二会場の方だったのかもしない。

激しい動悸が襲う。皮膚は汗で濡れているのに、口の中が瞬時に干上がる。

花火大会の見物客で道路が渋滞しているであろうことは想像できた。

今から移動しても、舞鳥山をはさんで正反対の方向にある第二会場へ辿り着くには時間がかかる。

タイムリミットに間に合わないだろう。

がくがくと膝が震え出した。絶望的な予感に目の前が暗くなる。

周囲で子供がはしゃぎ回る声と、花火の解説をする女性のアナウンス。

それらが全部、ひどく遠くで聞こえた。

――ああ、利緒。

また一つ、派手な音を立てて花火が打ち上がる。暗いキャンバスで色彩がはじけ、蝶の羽から鱗《りん》粉《ぷん》がこぼれたみたいに細かく光りながら消える。

力の入らない足がもつれ、その場に膝から崩れ落ちた。地面についた手のひらに小石が食い込む感触。

喉の奥が熱く震え出す。視界が滲んだ。声にならない声が突き上げた。

誰か、誰か。高村。

――物語の中、クライマックスに冴えた推理で全てを紐解《ひもと》く名探偵。

そうして物語は大団円のラストを迎える、けれど。

ぐしゃりと表情が歪んだ。頼りない嗚咽が漏れ出す。

けれど現実の世界で不条理な出来事や理不尽な悪意はどこにでも転がっていて、こんなふうに自分をたやすく暗い場所に突き落とす。

(どうか、お願い)

祈るように胸の内で叫ぶ。世界は自分の手の届かないところで回っていて、虚構は現実に勝てなくて、手だてを講じる術は何一つなくて。それでも構わないから、だから。

(あたしに利緒を助けさせて)

ぎゅっと強く目を閉じ、それから腕を持ち上げて目元を拭った。泣くな、みっともなく泣いて時間を無駄にしてる場合じゃない。

云い聞かせ、まだ震えの残る足でかろうじて立ち上がる。

腕時計を確認する。八時四十分。

あきらめるな。乾いた唇を舐めた。

落ち着いて、よく考えろ。何か、必ず何か取っ掛かりがあるはずだ。

青ざめた表情で、何もない空間を睨む。

そのとき、空に向かってリズミカルに打ち上げられていた花火が途切れたのに気がついた。どうやら五分間の休憩時間に入ったらしい。

グラウンドに張られたテントの下で、女性がマイクに向かって慣れた口調でアナウンスする。

「先ほどのスターマイン五連発は、本当に配色が素晴らしかったですね。それでは今大会のハイライトを振り返ってみましょう。右手奥の大型スクリーンをご覧ください。今映ったのがオープニングの張物仕掛け、ナイアガラですね。綺麗ですねぇ」

会場に設置された大型スクリーンに、花火大会が幕を開けたときの様子が映る。

グラウンドに張り巡らせたワイヤーに、ランスと呼ばれる細い筒を無数に吊り下げ、そこから滝の流れに見立てた火花が地面に降り注ぐ仕掛け花火、ナイアガラ。

眩しいほどの光があふれる会場で、沸き立った観客が惜しみない拍手を送る。

その映像に、視線が縫い留められる。心臓が激しく鳴った。

——そうだ。

自分にゲームを宣告したとき、男は最後に電話で何と云った？

（始まったよ。最初の花火が）

（まるで二本の帯のように、伸びていく）

花火大会は、両会場とも午後八時にナイアガラの点火で同時に幕を開ける。

空に打ち上がる花火と違って、離れた場所にある二つの会場で同時にナイアガラを見ることは不可能だ。

帯のように、という表現の持つ意味に初めて気がつく。

下から見上げたとき、滝のごとく地面に降り注ぐ火花を帯のようにとは云わないだろう。それが細長く帯のように見えるのは、花火を吊り下げたワイヤーを高い位置から見下ろしたときだ。二つのナイアガラが同時に見渡せる高い場所。より空に近い、特別席。

はっとした。第一会場と第二会場の中間に位置する、舞鳥山だ！

休憩時間が終わり、プログラムが再開した。

空気を震わせ、夜空ではじけたいっそう大きな花火に再び歓声が湧き起こる。

緩やかに高揚していく会場を背に、闇の中へ飛び出した。

*

混み合う道路をすり抜けてひた走る。

必死の形相で駆けていく自分を、すれ違う人が怪訝そうに見る。髪の毛も顔もきっと汗でぐしゃぐしゃだ。構うものか。

こんなに走ったのはいつ以来だろう。呼吸《いき》が上がり、口から空気が少ししか入ってこない気がした。汗ばんだ足にスカートがまとわりついて走りにくい。ああ、どうしてパンツにしなかったんだろう。

必死に上げた視線の先に、コック帽をかぶった豚のキャラクターの明るい看板が見えた。

花火客の車で埋まった、舞鳥山登山口にある島田正食品スーパーの駐車場。陽気な豚の笑顔の下には、「土曜は肉の日！」という丸い吹き出しが描いてある。それは笑い出したくなるほどにこの状況にふさわしくなかった。

ためらうことなく、山頂広場へ続く暗いアスファルトの道へ足を進める。

虫の声。闇の中で、木々の隙間からのぞく暗い沼の水面が息を殺しているように見えた。

人通りの多い町の中を外れ、あたりが深い闇に包まれると、途端に自分の息遣いと汗の匂いが強く意識された。激しい疲労を感じる。持ち上げる腕が、足が、重かった。

ぞくぞくと鳥肌が立つ。乱れた前髪が額に張りついた。無我夢中で走り続ける。

もう残り時間は少ない。早く、早く、早く。

そこまで思ったとき、ふいに得体の知れない感情が身体の内側を貫いた。背筋にざあっと冷たい何かが走る。

記憶の奥、ひどく深い場所から這い上がる恐れと焦燥。

知っている。こんなふうに目の前で誰かを失う恐怖を知っている。そうだ、自分は前にもこうして懸命に走って、そして――。

暗い坂道で足が何かにつまずいた。あっと短い声を上げて、勢いよく硬い地面に倒れ込む。

「いっ、た……」

転んだ拍子に道路で膝をこすった感覚があった。

鬱蒼とした木々の遥か向こう側で、花火の打ち上がるドン、という音が立て続けに起こる。遠くで歓声が聞こえる。

すりむけた箇所の皮膚が徐々に熱くなるのを感じ、唐突に、夜の中でぶざまに座り込んでいる自分がどうしようもなく非力に感じられた。

焦りと不安が膨れ上がり、声を上げて泣き出したいような衝動に駆られる。

こんな子供みたいな剝き出しの感情が自分の中に残っていたことが驚きだった。

かろうじて自分を支える。泣いている暇なんかない、立って、早く走って。

顔をしかめながらなんとか身を起こすと、少し離れた地面の上に電源の切れた携帯電話が落ちているのに気がついた。

倒れたときに弾みでバッグの中から飛び出したらしい。

手を伸ばして携帯電話を摑み、何も映さなくなった冷たい機器を握り締める。

頭上で木々が不安をかきたてるようにざわめく。闇のとばりの中、無性に誰かの声が聞きたかった。成瀬、高村。——利緒。

弱音を振り切るようにかぶりを振った。携帯電話を、バッグにしまおうとする。

その瞬間。

——ふいに動きが止まった。

携帯電話の金属が、痩せた月の光を反射して鈍く光る。ついさっきまでの事柄が急速にフラッシユバックした。いくつもの光景が、頭の中でぐるぐると回る。

（彼女を殺す）

（あんたも、さっきの女も殺すよ）

くぐもったような低い男の声。成瀬が泣き出しそうに云う。

（利緒ちゃんを助けてあげて）

静まり返った未朝公園。壺から水をあふれさせ続ける海の女神像。

誰もいない天堂タワー。

（特別席で、花火を見物しながら時が来るのを待つことにするよ）

唐突にある可能性に思い当たって、肩を震わせた。

「ああ」

喉からかすれた声が漏れる。ああ。

わずかな時間、動揺から呆然とその場に佇み、はっと我に返った。

表情を切り替える。腕時計に視線を走らせた。八時五十四分。ゲーム終了まで、残された時間はあと六分。時間がない。

足を引きずるようにして立ち上がり、暗い山道で前を向く。どうしてもそこに行かなければならなかった。

必死で山道を走り続けると、しばらくして視界が明るく開けた。

街路灯が照らす山頂広場の駐車場にはぽつぽつと車があり、人の声がさざめいている。

今しがた走ってきた、静まり返った真っ暗な空間からふいに切り離された気がして、一瞬だけ不思議な感覚に襲われた。

時計を見る。八時五十七分。

周囲を見回す。将棋盤の描かれた広場や、傍らに巨大な王将のオブジェが建つ噴水の周辺を散歩する人たち。あと三分。

派手な音を立てて、頭上にあでやかな花が咲いた。夜空を見上げる人たちの顔がほうっと緩む。

小走りに駆けながら、懸命に視線をさまよわせた。汗が目に入り、喉が渇く。

膝がだらしなく笑って、気を抜くとその場にへたり込んでしまいそうだった。まだそうする訳にはいかなかった。

肩が激しく上下している。手が、頬が、小さな子供みたいに熱い。

八時五十九分。

そのとき、山頂の端の展望台に佇む後ろ姿に視線が釘付けになった。

足を止める。周囲のざわめき。ヒュルルル、と空気を唸らせて花火が宙に上がる音。

短く息を吸い込み、精いっぱいの力を振り絞って、その人物の名前を呼んだ。

「――利緒！」

ドォン、と夜空で大輪の花が開いた。

舞い散る花びらを背に、手すりから両腕をほどいて、ゆっくりと利緒がこちらを振り向く。

その口から、悠然とした声が発せられた。

「おめでとう。タイムリミット一分前だ」

利緒の唇が、にやりと不敵な笑みを刻む。

「――遅かったじゃないか、ちぃ」

＊

息をはずませたまま、こわばった表情で利緒を眺めた。

湿った夜風が吹く。

「……その様子じゃ、もうとっくに気がついてたみたいだな」

利緒が苦笑混じりに冗談めかした仕草で肩をすくめた。

「どうして分かったんだ」

「……初めから」

あがる呼吸の下から、言葉を吐き出した。

「初めから、おかしいと、思うべきだった」

ぷつぷつと台詞が途切れる。涼しい顔をしてこちらを見ている利緒を睨む。

額を伝う汗を指で拭った。

短く息を吸い込み、続けた。浅い呼吸がまだ元に戻らない。

「電話の男は、」

「会話の途中、あたしにこう云ったわ。警察に知らせたら利緒を殺すって。『利緒だけじゃない。あんたも、さっきの女も殺すよ』ってね。あたしはその男に姿を見せていない。駐車場に行ったのは、成瀬だけよ。なのに、どうしてその男は成瀬の他にもう一人いると分かったんだろう。仮に男がどこか離れた所から三人連れのあたしたちの姿を目撃したんだとして、電話に出た人間が駐車場にいた成瀬とは別の人間だとなぜすぐに判断できたんだろう」

かさついた唇の表面を舐める。

「それに電話の男は、送話口にハンカチを押し当てて喋っているようなくぐもった声を出してた。まったく面識のない、見ず知らずの人間を相手に声を変える必要なんてないはずよ。つまり、あれはあたしの知ってる誰か。おそらく式部あたりに、利緒が頼んだんでしょう」

云いながら大きく息を吐き出した。

「何より成瀬が、利緒がさらわれたって聞いて、ただ大人しく待ってるわけがない。あんなふうにあっさりひくはずがなかったんだ。絶対に自分も探しに行く、利緒を助けるって、そう云うはず。あの子はそういう……優しい子だから」

（私、ちぃちゃんの書く小説好きだよ）

屈託なく向けられる笑顔を思い起こす。

「そこまでバレたか」

利緒がため息をついた。その眼差しが、ふっと緩む。

「成瀬を責めるなよ。アイツは、ただあんたを心配してあたしに協力しただけなんだ」

「未朝公園の海の女神像、天堂タワー、そしてこの舞鳥山」

ゆっくりと呟いた。短時間に、随分と走り回らせてくれたものだ。

遠くを見るように目を細める。

「大学時代に一時期あたしが好んでやってた推理ゲームだね。探偵役は、海、塔、山の三つのエリアに、クリアした事件カードを伏せる」

真正面から利緒を見据えた。

「最初から事件なんてなかった。これは、利緒があたしに仕掛けた推理ゲーム」

「その通り」

こちらの視線を受けて、利緒が強気な眼差しで口を開く。

まるでとっておきの秘密を囁くように。

「じゃあ、なぜあたしがこんなことをしたのか分かるか？」

自分の瞳が初めて困惑に揺れた。

利緒が吸い込まれそうな微笑を浮かべる。

とらえどころのない表情。夏の風が長い髪を揺らす。

「――さあ」

「このゲームの最後の答えを見つけてみろよ」

戸惑いを隠しきれずその場に立ち尽くした。利緒が何を考えているのか、まるで理解できなかった。理不尽な行動を要求された憤りと困惑と、様々な感情が心の中に浮かんでは、明確な形をなさずにただやみくもに渦巻く。

およそ彼女らしくない、子供じみた行為。

一体、利緒はどういうつもりなのだろう。自然と鼓動が速くなった。

利緒は視線を外すことなく、黙ってただその場に立っている。

その空気にいたたまれなくなって、目をそらした。利緒の目を直視できなかった。

理由は自分でもよく分からなかった。

何気なく逃した視線の先、利緒の背景に広がる市街地の明かりが見渡せる。

深く考えず、ぼそりと尋ねた。

「……なんで利緒は、ここに帰ってきたの」

自分の問いかけに利緒は一瞬だけ意外そうな顔をしたが、短く口元で笑って、すぐに穏やかな表情を浮かべた。

「――あんたが教えてくれたんだ。自分を取り巻く世界は魅力的な謎と発見に満ちている。自分がその気になりさえすれば、いつだって日常の中に色鮮やかな謎を見つけることができるんだって」

まじまじと利緒の顔を見た。いつからか、書いている小説の話をしなくなった自分に利緒が不服そうな眼差しで絡んでくるのに気がついた。

(せいぜい頑張って、人気作家を目指してくれ)

(要するに書いてないってことだろ)

こちらの反論を予想して、執拗に向けられる挑発の言葉。そう、親友の芥川利緒は口が悪くて毒舌家だ。だからその裏にきっと意味なんてない。時折自分に向けられる物云いたげな視線なんて、知らない。

「一度しか云わない」

利緒が静かに、けれど奇妙な力強さを感じさせる声で告げた。

ヒュルルルと夜の空に走る音。遠くで歓声。花火大会のフィナーレだ。

ざわめきの中で、そのとき利緒の言葉がはっきりと聞こえたのはなぜだろう。

「あんたに出逢って、あたしの世界は確かに変わったんだ」

ドォンと身体の底に響く音。夜空に花火が散った。

言葉を失くしてただそこに立ち尽くした。声が喉の奥に貼りついたみたいになって、うまく出てこなかった。目尻が痛くなるくらい、瞳をいっぱいに見開いたまま制止する。

「……あたしは」

かすれたような声が口から発せられた。どうして、こんなぎこちない声が出るんだろう。

こくりと息を呑み込む。

「あたし、は」

夏の終わりを彩るように、連続して幾つもの花火が空ではじけた。

利緒は黙ったまま、真剣な面持ちで自分を見ている。

この場所で自分が利緒に云った台詞を思い出す。

(ずっと離れて一人で暮らして、そういう環境を親が心配してるのも分かってるつもり)

(地元で就職とかすれば周りも安心するだろうし、一番いいのかなって)

違う、そうじゃない。大義名分。誰かのせいにして、何かのせいにして巧みに理由を探して。本当はそうじゃなくて。

「——高村に、嫉妬してた」

声がみっともなく震えるのが分かった。呆れられるのが怖かった。気を抜いたら、途中でくじけてしまいそうだった。

「大学を卒業しても、好きなものはいつまでも好きでいられると思ったし、目指すものも、モチベーションも何も変わらないと思ってた。だけど、そうじゃなかった」

利緒は何も云わない。黙ったまま、自分の発する言葉を聞いている。

「学生時代は夢中になってたことでも、社会に出ればいつのまにか自分の中から消えていって、いつかそれを望んだこと自体忘れていくのかもしれないと思った。夢に現実が届かないかもしれないと思って、不安で崩れそうになったの。だけど高村は変わらない。大学時代のときと同じニュアンスで、好きなものや、自分の目指す先を語るの。

真っ直ぐに自分の行きたい場所に向かっている高村を見ていたら、気持ちのどこかが辛くなった。ああ、この人は二十四時間、三百六十五日、自分の好きなものになるために時間を使える環境にいるんだなって、そう思ったら、どうしようもなく彼が妬《ねた》ましくなったの。彼だって不安やプレッシャーの中で頑張ってるんだって分かってる。ただそれを人に見せないだけなんだって。だけど、そういう高村を見ていたら、まだ何一つ夢に近づけない、不安で折れそうになってるだけの自分がひどく惨めに思えた。

そうしたら」

ゆらりと視界が滲んだ。声が詰まる。

「……逃げたくなった」

ひゅうっと夜空に吸い込まれる花火が、一瞬の音と閃光《せんこう》を放って消えていく。

夏の終焉《しゅうえん》を飾る。

頼りなく崩れた自分の声がまるで他人のもののように聞こえた。

そうだ、ただ逃げ出したかっただけ。高村から。手が届かないかもしれないという現実から。

「――ちぃ」

軽蔑《けいべつ》したふうではなく、さりとて慰めようとする姿勢でもなく、ごく自然な口調で利緒が言葉を発した。

「さっきのあんたの推理だけど、実は一つだけ間違いがあるんだ」

その台詞に顔を上げた。

「間違い、って……？」

「電話の男は、式部じゃない」

利緒の言葉に首を傾げる。利緒は一体、何を云おうとしているのだろう。

怪訝な思いが胸をよぎったとき、ふいに聞き覚えのある声が背後から自分の名前を呼んだ。

「有馬」

目を見開く。ゆっくりと振り向いた視界の中に映る見知ったその姿に、言葉を失う。

空気の塊を飲み込んだみたいに、喉から声が出てこなかった。

一体どうして、彼がここにいるのだろう。驚きにかすれた声でその名を口にする。

「高村」

こちらに向かって歩いてくるのは、まぎれもなく高村午後だった。

「——どうしてここにいるの？」

震える声で尋ねると、目の前の高村が苦笑に似た表情を浮かべて口を開いた。

「花火を観に来たんだ」

「なに、云って」

云いかけて、再び息を呑む。

肩にかけていたスポーツバッグを地面に下ろし、そこから高村が取り出した紙の束。そこに書かれた文字に、覚えがあった。

頬の筋肉がひきつる。今度こそ信じられない思いで口を開く。

「高村、それ……」

「このままだと確実に君を失うことになると、利緒さんがオレに連絡をくれたんだ。そしてメールに添付して送ってくれた。君の書いた小説を」

呆然と見つめる前で、高村は原稿を静かに胸の前に持ち上げると、そのタイトルを口にした。

「読ませてもらったよ。――『ひぐらしふる』」

＊

「……どういうこと」

混乱した思いで問いかけると、そこで初めてややバツが悪そうな顔で利緒が答えた。

「あたしが呼んだんだ。勝手なことをしたのは謝る。けど、あたしにはあんたがこうすることを必要としてるように見えたんだ」

利緒に向かって、高村が遠慮がちに声をかける。

「悪い、少しだけ有馬と二人で話をさせてくれないか」

「そのつもりだよ」

利緒がひょいと片手を上げて、一瞬だけ自分の方を見た後で二人から離れていく。

取り残された気がして、思わずその背中を未練がましく目で追った。

恋人と向かい合っているだけなのに、この心もとなさは何なのだろう。

逃げ場のない場所に引きずり出された。そんな気がする。

「有馬」

高村が慎重に言葉を発した。びくりと肩が跳ねる。状況がまだ理解できなかった。

緊張した面持ちで彼を見上げると、張り詰めた空気を解きほぐそうとしてか、高村が唇に少しだけ微笑を浮かべてみせた。

「君の云うように、この世界は理不尽で無秩序なことばかりなのかもしれない。快刀乱麻に謎が解き明かされる、大団円の結末は存在しないのかもしれない。――だけどミステリ小説の幕を下ろすのは、いつだって探偵の役目なんだ」

真っ直ぐに自分を見つめ、高村が語りかける。

「ならオレは、君の書くミステリ小説でいうところの探偵役を務めてみたいと思う。そこにどんな結末を描くかは、君次第だ」

生真面目な表情でそう云った高村が、手にした原稿の表面を指でなぞった。

まるで自分の肌にそうされたような錯覚を覚え、無意識に二の腕を押さえる。

何が始まろうとしているのか、まるで理解できなかった。

観客席で見ていた舞台の上に引きずりあげられたような気分だ。

「『ひぐらしふる』は」

低いけれどよく通る声で、高村が囁く。

「『ミツメル』『素敵な休日』『さかさま世界』『ボーイズ・ライフ』という四つの章からなる連作短編集だ。この小説は云うまでもなく、帰省してから君の身近で起こった出来事をモチーフにして書かれているね。登場人物もオレを含め、実在の人物をほぼそのままモデルにしていると云えるだろう。提示された謎は各章の中で解決を見せ、いずれも一話で完結している。

――だけど」

高村の真摯な視線が、静かに自分を貫いた。

「この小説には、解決されないままの謎が残されているんだ」

どくん、と心臓が鳴る。アンコールで空に打ち上がった花火に高村の表情が一瞬だけ眩しく浮かび上がり、夜の海に沈み込むように再び暗がりに溶けた。口の中が渇く。

ひきつった笑いを浮かべる。

「高村……？　なに云ってるの」

その問いには答えず、高村はあくまで穏やかに語り続けた。

「まず第一章、『ミツメル』。

これは主人公の幼なじみの成瀬が語る高校時代のエピソードが物語の中心になっているね。この章の中には、未解決の謎がある。

学校の敷地内で女子生徒のスカートが切られるという事件。校舎がペーパーフラワーで埋め尽くされていたという不可解な出来事。一連の騒ぎは受験ノイローゼとされた女子生徒のしたことと解釈されているようだけれど、ここで不自然な疑問が残るんだ。これらの事件は、本当にその女子生徒のやったことだったんだろうか？」

その言葉に、まじまじと高村を見る。

「作中、確かに成瀬はハサミを持った女子生徒に詰め寄られている。だけどそのとき成瀬が切られたのは髪の毛で、スカートではないんだ。

……当たり前だけど、身につけている衣服を刃物で切るには相手に接近しなきゃならない。近づいて足元にしゃがみ込むなり、少なくとも身を屈めるなりしないと、低い位置にあるスカートの裾を気づかれないように切るなんて行為は相当困難なはずだ。

至近距離で誰かがそんなことをしていたら、当然不審に思わないか？

まして人混みや混雑した電車内というように大勢の見知らぬ他人同士が至近距離にいる状況ならともかく、学校の中でそんなことが行われて本人が全く気がつかないというのは、とても不自然な状況だ。

――だけどその『不自然なこと』を、『不自然じゃないこと』にできる存在がいたんだ」

高村はそこで言葉を切った。

「子供だ」

つられたように、思わずまばたきをする。

「こど、も……？」

高村が黙って頷いた。

「高校と同じ敷地内には、幼稚園があった。園児が校舎内に入り込むのは、そこに通う生徒たちにとって別段珍しい光景じゃなかった。成人にとっては屈まなければならない位置でも、園児にとっては自分の目線とさして変わらない高さだ。そして子供が足元にじゃれついてきたとしても、別段不審に思う者はいないだろう。事実、その年はナオくんとハルカちゃんという負けず嫌いの二人の子供が度々校舎に侵入して、保育士の人が追いかけまわしていたという記述がある」

「……高村は、あの子たちが犯人だったたって云いたいの」

尋ねながら、背筋が緊張しているのを自覚した。高村が再び口を開く。

「互いに好敵手だった二人の子供の関係は、ナオくんが高い木の枝から飛び降りてみせたことで立場が逆転し、どちらかといえば今までやり込められていた方の彼が優位になっていた。これは推測だが、ハルカちゃんはそのことがとても悔しかったんじゃないかな。実行できるはずがないと思って口にしたことを、ナオくんは本当に実現してしまったんだ。

とはいえ、高い木の上から飛ぶ以上に『すごいこと』なんていうのはなかなかできるものじゃない。勝負に不利になり、焦ったハルカちゃんは、おそらく苦しまぎれに彼にこう云ったんだ。

『でも、スカートは着れないでしょう』ってね。

これはある意味、ませた女の子らしい、とてもずるい発想の仕方だ。ヒーローみたいな強さや格好よさを求める男の子に向かって、それと相対する真逆の課題を突きつける。

挑戦を受けても受けなくても、彼を『男らしくない』と笑うことができる。

本当なら『スカートを着る』じゃなくて『スカートをはく』という方が妥当な表現なんだが、まだ語彙《ごい》の少ない幼稚園の子供だけにそんな云い方になってしまったんだろう。

問題は、ナオくんがその言葉を違う意味に解釈してしまったことだ」

高村が、宙に指で文字を書く仕草をする。

「彼はその挑戦を、『切れないでしょう』と勘違いして受け取った」

高村の台詞に、思わず言葉を失った。

「たぶん、幼い彼にはそれが犯罪行為だという意識はほとんどなかったんだと思う。『大人に叱られるよくない行い』だということくらいは理解していただろうが、ナオくんにとっては高校の校舎に侵入したり、木から飛び降りたりするのと同じレベルのイタズラという認識だったんじゃないだろうか？　そして」

高村の強い視線が、正面から自分を見据える。

「そして、有馬。おそらく君もその事実を知っていたんだろう」

表情がはっきりとこわばった。

喉の途中でひっかかりそうになった声を、慌てて無理やりに発する。

「なに云ってるの」

「スカートが切られるという事件は、突然起きなくなった。作中では受験ノイローゼの生徒の仕業だったんじゃないかというもっともらしい噂話で軽く流されているけど、本当は君が彼に云い聞かせたんじゃないのか。自分のしたことの意味を。それは犯罪で、決してしてはいけない行為なんだということを」

弱々しく笑って首を振る。

「意味が分からないよ、高村。どうしてそんなふうに思うの」

「どうしてって？——校舎に黄色い花を飾った犯人の正体が、君だからだよ」

驚いて高村の顔を見返すと、目の前で彼の長い指が静かに原稿のページをめくった。

落ち着かない思いでその動きを眺める。

「学校にペーパーフラワーが飾られていた出来事について、作中で主人公の千夏がこんな発言をしてる。『朝練に来た運動部の子たちも、あれ見たときびっくりしたんじゃないかな』と。君は、知っていたんだ。運動部の生徒たちが朝練に来たときには、もう既に誰かが校舎に黄色い花を飾り終わっていたってことを。

その誰かとは、他でもない、君自身だったからだよ」

高村に向かって何か云おうとし、少し考えて黙って口を閉じる。

「なぜ、君はそんなことをしたのか。

園児二人が校内に侵入したシーンで、保育士の女性が『紅笠祭りの準備をするから、いい子でちゃんとお手伝いしてね』と連れて戻る箇所があるだろう。

黄色い花は、咲き始めの紅花だ。君はナオくんたち園児を含め、皆が作った花で校舎を飾ったんだ。理由は、たぶんその後に続けた君の言葉に集約されてる。

『でも、綺麗だったね。ああいうイタズラなら、罪がないと思う』

幼いナオくんにああいう形で自分のしたことを償う機会をあげたかった。自分のしたことで誰かを不幸にもできるし、反対に幸せな気持ちにもできるんだって云ってあげたかったんだろう。――有馬らしい発想だと思う」

高村はそこで一瞬だけ目を閉じた。その仕草は、まるで無人の校舎に咲く鮮やかな人工の黄色い花を思い浮かべようとしたふうにも見えた。並んでそこに揺れるうら若い花を。

真剣な眼差しが、あらためてこちらを見る。

「問題は、君がそれを書かなかった理由だ。君は作中で意図的にその事実を秘匿し、結果として謎は解き明かされないままとなった。どうしてそれを書かなかった？　幼い子供のしたことだから隠して、庇おうとしたのか？　そうじゃない。

この『ひぐらしふる』を、君は誰にも見せるつもりがなかった。少なくとも友人や知人には作品の存在自体を隠していた。その証拠に、第一章で『今も何か書いているのか』と尋ねられた君は、曖昧な返事でごまかしている。発表するつもりがなかったのなら、そもそもそんなことを危惧する必要は全くなかったはずだ」

そこで高村の目つきが戸惑いを含んだ、どこか気づかわしげな淡い色を帯びた。

「――君は書けなかったんだ。子供が自分の発した言葉が原因で取り返しのつかないことが起こってしまうという出来事を、どうしても書きたくなかった。だから、書かなかった」

大きく目を見開いて、高村を直視する。息が苦しくて、彼から視線が離せなかった。

喧噪がひどく遠い。高村の言葉が、なおも続く。

「そして第二章、『素敵な休日』。この章の中に、一つ矛盾したエピソードが出てくるのに気がつくだろうか。リビングで、千夏が引き出しの奥に隠されていた母親の手紙を偶然見つけるシーン。手紙には、長い間ずっと顔を見ていない千夏に向けての両親の思いが切々と綴られている。だけどこの手紙はおかしい。なぜなら主人公の千夏は、お盆やお正月などの休暇の際には頻繁に地元に帰省しているんだ。それは第一章で、帰省する度に会社にお土産を買っているからネタ切れだと千夏が話していることからも窺える。

さらにその手紙は『今しがた書いたばかりというふうな真新しいインクで』書かれているが、これも明らかに変だ。だって作中では有馬の家はお祖母さんの葬儀を終えたばかりの非常に慌ただしい状況で、事実この章も、葬儀に参加した遠方の親戚を母親が朝からバタバタと見送りに行くというシーンで始まっている。

身内を亡くしたばかりの、まだやるべきことが多々あるそんなせわしない状況下で、どうしてわざわざ娘にそんな手紙を書かなければならなかったのか？」

高村が一瞬だけ云い淀む。やがて迷いを振り切るように、言葉を発する。

「その日が『とうろう流し』の行われる日だったからだ」

足がすくんだ。呼吸が浅くなり、心臓が速く脈打ち始める。高村は何を云おうとしているのだろう、高村は――。

「紅笠祭りのイベントの一つとして行われる『とうろう流し』では、とうろうに花や手紙を入れて川へ流す。これは平和や豊作祈願と同時に、お盆の送り火の意味合いを持つ。死者を弔うためにとうろうを流すんだ。母親が目まぐるしい忙しさにもかかわらずわざわざ手紙を書いたのは、この『とうろう流し』のためだ。つまり」

高村の真っ直ぐな視線が、自分を貫く。透過する。

「――有馬千夏という人物は、もうこの世に存在しないんだ」

周囲の音が、色が遠のいた。眩暈のように全てが輪郭を失い、溶けていく。

「第三章、『さかさま世界』」

唯一、高村の言葉だけが、抗《あらが》いようのない重たげな響きを持ってその場に落ちる。

「千夏は、いとこをこらしめるためにお化けに扮《ふん》して驚かせた子供時代のエピソードを披露している。子供だけで遊んでいたときにババ抜きで負けて癇癪《かんしゃく》を起こす、ワガママないとこのエピソードが語られているね。

——だけど、甘やかされて育ったというその子は一人っ子だ。普通、ババ抜きなんてゲームを二人だけでやったりはしないんじゃないか？

それから、主人公はお化けに変装して高窓から顔をのぞかせいとこを驚かせたと云ったけれど、常識的に考えて、幼い子供の身長で高窓から顔を出すには何か踏み台のようなものが必要なはずだ。ゆらゆらと左右に移動する動きが可能な、踏み台の代わりになるものは何だろう。

子供でも簡単に調達が可能なもの。そう考えたとき、自然に肩車という単語が浮かんだ。

そう。この章から読みとれるのは、もう一人の誰かの存在だ」

高村の落ち着き払った声が、まるで自分をその場に留め置く楔《くさび》であるかのようにはっきりと響いた。すう、と彼が短く息を吸う。

「……最後の第四章、『ボーイズ・ライフ』。

この章には、不自然な箇所がある。主人公の千夏が自分の名前にちなんだ季語について語るシーンだ。千夏は作中でこう話している。『風船とか、ブランコとか。あと、蟬っていうのもあるんだよ』。——風船とブランコは、どちらも夏の季語じゃない。蟬はそれ一語だけなら夏の季語だが、他の季節でも使われるものがあるんだ。

例えば春に鳴く蟬――はるぜみ、というのがそれにあたる」

高村が軽く唇を舐めた。

「そして、千夏が語った子供の頃の肝試しの話。暗がりでぶつかってきた蟬に驚いて駆け出し、前を歩いていた子供に激突して大泣きしてしまうという、ある意味微笑ましいエピソード。だけどこの肝試しについて、千夏はこう云っているんだ。五十音順で一人ずつ行かなければならなかった、あ行の子供は『有馬』しかいなかった、とね。

それなら、蟬に驚いた千夏がぶつかった『前を歩いていた子供』というのは、一体誰だったんだろう」

高村の言葉が身体の中で反響する。そこに何か強い力が作用しているかのように、見つめ合ったまま目をそらせなかった。

「『有馬』という名字の子供は、二人いたんだ」

吐く息が震える。

「きっと、頼れる優しいお姉さんだったんだね。暗がりの中で、君の前を歩いて行った。

彼女がいつどんな亡くなり方をしたのかは知らない。でも大好きなお姉さんの死は、幼かった君にとってあまりにもショックが大きいものだった。思い出すのが辛すぎて、だから君はずっとお姉さんの記憶を半ば意図的に心の奥底に眠らせた。

だけどお祖母さんの、身内の葬儀を経験して、君はそれを鮮明に思い出したんだ。

立ち止まり、迷い悩んでいた君は、若くして亡くなったお姉さんへの罪悪感と共にこう思った。

もし生きていたのが自分ではなく、お姉さんだったら。

——だから君は、自分の小説の主人公にお姉さんの名前をつけたんだね」

高村がこちらを見る。名前を呼ぶ。

「千春」

——風が吹いた。

遠くで、最後の花火が上がる。長い時間、どちらも言葉を発しなかった。

「……あたしが殺したの」

やがて、ぞっとするほど低い自分の声が話し出すのが聞こえた。暗く、あやうい感情をたたえた温度。言葉を発するのが辛い。

指先が、冷たかった。

「公園まで競走しようって、あたしが云った。途中の道路が危ないから、遊びに行くときは必ず二人で手をつないで歩くのよって、母親に云われてたのに」

線香花火の終わりみたいに、ぽろ、と涙が落ちた。

「小さい子にするみたいに、姉がいつもあたしの手をつないで先を歩くのが癪だった。

一回でいいから姉に勝ってみたかったの。姉みたいになりたかったの。だけど全然追いつけなくて、前を走る姉の背中がみるみるうちに遠くなって、曲がり角のところで見えなくなった。苦しくて立ち止まったら、急ブレーキのきしんだ音と、どんって大きな音がした。驚いて走っていったら、姉が、お姉ちゃんが――」

云いながら声がかすれて、息が苦しくなる。震える拳をぎゅっとまぶたに押しつける。流れ出る体液に黒っぽく染まった地面が目の裏によみがえった。こみあげる吐き気。

誰よりも早く駆け抜けた姉の後ろ姿と、立ち止まったままずっと動けないこの足。

今も。

「あのときあたしがあんなこと云わなければよかったの。心のどこかで、あたしはお姉ちゃんがいなくなればいいって思ってたのかもしれない。だからお姉ちゃんは死んじゃったの。今生きてここにいるべきなのは、きっとあたしなんかじゃなくてお姉ちゃんの方だったのに。

あたしが――あたしが、お姉ちゃんを殺したも同じ」

繰り返し夢見る。自分の死体、死体、死体。

ああ、と思う。理解する。

逃げ出したかったのは高村よりも現実よりも、その前に立ち尽くす自分自身からだ。

嘔吐感が激しくなる。いま高村がどんな目で自分を見ているのか、怖くて顔を上げられなかった。

「――有馬」

感情の奔流を押し留めるかのように、高村が穏やかに囁いた。

ぎこちなく、怯えた表情で声の方を見る。

「オレは全てを見通す探偵役にはなれない。だけど一つだけ、自信を持って君に伝えられる真実があるよ」

気負いも偽りも感じられない声で、ごく当たり前の事実を述べるように高村が告げる。

「――君は君でしかないんだ」

目を見開いた。穿《うが》たれたように、その場に立ち尽くす。

「どんな結末を描くかは君自身が決めることだ。

だけど、オレは君を見ていたい。

これから君が作り出すだろう世界を、一番近くで見ていたい」

どんな顔を、声をしていいのか分からなかった。適切な言葉は何一つ思い浮かばない。

水路のように、頬を涙が伝って落ちた。唇の隙間からしおからく透明な滴が滑り込んだ。

生まれる前みたいに目を閉じる。微かな震えと心臓の音。

この暗がりは夜の闇なのか、それとも。

高村が手にした原稿をしまい込んだ。

「決めるのは、君自身だ」

そう云って足元に置いていたスポーツバッグを悠然とした動作で肩にかけ直し、高村は腕時計に視線を落とす。

「じゃあ、帰るよ。これでもそれなりに忙しい身なんでね」

「……高村。本当に、何しに来たの」

弱々しい声で発した言葉に、ふっと冗談めかして高村が笑った。懐かしい笑顔。

「云ったろ。花火を観に来たんだって」

――まるでここにしか花火が存在しないような台詞を吐く。

背中を向けると、そのまま一度も振り返ることなく夜の中に消えていった。

後ろ姿が視界から消えるまで、その場に呆然としたまま佇む。

「ちぃ」

離れた場所からこちらの様子を見守っていたらしい利緒が近付いてきた。不安げな彼女に向かって、泣き笑いのような表情をしてみせる。

さみしさと後悔は、これからもつきまとうだろう。大好きだった姉を思って、いつかまた泣く夜が来るのかもしれない。それでも今、自分は自分に立ち返らなくてはならない。

息を吸った。

「――ごめん、利緒。あたしはまだ、ここに戻れない」

かすれた自分の声が、それでも迷いのない響きでそう呟く。

「……向こうに帰る。帰るわ。本当はそうしなきゃいけないって、ずっと分かってた」

その台詞に、利緒が表情を止める。

やがてゆっくりと、満足そうに微笑んだ。

「そっか」

そこにあったのはいつも通りの、何も変わらない利緒の声。

夜の空に静寂が戻り、人々がざわめきながら駐車場へ戻り始める。柔らかな余韻が空間を満たす。

それを横目に乱暴な仕草で髪をかき上げ、利緒が云う。

「花火、終わったな」

「……誰かさんのお陰で、全然まともに観られなかったけどね」

「いいだろ、気にすんなって」

バツの悪さもあって、赤い目で憮然《ぶぜん》とした声を出してみせた自分の言葉に、しれっとした様子で利緒が応じる。

「だって花火は来年も、その次の年も上がるんだぜ」

「――どういう理屈よ」

あまりにも利緒らしい云い草に、不覚にもつい笑ってしまう。

そうだ、夏の夜空に花火は上がる。次も、その次もずっと。

微かに漂っていた白煙が、風に流されて跡形もなく消えた。

それを見送り、利緒が振り返る。

「帰るか」

# エピローグ

ホームに注ぐ強い日差しに、眩しげに目をすがめた。

それでも祖母の訃報を受けて帰省した日とは、蟬の鳴き声が変わったのに気がつく。

「じゃあ、気をつけて帰んなさいよ」

慎んで辞退したにもかかわらず、入場券を買ってホームまで見送りに来た母親が云う。

「次はいつ帰ってくるの」

「お正月かな」

「そう」

短い間があった。

「ちぃちゃん、新幹線がとまらないよう気をつけてね」

笑顔で云う成瀬の台詞は相変わらずどこかズレている。

「陽希、ちぃちゃんにバイバイって」

成瀬が腕に抱いた陽希の手を人形のように振る。陽希はきょとんとした面持ちでされるがままだ。

「成瀬ちゃん、おばさんにも抱かせて」

母親が成瀬から陽希を受け取って、相好《そうごう》を崩す。

「あらあ、大人しいのねー。この子は将来大物になる顔だわ」

「ちょっと前までは人見知りがすごかったんですよ。もう、うちの実家に連れていっても大泣きするし」

「そうそう、その時期の子供ってそうなのよねえ」

どうでもいいが、自分の母親と同級生が子育て論を交わす光景は、なんだか複雑なものがある。

「うちの娘も何が面白くて東京で仕事なんかしてるのかねえ。成瀬ちゃんは地元でちゃんと家庭を持って、ほんとにえらいわねえ、羨ましいわ」

始まった。聞こえよがしに云う母親のグチを、そ知らぬ顔で聞き流す。

成瀬がにっこりと笑った。

「おばさん、ちぃちゃんは頑張ってるんですよ」

あー、と陽希がご機嫌に手を振り回す。

帰京する自分の見送りに来た母親と成瀬が並んでそんなふうに言葉を交わしているのは、なんだか少し不思議な眺めだった。

誰かの伴侶であり、親である二人の女性。そこにあるのは、地に根を張ったような力強いすこやかさだ。それはおそらく今の自分にはないものだった。

そうなるには、きっともう少しばかり時間が必要なのに違いなかった。

変わらないものを築く覚悟と、変容する関係を受け止めていくしなやかさ。

まばゆい陽光を右腕で受ける。戻ったら、高村と話をしようと思った。

まずは、話を。

「利緒ちゃんも見送りに来られればよかったのにね。仕事じゃ仕様がないか」

陽希を抱き直して、成瀬が云う。

利緒からは、今朝メールがあった。『またな』というぶっきらぼうな一言。

利緒らしいといえば、これ以上ないほど彼女らしいシンプルな別れの仕方だ。

やがて電光掲示板の表示が変わり、シルバーにブルーのラインの新幹線が緩やかに入線した。

乗り込み、ひらりと手を振った。

「んじゃあ、またね」

「元気で」

デッキの扉が閉まり、新幹線が動き出す。見るまに駅と、見知った町並みが後方に流されていった。

深く息を吐き出す。自分の中で時間が動き出した、という実感があった。

長い夏休みが終わった。明日からはまた、いつも通りの日常に戻っていく。

気持ちを切り換えて自分の席に移動しようとしたとき、ふいに視界の端を影がよぎった。

通路から大きなゴルフバッグを抱えて勢いよく出てきた男性とぶつかりそうになったのだと気がついて、驚いて身をすくめた。

とっさに男性がゴルフバッグを両腕で庇う。慌てた様子で、異常がないか外側を確認する。

不機嫌そうな視線が、じろりとこちらを見た。

「気をつけてくれ」

「すみません」

反射的に詫びの言葉を口にしてから、お互い様だということに気がつく。感じ悪いなあ。

男性はゴルフバッグを傍らに、平日でがらんとしたデッキをまるで陣取るように立っている。いささか気分を害しながら席に着き、ふいに妙なことに思い当たった。

席からさりげなく身を傾け、デッキの男性の方を観察する。

男性は三十代後半といったところで、身につけている衣類などはいずれもブランドものと分かる質のよいもののようだ。口をムッと引き結んで、先ほどから睨むように外を見ている。

それなりの身なりをした男性が、ゴルフバッグをわざわざ持って新幹線に乗る理由が思い浮かばなかった。

しかし自分が違和感を覚えたのは、先ほどぶつかりそうになったときに男性が迷わず自分の身ではなくゴルフバッグを庇ったことだ。

他人に怪我をさせることを防ごうとしてとっさにそうした行動に出たのかとも思ったが、その後に慌ててゴルフバッグを確かめていたことといい、自分への対応の仕方といい、そうではないのは明白だった。

もしかしたらあのゴルフバッグには、ゴルフ用品以外の何かが入っているのではないだろうか?

もしや、人間とか。自分のとっぴな想像に苦笑する。そんな、まさかね。

なんとなく気になって時折男性の様子を窺っていると、男性が周囲を見回し、人目を忍ぶようにしながらゴルフバッグのファスナーを少しだけ開けるのが目に入った。

そのわずかな隙間からちらりとのぞいた物体を目にして、思わず絶句した。

そこに見えたのは人間ではない。しかし、ゴルフクラブでもない。

大きな黄色い花びらを持つ、茎の太いひまわりの鉢植えだったのだ。

男性が肩越しに通路の方に視線を向けたため、慌てて座席の陰に身を低くした。

そ知らぬ顔で、窓の外を見るそぶりをする。一体全体、どういうことだ?

この男性はなぜ、こんな立派なひまわりの鉢植えをこそこそと持ち運んでいるんだろう。

状況から推測される幾つかの可能性が、瞬時に頭の中に思い浮かんだ。

その半分は心躍る楽しいもので、もう半分は男女間の切ないラブストーリーに起因するものだった。

男性はもうゴルフバッグを開くことなく、まるでそうすることが自分の使命みたいにむすっとした顔つきで外を見据えている。

――まあ、いい。腕時計にのんびりと視線を落とした。

東京に着くまで、あとたっぷり二時間半ある。

謎を解くために与えられた制限時間としては、決して短くはないはずだ。

新幹線が、山間のトンネルに入った。

ふっと視界が暗くなった瞬間、窓ガラスに車内の様子が映し出される。

そこに浮かび上がった自分の口元に純粋な好奇心に満ちた微笑があるのに気がついて、なんだか妙に晴れ渡った気分になった。

胎内みたいに暗い窓の外で、無数の蛍が光を発しながら飛んでいくのが見えた。

それはあの日、祖母が夜店で買ってくれた蛍光塗料の蛍に違いなかった。

暗がりを抜ければ、きっと一瞬で儚く消える。

けれどその瞬きがいつでもそこにあることを、自分は確かに知っていた。

ぎゅっと目を閉じる。

さあ、トンネルを抜けるとそこには何がある？
かつての文豪の台詞のような問いを、自分自身に投げかける。
長いトンネルの闇を抜けた先には、自分の見たいと願う景色が。色彩が。
まぶたの裏が明るくなってくる。出口が近い。
千春はゆっくりと目を開けた。
世界が、鮮やかに色を変えゆく季節に染まる。

本書は書き下ろしです。
原稿枚数620枚（400字詰め）。
また、作品に登場する地名・団体等は、
実在のものとは関わりがありません。

〈著者紹介〉
彩坂美月　12月31日生まれ。山形県出身。早稲田大学第二文学部卒業。2009年8月に、第7回富士見ヤングミステリー大賞準入選作『未成年儀式』でデビュー。叙情的かつ透明感のある文体で、注目を集める。本作がデビュー2作目となる。

GENTOSHA

ひぐらしふる
2011年6月10日　第1刷発行

著　者　彩坂美月
発行者　見城 徹

発行所　株式会社 幻冬舎
〒151-0051 東京都渋谷区千駄ヶ谷4-9-7

電話:03(5411)6211(編集)
03(5411)6222(営業)
振替:00120-8-767643
印刷・製本所:中央精版印刷株式会社

検印廃止


ISBN978-4-344-01995-9 C0093
幻冬舎ホームページアドレス　http://www.gentosha.co.jp/

この本に関するご意見・ご感想をメールでお寄せいただく場合は、
comment@gentosha.co.jpまで。